JN086619

俳句論史のエッセンス

坂口昌弘

本阿弥書店

俳句論史のエッセンス＊目次

装丁　渡邉聡司

俳句論史のエッセンス

正岡子規の写生論——客観写生・月並批判・芭蕉批判・論と作品のギャップ

正岡子規は、慶応三年（一八六七）、現在の愛媛県松山市に生まれ、明治三十五年（一九〇二）、三十四歳で没した。二十四歳の子規が小説家で身を立てる夢を見て、幸田露伴の小説『風流仏』の影響を受け、小説「月の都」を書き露伴に見せたが、原稿を返された。子規が露伴と同じような理想主義の小説家になっていれば、今日の短歌と俳句は別の方向に向かっていたであろう。山本健吉が『子規と虚子』で「紅葉より露伴を好んだ子規は、本性において理想派であることを暴露している」と洞察したところの本性を無視すれば子規の本質は語れない。

子規の業績は、俳句における写生の確立と、芭蕉批判と、蕪村の評価とされている。しかし、全集において、写生についての発言は多くない。写生を強調したのはむしろ後期であり、亡くなる年に書いた『病牀六尺』で説く写生論が最もまとまっている。『子規全集』（講談社）巻十一から引用する。

「写生といふ事は、画を画くにも、記事文を書く上にも極めて必要なもので、此の手段によらなくては、畫も記事文も全たく出来ないといふてもよい位である」

「日本では昔から写生といふ事を甚だおろそかに見て居つた為めに、畫の発達を妨げ、又た文章も歌も総ての事が皆な進歩しなかつたのである。それが習慣となつて今日でもまだ写生の味を知らない人が十中の八九である。畫の上にも詩歌の上にも、理想といふ事を称へる人が少くないが、それらは写生の味を知らない人であつて、写生といふことを非常に浅薄な事として排斥するのであるが、其の実、理想の方が余程浅薄であつて、とても写生の趣味の変化多きには及ばぬ事である」

子規にとって、写生とは何かを描写する「手段」であって、作品のテーマ・目的ではなかった。子規は『病牀六尺』において、「写生」と「理想」を対比して、「理想」の欠点をあげ「写生」の長所を強調した。

「理想」は、「学問あり見識ある以上の人に見せる時には非常なる偉人の変つた理想でなければ満足させられないという。これに反して「写生」は、「天然を写すのであるから、天然の趣味が変化して居るだけ其れだけ、写生文写生畫の趣味も変化し得る」「写生の弊害を言へば、勿論いろいろの弊害もあるであらうけれど、今日実際に当てはめて見ても、理想の弊害ほど甚しくないやうに思ふ」と説く。

子規の写生論自体は短いが、百年以上、俳人・批評家・研究者に論じられてきた。写生を盲目的に信奉する俳人が多い反面、写生論に賛成しない俳句論が俳句論史を構成してきた。

今日、写生についての論争が平行線となるのは、写生の定義が論者・俳人によってすべて異なるからであり、子規の写生・理想の定義もそれほど明瞭でない。子規は二十八歳の頃の『俳諧大要』では、「写生」ではなく「写実」といい、「理想」ではなく「空想」という。その定義の説明は既に引用した「写生」と「理想」の説明に近い。子規の写生についての発言は多くなく、複雑でもない。にもかかわらず、子規の写生観は俳句史・俳句論史において長く影響を与えてきた。

子規の俳句論の大きな問題は、俳句論の理想と作品創作の内容にギャップがあったことである。また、俳諧史・俳句史でもっとも優れた俳人の一人である芭蕉を非難し、正しく理解できなかったことである。芭蕉の発句約千句に比べて子規は万を超える句を残したが、その中には、子規が唱えた写生句だけでなく、想像句や、子規が非難した月並句も多い。子規の写生論は、子規が漢詩や小説を書いていた頃の理想・想像的世界を否定したものであるが、実作品は写生句ばかりではない。

写生・写実という表現方法は子規がはじめて発見したものではなく、詩歌史において、芭蕉が既に本質的な写生・写実の句を詠んでおり、『万葉集』にもすでに写生・写実の歌が多く詠まれていた。あえて写生を強調するまでもなく、俳人・歌人は写生の句歌を詠んでいた。

〈古池や蛙飛こむ水のおと〉について、子規は「古池の句の辨」の文章で、「芭蕉は終に自然の妙を悟りて工夫の卑しきを斥けたるなり。彼が無分別といふ者、亦自然に外ならず」「彼が其後の方針は皆自然に向ひて進みたり」という。芭蕉が影響を受けた老子・荘子の無為自然を子規は正確に理解していた。芭蕉句の無為自然は写生の概念を含んでいる。写生するということは無心・無為になってありのままの自然・天然を写すことである。高く悟るということは無為自然の状態であることを子規は芭蕉に学んでいたが、あえて戦略的に芭蕉を貶し、蕪村を持ち上げたのである。

大須賀乙字はつとに「写生趣味は元禄にもある」と、評論「俳句界の新傾向」で指摘していた。乙字は河東碧梧桐に「俳論の科学的になったのは乙字の功を大なりとすべきである」「俳論に一時代を画する」とまでいわれ、当時の脚光をあびた俳論家であったが、今では忘れられている。

子規の句には月並句が多いということは、碧梧桐も虚子も述べていることである。大岡信は『正岡子規』で、「日本の伝統から言えば、月並のほうが正統なのです」「目の前にある事実だけではなくて、頭の世界でも交流できる、それが日本の詩歌伝統のきわめて大事なところです。それを正岡子規は断ち切った」「日本の伝統の大事なところを断ち切った」「豊かな空想力の世界で遊ぶとか、言葉の面白さで遊ぶとか」いった部分が全否定されてしまったと洞察する。子規の俳句は写生だけではなかったが、俳句論において写生を特に強調した。

子規は西洋美術や西洋の考えから写生を思いついたというが、漢詩においてすでに写生の方法を学んでいたことは、宮坂静生の『正岡子規』に詳しい。しかし、ほとんどの子規論は子規が西洋絵画のスケッチから学んだとしてきた。

宮坂は子規の漢詩論の中で、「子規の現実に存するものへの写生の眼は、漢詩がもつ端的に骨太く、ずばり捉える表現からも気づかされていったのではないか」と洞察する。同時に、子規の漢詩には道教の神仙思想の影響があると指摘している。さらに宮坂は「空想と写実と合同して一種非空非実の大文学を製出せざるべからず、空想に偏僻し写実に拘泥する者は固より其至る者に非るなり」という『俳諧大要』の文章を引用し、「調和感覚を夢みていたのが青春の日の子規であった」

と結論づけていた。子規論の中ではもっとも洞察的な文章の一つである。子規は写生だけが目的だとはいっていなかったことは、今までの子規論で論じられてこなかった。写生も空想も必要だと思っていたが、俳句を多くの人に広めるために、評論の作戦として写生を特に強調していたのである。

子規は漢詩が好きであり、漱石と友達になったきっかけは漢詩を通じてであった。漢詩には道教や老荘思想の影響が深く入っていることが今まであまり語られてこなかったのは、日本人が道教や老荘思想の教育を受ける機会がなかったため、知らなかったからである。漢詩においては、人は自然を写生すると同時に自然の奥に仙郷を見ていた。子規は写生・写実の「実」だけではなく、想像・神仙境の「虚」と調和した「非空非実」の世界を文学の理想としていたが、ジャーナリスティックに写生だけを強調したため写生だけの俳人と誤解されてきた。月並俳句を非難するために写生だけを強調したのである。

子規は漢詩ではすでに、写生・写実と理想・空想の両面の世界を詠んでいた。写生・写実の本質を遡れば老荘思想の無為自然に行き着く。人為的・人工的・技巧的・主観的な見方・表現を抑えて、無為・無心・無私で自然のあるがままに客観的に描写することである。芭蕉が尊敬した荘子の説く無為自然の造化は、写生が対象とする天然である。写生というのは何かを描写するという行為であって、写生されるべきものが無為自然の造化・天然の姿である。荘子の説く造化随順・四時随順は、自然そのままの運行に従うことであり、自然をありのままに見ることを含んでいた。人間は自然・事実から離れることはできないのであり、想像・空想といえども現実の自然に見る存在を離れてイメージを想像するのは難しい。想像の世界は現実の世界のイメージの組み合わせにすぎない。

「共立学校へ行き始めて荘子の講釈を聞き、こんな面白き本がまたとはあるまいと思ひていとうれしかりし」と子規は明治二十一年の「筆まか勢」にいう。『荘子』を面白いと思い、それを嬉しいとまで思っていた。学生の頃には「老子を読む」「荘子ヲ読ム」という文章を書いているが、理解が表面的で本質的ではないのは、やはり若すぎたためであろう。若い頃は、心の主観よりも、外部の客観的世界に関心をもつ。しかし、松山時代の回覧雑誌で使った「櫻亭仙人」「好吟童子」「香雲散人」といった雅号には道教・老荘思想の影響がみられることは面白い。

荘子から深い影響を受けた松尾芭蕉の言葉を伝える『三冊子（さんぞうし）』の「松の事は松に習へ、竹の事は竹に習へと師の詞のありしも、私意をはなれよといふ事也」という文章は写生の考えを含んでいる。子規の写生も、私意を離れて対象を見るということは同じである。無為・無心の心をもって自然を写生しなければいけないという教えである。芭蕉の〈よくみれば薺花さく垣ねかな〉の句は、よく見るという写生の態度を詠んでいる。薺の花が写生できていないという人がいるかもしれないが、薺という言葉を使わずに十七音で薺の花を細かく描写することはできない。しかし、薺の花を細かく写生することは文学の目的ではなく、植物学や博物学の仕事である。俳句の写生は、読者の記憶の中にすでにあるイメージに依存している。

子規が「印象明瞭」と評した河東碧梧桐の〈赤い椿白い椿と落ちにけり〉は、椿の花そのものを写生したのではなく、赤と白の椿が落ちたという事実の報告である。椿の花を知らない人にはこの句のイメージは明瞭でない。「椿」という漢字を見て、脳内の記憶からすでに知っている椿の具体的なイメージが喚起されることによって「印象明瞭」と思うのである。碧梧桐が見たかもしれない椿の花が落ちた庭のイメージは、読者には明瞭に伝わってこない。碧梧桐は子規に写生句を褒めてもらったことが、後に無季自由律に突き進む契機となっていた。子規の写生はむしろ脳内記憶の常識的イメージに頼っている。さらにいえば、子規自身は「印象明瞭」な句だけを詠んでいたのではなく、想像性のある句を詠んでいた。子規の写生句はむしろ陳腐な句が多い。今日では「印象明瞭」をわざわざ十七音で感じたい人は少ないであろう。俳句で読まなくとも、庭で椿の花を実際に眺める方がよほど「印象明瞭」である。また今日、写真や動画で椿の花を見た方が「印象明瞭」である。俳句史において時代が下るほど、十七音で「印象明瞭」を求めることには意味・意義が少なくなる傾向にある。言葉を通じての写生は、美術や写真芸術に比べれば価値は小さい。美術や写真といった目で見る芸術に出来ないことを言葉の芸術としての俳句が表現しなければ、俳句に未来はないだろう。

大須賀乙字は客観描写について、「自己を虚しうして天然と同化するのでなければ、客観描写は出来ない」といい、老荘思想の無為自然に基づいた個人性の没却を説いていた。乙字は子規を超える写生観を説いていたが、現在忘れられた評論家のようである。乙字は子規の写生について、「印象明瞭というは、狭き空間と短き時間における現象を精密に現す謂（いい）である。その句を誦（しょう）するものは、あたかも眼前に実物実景を見るごとく感ずるのである」といい、「直叙法（ちょくじょほう）もしくは活現法（かつげんほう）」と名付け、〈四五尺の桃花さきぬ草の中〉〈つぼ菫垣の外より咲き初めぬ〉といった天明時代の例句をあげている。写生句は子規以前にも見られることを乙字は指摘していた。

子規は月並俳句を非難して写生句を唱えたように思われているが、乙字は冷静に分析して、月並俳句にも写生句があったが幼稚な写生だと多くの例句をあげていうところは公正であった。〈念入れて結ふやすぐさまとく粽〉という句を月並句の中の幼稚なる写生句という。「事実を叙してはいるが、詩にはならぬ。中でも巧者ほど嫌味が多い」「写生句でありさえすれば、月並でないと思うは間違いである」とは、子規の写生論には見られない洞察である。写生句でさえあれば月並句でないと、今日でも誤解している俳人がいる。

『俳諧大要』で子規は「作者若し空想に偏すれば陳腐に堕り易く自然を得難し。若し写実に偏すれば平凡に陥り易く奇闢なり難し」といい、空想は陳腐に、写実は平凡になり易い、と欠点を洞察していたが、空想や想像をすることは容易ではない。

子規は二十九歳の頃に「俳句二十四体」と題して俳句を分類したが、その中に「写生」という言葉は見られない。「客観体」として〈水底に魚の影さす春日かな〉、「真率体」として〈三月や小松の枝に雀二羽〉、「即景体」として〈清水の阪のぼり行く日傘かな〉、「天然体」として〈暁の山は若葉の匂ひかな〉等、十数句の例をあげていて、これらは写生の例と思われる。しかし、同時に、「悲傷体」として〈いたはしや梅見て人の泣き給ふ〉、「妖怪体」として〈涼しさの身の毛もよだつ柳かな〉、「滑稽体」として〈菜の花に婚礼したる狐かな〉、「主観体」として〈京人のいつはり多き柳かな〉、「神韻体」として〈大寺の施餓鬼過ぎたる芭蕉かな〉等、写生ではない「理想」「空想」の例と思われる句をあげている。俳句を二十四体にまとめ、写生でない句をも公平に紹介し、必ずしも優劣をつけず様々な句体があることを客観的に述べている。高濱虚子の初期の頃の俳句は必ずしも「客観体」ではなく、「主観体」であり「神韻体」のカテゴリーに含まれるものであった。子規は亡くなる頃にははっきりと写生の長所を強調するようになっていたが、写生以外の句を否定したわけではない。平凡な俳人にとっては写生は失敗が少なく、偉人でないと想像の句はうまくいかないという意見であり、それが写生が広まった理由であった。平凡な多くの一般人に俳句を広める戦術として写生を説いたのである。小説と異なり、短歌・俳句において想像のイメージを詠むことは難しい。目に見えるイメージを言語化することは易しい。頭・心で何かのイメージを生み出すこと自体が困難である。

子規が詩歌文学に写生を広めたことは否定できないが、子規自身の本質はロマンティストであった。子規は小説を諦め、「人間よりは花鳥風月がすき也」と碧梧桐に書き、「詩人とならんことを欲す」と虚子に書簡を送ったのは、悔しさからもあったであろう。子規の写生路線は、露伴の小説に共感を持って書いたロマン的な小説が認められなかったという露伴へのライバル心から生じていた。子規が写生の概念を広めたことは俳句史の教科書的常識であるが、俳句を含め優れた文学は写実・写生だけではなく想像性・ロマン性を持っている。夏目漱石の下宿に同居していた子規は、友達を作ろうとはせず、人間嫌いのところもあったようだ。「花鳥風月がすき」という性質から、花鳥風月を描写した絵画や詩歌を好きになり、更に俳句に写生という技巧・方法を応用したと思われる。

今日、写生を説く俳人に花鳥風月が好きだとは思えない態度が見られるが、子規とは異なるケースである。子規の写生論とは花鳥風月が好きであることから生じた俳句論である。子規は自然の花鳥風月が好きだという自らの心を描写したのである。好きというのは感情である。写生や花鳥諷詠の目的が、自らが好きな自然を描写する喜びでなければ、写生をしてもつまらない。写生や花鳥諷詠を嫌う人は、花・鳥・月・山・海の自然が嫌いな人であり、社会や人事を句に詠む傾向にある。

化物も淋しかるらん小夜しくれ　子規
幽霊に似て枯菊の影法師
公達に狐ばけたり宵の春　蕪村
秋の暮仏に化る狸かな
魂よ帰り来たれ魂よ帰り来たれ

写生を説いた子規は、芭蕉を貶し、蕪村を高く評価したが、子規と蕪村には想像的な句がある。化け物、幽霊、まぼろし、梅の精、鬼、妖女等々の句があり、むしろ想像句に子規俳句の本質がある。「神や妖怪を画くにも勿論写生に依るもの」と子規がいうところの写生の定義については注意すべきである。本質的に大切なことを語っているが、子規といえば写生論ばかり紹介する研究者や俳人が無視して取り上げない俳句論である。優れた文学者は二面性を持っている。科学者もまた、自然の事実に基づいて想像力を発揮しないと真理は発見できない。目に見えたまま考えていては自然の真実・真理はわからないとアインシュタインはいう。自然・生命を作っているＤＮＡや素粒子の発見は、目に見えた世界からだけでは達成し得ない。子規の写生論は誤解されやすい。神や妖怪を描くのも写生だと子規が述べていた事実を客観的に理解する必要がある。

子規の蕪村論「俳人蕪村」には、「蕪村は狐狸怪を為すことを信じたるか」「新花摘は怪談を載すること多く」とあり、蕪村の怪異の句が引用されている。蕪村には「妖怪絵巻」という水木しげるの妖怪本のような妖怪の絵巻がある。蕪村を称賛した理由には、子規の怪異好みがあった。蕪村には芭蕉を思っての「魂帰来賦」と題する激しい魂呼びの詩がある。「魂よ帰り来たれ魂よ帰り来たれ」と詠うこの詩は、蕪村・子規の同質性の一つを示す。彼らの写生・写実・リアリズムを超えたロマンティシズムへの嗜好は今まであまり語られてこなかった。写生を説く人は、子規の全体像を客観的に見るのではなく、写生を唱えた子規の一面のみを恣意的に取り上げてきた。子規の想像の句を無視しないと全体の論理が崩れるからである。寺田透は子規の想像句を「誰も作ることのできなかつた句」と評価し、子規の本質を見る。子規が写生論を説いたからといって写生句だけを詠んだのではないことを、私たちは知る必要がある。

子規の写生論は西洋画家の中村不折の影響とされる。不折は師の浅井忠を通じて、工部美術学校で教えていたイタリア人画家フォンタネージの西洋美術の基本概念を学んだとされるが、「美術の最終目的は感情を画き出すにある」という。美術における写生の定義は、目に見えない感情の表現も含んでいた。写生といえば見たままのスケッチだけを考えるのは間違いである。

「名所の句は必ずしも実際に遭遇して作りたるに非ず　或は記憶の喚起によりて成り或は一部の想像によりて成り或は全部の想像によりて成る」と子規は『寒山落木』にいう。写生といっても、作者の記憶の喚起であり、想像に依拠したイメージであることに、写生だけを強調する批評家・研究者は触れてこなかった。文学は一面的ではないことを子規は知っていたが、子規は評論を展開する時には戦略的であったため、俳句の写生の面だけを強く主張し、芭蕉を貶した。子規が登場する以前の俳壇は芭蕉尊重であり、芭蕉を神と崇めていたから、子規は芭蕉を非難した。

芭蕉を非難したのは、芭蕉その人や句に対する不満ではなく、むしろ芭蕉を神棚にあげていた当時の俳壇への不満からであった。「芭蕉の俳句は過半悪句駄句を以て埋められ、上乗と称すべきものはその何十分の一たる少数に過ぎず」と子規は貶したが、同じ評価が子規自身に返ってくる。子規の句の佳句の割合は、全体の何百分の一と芭蕉以上に少ない。俳句の評価は子規の感情的・主観的な評価にすぎない。写生・写実は単なる報告になりやすい。新しく見えた写生も、繰り返すと古くなる。写生も月並・ただごと・陳腐になりやすい。写生を説いた子規・虚子の秀句・佳句がスケッチ風の写生でないのは面白い。

稲妻や顔のところが薄の穂　芭蕉
稲妻の顔をはしるや秋のくれ　子規
清滝や波に散り込む青松葉　芭蕉
青松葉見えつつ沈む泉哉　子規

松井利彦は『正岡子規の研究　下』で、子規は芭蕉を貶していた頃に芭蕉の句を真似た句を多く作っていたことを発見している。芭蕉の句の方が優れていることはいうまでもないが、芭蕉の句には「印象明瞭」の句があることを子規は知っていて、あえて貶したところがある。

「俳句は文学の一部なり文学は美術の一部なり故に美の標準は俳句の標準なり」と、子規は『俳諧大要』に説く。子規にとって俳句の評価の基準は「美」であった。では「美」とは何かとは、写生とは何かという問い以上に難解である。美とは何かという基準もまた読者の主観に依存する。写生とは技術論であり、本質論ではなく、美の表現のための方法であった。想像によるよりも写生によるほうが「失敗」が少ないと子規のいったところは、虚子の俳句観に影響し、その後の俳句の歴史によって証明されてきたことである。

俳句論史は写生論に対する誤解に振り回されてきた。「想像」の対立概念としての客観的写生と、神や妖怪もまた写生だという主観的写生の概念がミックスされて錯綜してきた。子規が写生を唱えたから、俳句史は単純な写生句だけを取り上げてきたが、子規の句には、幽霊等を詠んだ想像の句があることは事実である。子規の作品が客観的な写生句だけであるというのは大きな誤解である。写生句の中に多くの駄句・凡句があることは注目すべきである。写生句こそが優れた句だと信じて多くの俳人が写生句の信奉者であったが、俳句史で詠まれてきた数多い写生句の中に秀句・佳句を見つけることは容易でない。

野萩折て狂女がかざしこれ見よや　　子規
萩の中に猶白萩のあはれなり

「人間よりは花鳥風月がすき也」と手紙に書いたように、子規は自然が好きで花が好きであった。自然を愛するのは詩歌の心の源である。花を愛する心、人を想う心が最初にあって、その表現形式の一つとして写生俳句がある。子規は、純粋に花の美しさを思うロマンティストであった。狂女が萩の花をかざすのは舞台の場面のようだ。子規の花の句は、「あはれ」の俳句である。写生・写実の議論以前に萩の花を愛する心がなければ、萩の俳句は無意味である。まず花に造化の秘密を感じる心があって、それから俳句が生まれる。花を愛する心・情がまず存在して、その心を表現する方法として写生がある。花が嫌いな人は花を写生する気にはならないだろう。

「草花の一枝を枕元に置いて、それを正直に写生して居ると、造化の秘密が段々分つて来るやうな気がする」と子規はいったが、「造化」とは芭蕉のいう「風雅におけるもの、造化にしたがひて四時を友とす」「造化にしたがひ造化にかへれとなり」の「造化」に通う。造化という言葉は荘子の思想から来ている。花に造化の秘密を感じる心は、民俗学的にはアニミズムに通うところがある。またそれは、原始の心において自然や草花を愛することにつながり、森羅万象に生気や神や魂を感じることに通う。これらは詩歌や宗教の起源を説くタイラーの学説である。古今東西の詩歌文学における客観的な多くの実例において、詩歌には古代宗教観の「残存」が見られると、タイラーは『原始文化』で唱えた。

子規の写生とは、「造化の秘密」を摑むための手段であり、その材料は自然であり草花であった。時代を超えて貫通する芭蕉の風雅の道とは、造化にしたがって造化のもとに帰ることであった。荘子の説く造化とは、森羅万象が造られ、自ら進化していく宇宙の存在であった。キリスト教・ユダヤ教のようにゴッドが万物を作ったのではなく、自然・造化・宇宙そのものが神々となる世界である。『古事記』や、芭蕉や子規の言に、荘子の「造化」という言葉が重要な意味をもって使われていたことには、東洋の文学や宗教において自然が神々であったという歴史的な背景がある。子規のいう「造化の秘密」とは、自然の神々が存在している秘密、すなわち神秘である。自然と人間の存在そのものが神秘的な存在である。細胞から動植物へ、動物から人間へと進化したことが造化の秘密である。

子規は写生の奥に花の生命の神秘を感じていた。「物化」という荘子の言葉があるが、荘子も芭蕉も子規も、何かが何かに化すということに関心をもっていた。自然・宇宙は造られたままではなく、姿を変えていく。人も動物も植物も、存在そのものの不思議が神と呼ばれ、万物は魂を持つ。キリスト教では魂を持つのは人間だけであり、動植物は魂を持たないとされる。猿が人間に進化したように、自然は化していく。造化とは「造」の後に「化」していく世界である。乾坤の変である。

自然の生命への関心が、写生ということに関心を持つ人々の奥にある。自然の生命の秘密を言葉に置き換えることが、創作欲望となり、定型詩を生みだしてきた。俳句の四季観も荘子の思想にすでに見られる。芭蕉の「造化にしたがひて四時を友とす」は、荘子の「四時はたがいに起りて万物したがい生じ」から来ている。四季の循環によって地球上の万物の生命は変化しながら調和を保つ。近代化と戦争は、その四季の循環の調和と平和を乱してきた。俳句の定型と有季の根拠は、記紀万葉を超えて古代東洋思想にまで遡らなければ理解は不可能である。

蓬 萊 に 俳 句 の 神 を 祭 ら ん か　　　子規
涼 し さ や 芭 蕉 も 神 に 祭 ら れ て
あ ら た か な 神 の し づ ま る 若 葉 哉

稲の穂の名所に神の鎮まりぬ
何神か知らずひわだの苔の花

子規には神々を率直に詠んだ句や歌があり驚く。これらの引用句を真剣に虚心に客観的に読めば、子規の写生論の背景が理解できる。神は目に見えるものではない。厳密な客観的写生論からは、神を詠むという発想は出てこない。「意外に思う人が多いかも知れないが、子規には、信仰と言っては当たらないかも知れないが、一種信仰的な心もちがあった」「すべての宗教に通ずる信仰者の神秘体験」と、歌人の玉城徹は『子規』の中でつとに洞察していた。今までの子規論では聞かれない優れた子規論である。自然・宇宙という言葉と概念は荘子の創唱したものだが、自然・宇宙の神秘を考えれば、子規のいう写生はただ見えたままの描写のことではなかったことが『子規全集』の文章と俳句からいい得る。子規は月並俳句を排して写生を強調したが、現在では写生・写実の句の多くが月並になっている。写生は絵画においても俳句においても表現として基本であるが、基本を卒業した後は、写生を超えるものが秀句・佳句には詠まれている。

一般の多くの人が詠める句として子規は客観的写生を説き、子規自らは想像的・主観的・浪漫的・神秘的な句を詠んでいた。子規の写生観は、子規の恣意的な写生論だけでなく、俳句・短歌・小説といった全作品の具体的な分析を通じて理解すべきである。

本質的な問題は作品の内容とその評価である。写生かどうかが問題ではなくて、良い作品かどうかが問題である。写生の俳句がすべて良い作品であるとは限らないことが、俳句論と実作のギャップである。写生という概念の定義の違いを論争することではなくて、詠まれた作品が良いかどうかを批評することが大切である。写生であるから良い句であるという批評は間違っているケースが多い。逆に写生でないから良い句であるという意見も間違いである。

「月並俳句」は写生ではないからだめだという子規の写生論もまた、論だけでは客観的に理解できない。「読者の感情よりも知識に訴えようとする」月並俳句は、「意匠」の陳腐を好み、「新奇」を嫌う、と子規はいうが、月並俳句がすべて知識に訴えて、陳腐を好み、新奇を嫌ったのかは子規の文章からは分かり難い。逆にいえば、写生の俳句はすべて感情に訴えたのか、陳腐を嫌ったのか、新奇を好んだのかは疑わしい。言葉の正確な定義からいって、客観的に目に見えたままを写生すること自体が陳腐であり、新奇ではないことを証明した実例が多く見られる。

幽霊や神の句を子規が詠み、それらの句が写生の定義の範疇に含まれるということは、写生という言葉の定義ができないことを証明している。幽霊や神という存在は目に見えないものだから、目に見えるものを見えたままに描写することだけが写生の定義にはならない、と子規は結果として主張しているのだから、そうすると目に見えたものと目に見えないものの両方の世界が写生の対象となり、写生の概念が崩れてしまう。

「写生」という概念だけを基準にして作品を評価することは出来ない。写生句の中にも陳腐な古い句と新しい句があり、旧派の月並俳句の中にも陳腐な句と新しい句があり、子規の万以上の句の中にも陳腐な句と新しい句があるというのが客観的な事実であることを認識しておきたい。問題は、陳腐か新しいかという評価基準や定義もまた容易でないことである。「新しい」という言葉の定義も曖昧であり、読者・評者によってすべて定義が異なるから、新しいとか陳腐であるとかの判断は人によって異なる。

すべては具体的に一句一句の作品を冷静に評価することが必要である。「論は、論としては甚だよいけれども、引例の句には、その論と合致せぬのが大分あると思う。要するに、句の解説を十分に試みなければ、その所論を確かめ得ないのである。それゆえに僕は一句一句の詮鑿(せんさく)からはじめよう」とは、乙字がすでに明治四十四年の碧梧桐論で述べた言葉であるが、すべての俳句論・文学論・文化論についていい得る言葉である。

写生論によって子規が当時の俳壇で高く評価されたわけではなく、子規派が俳壇で力を増したというわけでもない。村山古郷の『明治俳壇史』によれば、子規が批判した旧派の中にも桐子園幹雄のように革新に努力した宗匠がいたという。子規は二十五歳の時に、新聞「日本」に「獺祭書屋俳話」を連載したが、当時の俳壇は無関心だったようだ。子規の俳句論が本格的に俳壇で問題とされ始めたのは、子規の死後であろう。河東碧梧桐が俳壇で活躍したことや、高濱虚子の経営で「ホトトギス」が俳壇で評価されていった結果、二人の師であった子規の俳論が後世の史家によって高く評価されたのではないか。子規が二十六歳の時点でも、当時の俳人たちからの注目はなかったと古郷は書いている。二十八歳の頃には、子規派は日本派とよばれ、同調者が出てきたのは俳句を通じてではなく、郷党的で藩閥的であったからとされる。「ホトトギス」創刊一年後の俳壇の人気投票では、一位から四十位まで旧派であり、三十一歳の子規は三十七位だったという。三十二歳の頃には四位に上がっていた。しかし首位三席はまだ旧派宗匠が占めていたから、子規の日本派は俳壇の主流ではなかったと古郷は調査している。俳句論が理解されることよりも俳壇史的な活躍が俳人の評価に影響する多くの実例を、古郷の優れた著作は紹介している。

子規が三十四歳で没する頃の虚子経営の「ホトトギス」は苦しかったというから、子規や虚子が俳壇で高く評価されていたわけではないようだ。また、今考えられているほど、子規の写生論そのものが当時俳壇で大きく問題となったということはなかったであろう。虚子の「ホトトギス」が俳壇で高く評価されはじめた結果、子規の写生論が有名になったのではないか。

本書では純粋に俳句論だけを対象とするが、俳句論が俳壇で注目されるのは、単にそれが優れているからというだけではないことを、古郷の調査を通じて知ることが出来る。子規門の碧梧桐や虚子が俳壇で活躍していったから、二人の師であった子規の俳句論が問題になっていったのであろう。俳句史は、純粋な俳句論の歴史だけを見ていてはわからず、党派性の観点からの俳壇史が重要であることが、高く評価された古郷の『明治俳壇史』によって理解できる。

花守や夜は燈下に荘子読む　　子規
桃の實の桃源を出て流れけり
儒釈道屠蘇酒白酒濁ﾘ酒
渾沌をかりに名づけて海鼠哉

無為にして海鼠一万八千歳
石に寝る蝶薄命の我を夢むらん
屈原は下戸なりけらし菖蒲酒
雲の峰徐福か船は遥かなり
行く春を徐福がたよりなかりけり
長き夜や孔明死する三国志
養老の月を李白にのませはや

これらの句からは写生を唱えた子規の思想的な背景がわかる。実例の多くは写生を超えている。写生論を唱えた評論家・子規は、実作では老荘思想を好むような句を残していた。ここであえて東洋思想と子規をこじつけたいのではない。客観的に子規の写生論と実作の関係を見たい。俳人・評論家・研究者の多くは自分が主張したいことに合わせて人の俳句を恣意的に選択しがちである。子規の写生論を語りたい研究者・評論家は子規の写生の俳句だけを取り上げ、思想的な俳句を意図的に無視する。これらの子規の句を引用して子規論を論じた批評家・研究者はほとんどいなかったのではないか。

子規は東洋思想に詳しかった。儒釈道とは儒教、仏教、道教のことであり、正月のお屠蘇も神仙思想における不老不死のための薬が起源であった。日本では神仙道や陰陽道は天皇制の基盤となっていたため奈良時代に左道とされ、天皇家以外には禁じられたが、芭蕉、子規、漱石等、優れた俳人・偉人が深く関心をもったのがタオイズムであったことは俳句史ではあまり語られてこず、無視されてきた。子規は「老子」と前書きした句〈無為にして海鼠一万八千歳〉で、海鼠を渾沌や無為の思想の具象化したものと詠んでいた。子規はむつかしいことを詠んではいない。むしろ諧謔によって渾沌や無為の思想をわかりやすく詠んでいた。俳句の俳の精神、諧謔の精神は、戦争・政治・欲望の俗世界を嫌った老荘思想に通じる。蝶と夢の荘子の思想、詩人の心を持ち、神々の国に憧れた屈原、不老不死の蓬萊の国を信じて日本に渡ってきた徐福、神に祈願する道士であった孔明や李白の世界を俳句に詠んだ子規の一面は、子規の写生句にのみ関心をもつ批評家・研究者が語らなかった世界である。『子規全集』の全句を読めば、単純な写生句以外の多様な句に出会うことに驚く。

子規が精神の自由を得たのは老荘からであろう。「こんな面白い本がまたとはあるまい」と子規は荘子についていう。中学生の頃も既に山水画を描くことを好み、仙人的境地に憧れていたが、それは漱石や露伴にも共通した精神的背景であった。これらは単純な写生論だけでは語れない世界であり、無視されてきた子規句の一面である。

目に見える世界は多くの俳人に共通しているから、「よく写生できていますね」という批評が多くなることはやむを得ない。理想句・想像句を詠むことは簡単ではない。スケッチ風の写生は俳句の基本であり、否定はできない。今も「写生が全て」と思う人が多いから、写生を否定することはできない。写生を信じている俳人は写生を一生続けるであろう。俳壇での批評は感情的主観が殆どであるから、評価は多数決に依りがちである。写生は写生を信じる俳人の世界で続けられていく。

写生・写実は文学・美術において基本であるが、それだけが全てではないことを知る必要がある。

斎藤茂吉の写生論——実相観入・伝神説

写生といっても、子規の写生観とは異なる写生観を斎藤茂吉が持っていたことを指摘しておきたい。現在の俳人においても、同じ写生の句といってもその中味は異なることが多いということはあまり注目されていない。俳句で写生を語る人は、写生の定義と例句をあげて説明してほしい。あるいは、写生という熟語を使わず、写生俳句のどこが良いのか、作品の何が優れているのかを説明しなければいけない。写生だから良い句だという批評が多いけれども、それは本質的な批評ではない。

山本健吉は『子規と虚子』で、子規と茂吉の写生観について考察している。「革新を遂行するための武器としたのは、かの写生論という単純きわまりない理論なのだ」「子規の写生論の幼稚さは、今日批判に堪えないであろう。斎藤茂吉は子規の写生論を祖述するのに、実相観入説にまで発展させざるを得なかった。もちろん子規の写生論は平板なもので、ものの実相などというが如きことは考えだにしなかった」「子規の写生論の中から、何か茂吉の実相観入に近い意味を探し出そうとする人は失望するであろう。最後まで子規の写生論は単純幼稚なのだ」「眼を開いて外界をよく見よ。——子規の写生論は、言ってみれば、ただこれだけのことに過ぎないように思われる」と洞察した。

一見子規を批判しているようだが、写生論は「今でも驚異的なのである」と結論付けている。写生論は長い間、多くの優れた俳人・評論家・研究者を悩ませてきた。

斎藤茂吉の主たる歌論は『斎藤茂吉歌論集』にまとめられていて、茂吉の写生論を知ることが出来る。写生のもとは中国の絵画論から来ていて、英語の「スケッチ」とは異なった意味で使われていたことを茂吉は発見している。「スケッチ」という英語の訳にそもそも「写生」という漢字を用いたことが写生の意味を混乱させてきた原因である。子規にとって写生とは、何かを描くための手段であったことは前章で述べたが、茂吉にとっての写生は、実相観入という作品のテーマであり目的であった。

子規は漢詩に詳しかったが、漢文・漢詩における写生の意味を正確には理解していなかったようだ。茂吉の説く写生とは何であったかを知ることは、俳句における写生の意味・意義を理解する上で役に立つ。茂吉は高濱虚子の写生観にも無意識の影響を与えていたと思われる。

斎藤茂吉は、明治十五年（一八八二）、現在の山形県上山市に生まれ、昭和二十八年（一九五三）、七十歳で没した。二十三歳の時に子規の遺稿集『竹の里歌』を読んで歌に惹かれ、二十四歳の時に伊藤左千夫の門下となる。六十九歳で文化勲章を受章した。三十八歳の時に「短歌における写生の説」を書き、後に「短歌初学門」で写生観を完成させている。

芭蕉の句〈閑（しづか）さや岩にしみ入（いる）蟬の声〉について、「写生の佳なるもの」と茂吉は評価する。これを写生というとおかしいという者が現代には多いと茂吉はいうが、「真の『写生』と謂ふべき」とする。「実相観入によつて、自然の性命を表現したものだといふことがわかる」といい、これが写生と分からない人は「写生」のことなどいわないほうがいいとまでいう。現代の俳人・批評家・研究者にもあてはまる洞察である。

茂吉は客観写生と主観写生の両方を「写生」と定義していた。

中国の「写生」は、日本に来て「生写（いきうつし）」という言葉になったという。「生写」は人間だけでなく花鳥の描写にも適用された。「写生」は「極似して花のために神（たましひ）を伝ふるに称（かな）ふ」というところは、写生の定義だけでなく、「神」の意味が「魂」であることを教えている。東洋人にとっての神とは自然・人間を作ったゴッドとは異なり、花・自然・人間そのものが神々であり魂である。その神・魂を伝えるのが写生だとする。西洋画のスケッチと東洋画の写生との根本的な違いを指摘したところは茂吉の驚くべき洞察である。医学を専門としていたから、物事の本質を見る目をもっていた。

「写生は生を写すといふことである。生は性に通じイノチといふことであって、生気生動などの生でもある」「之（写生）を個（作者）の生に限局せしめず、人間生物を籠めた万有的存在の根源をなすイノチの義に解することも出来る。即ち万有を生と観る考方である」

「写生といふ語は支那画論で花鳥画の一態に命名したものであった。そして写生・伝神などといふことは花鳥画を論ずるときに殆ど同義に使はれたものである」

「実相に観入して自然・自己一元の生を写す。これが短歌上の写生である」

茂吉の実相観入は「写生・伝神」の中国画論から学んだ説であり、「自然」と「自己」が「一元」であるというのは、荘子の思想でもあり、芭蕉に影響していた造化随順・万物斉同の考えであった。写生がもともと中国のタオイズム（道教神道）と関係があったという茂吉の洞察は、子規や虚子が知らなかったことである。マイケル・サリヴァンの『中国山水画の誕生』では、茂吉以上に広く深く写生の概念を研究しているので参照したい。西洋画のスケッチと東洋画の写生の違いは大きく、「ゴッド」と「神々」の違いに相当する。スケッチというのは自然を写すことであるが、そこには神や魂といった霊的なものはない。ゴッドによって作られた物としての自然がただあるだけである。キリスト教では人間以外の動植物に魂・心はないとされる。東洋での写生は、自然の中の生命と魂を描写することに関係していた。特に荘子の思想では森羅万象の中に神と魂と命がある。

「中国人にとって、すべての山は神聖である」「仏教や道教のはじめての寺観が山の中腹に建てられるようになったはるか以前から、中国固有の伝統として、山は神聖であった」「山は宇宙なるものの肉体であり」「真実を哲学的思索にではなく、自然界に求める傾向が強かった」「古代中国の画家たちは、丘や川を、そこに内在する力や、そこに宿る霊から切り離して考えることができなかったようである」「（山は）精霊や神仙が宿るところであった」「画家の目に見える自然の姿は、じつはタオのはたらきが表面に現れたものであり」「自然に忠実であることは、霊に接近するための一つの基本的な手段にすぎない」

タオや道教神道の言葉は現代日本人には馴染みがなく、日本には道教神道が渡来してこなかったといわれているからほとんど知られていないが、サリヴァンの言葉は日本の神道にも通じることである。山を神とすることは、中国・朝鮮においては日本よりも古くから信じられてきたことであり、日本の修験道に影響した。

タイラーがアニミズムという宗教的概念を創唱した際には、道教神道を東洋の典型的なアニミズムと考えていた。道教神道は自然を神々とする思想であり、自然の外にあり、自然を作ったゴッドという一神教の思想とは本質的に考えが違っていた。東洋画において写生とは、自然の奥に霊や神を感じることであった。山水画や漢詩は自然と一体となるための芸術であり、自然に神々を見ることの実践であった。写生は、六世紀頃には、「伝神」「写神」「魂の共鳴」「通神」「精神を伝える」「気韻」「神気」「風神」といった言葉に関係し、日本の記紀万葉に大きい影響を及ぼしたことは、近代日本で忘れられてしまった事実である。

茂吉は、「もともと厳格な意味で短歌に主観的と客観的とを別けるなどといふのは不徹底であつて、抒情詩の体である短歌では生命の如何、活きているか死んでいるか」「たましひに鳴りひびいて来るか来ないか」ということが問題であると強調する。三十一音の短歌と十七音の俳句では、写生に対する考え方が違うのであろうか。定型の文字の数の違いによって文学上の概念の意味が異なることはない。子規の写生論では客観性が強調されたため、子規以後の俳句論ではそれに対抗して主観性・想像性が主張されてきた。

短歌だけでなく、近世から現代の俳句まで、神・魂・命が詠まれることは多いが、それを支える俳句論がない。茂吉の写生論が神々や魂を詠む俳句の背景を語っている。本書では「俳句とアニミズム」の章で神・魂・命の存在と俳句の関係について触れる。

高濱虚子の俳句論——花鳥諷詠・存問・天地有情・主観客観自由自在

高濱虚子の俳句論は優れていて、「ホトトギス」一二〇年の基礎を作った。虚子は当初、客観写生と主観写生について長く論じ続けてきたが、最終的には花鳥諷詠を唱えることになった。虚子の俳句論の変遷を追いたい。

虚子は明治七年（一八七四）、現在の愛媛県松山市に生まれ、昭和三十四年（一九五九）、八十五歳で没した。『定本高濱虚子全集』の第十巻から第十二巻までの三巻に、二十一歳から八十五歳までの俳論が掲載されている。

二十一歳の時の最初の俳論が虚子の本質を表していて興味深い。その俳句論が一生を貫道していた。虚子の孫・稲畑汀子が虚子の俳句観としてアニミズムを洞察したが、虚子が二十一歳ですでに自然に神性・霊性を感じていたことはほとんど指摘されてこなかった。しかしこれは極めて重要な点である。

「芭蕉の偉人たるもの名句多きが為めに非ず弟子多きが故に非ず」「直ちに造化の懐に入つて森羅

万象と触接しここに大熱情大同感をもつて深く天地山川の神と融会せし点に在り」と、芭蕉が偉人なのは、造化の中深く入り天地山川の神に会ったからだと虚子はいう。二十一歳にして非常に優れた洞察である。これは虚子の本質的な文学観・俳句観を述べた貴重な文章であるが、写生論だけに偏った研究者や俳人の虚子論ではほとんど引用されてこなかった極めて重要な俳句論である。子規は芭蕉を貶して蕪村を持ち上げたが、虚子が若い頃から芭蕉を高く評価していたことは、両者の俳句観の根本的な違いを表している。

さらに虚子は、「理学者博物学者が驚嘆する霊妙の神霊に融化し其形を補へ来つて詩魂をうつすものこれ我俳人のつとめとすべきところなるべし」といい、すでに本質的な俳句論を述べていた。虚子は俳句と科学の共通点を洞察していた。初期の俳句論の中で、客観でも主観でもない、「霊妙の神霊」や「詩魂」といった霊性を語っていたことは、今までの虚子論ではあまり論じられてこなかった。本質的な虚子論を書く人は、この虚子の言葉を引用して真剣に考えるべきである。

写生そのものが重要なのではなくて、写生を通じて何を感じ、何を得るのかが、二十一歳の虚子にとってもっとも大切なことであった。「花鳥諷詠」「存問」の俳句観の本質も、この二十一歳の時の俳句観にすでに含まれていた。花鳥諷詠を非難する俳人には、花や鳥をただ十七音の言葉に写生することだと誤解している人が多い。水原秋櫻子の唱えた「『自然の真』と『文芸上の真』」の問題も、虚子はすでにこの頃には考えていたのではないか。虚子のもっとも本質的な俳句論を、多くの虚子論は見逃している。子規と虚子は写生である、と思い込んできた俳人・研究者には、虚子の説く「造化」「霊妙」「神霊」「詩魂」といった言葉が心と頭に入ってこないであろう。むしろこういう言葉を拒否しているのではないかと思われる。敗戦後のアメリカ文化の輸入によって近代化された日本人には、老荘思想以来の東洋の文化観・自然観が無視されてきたようだ。芭蕉が「天地山川の神と融会」していたという虚子の洞察は、今までの芭蕉論でもあまり見ない。虚子は芭蕉の俳句と俳句論のエッセンスを正しく理解できた人である。

三十一歳の時の文章「俳諧スボタ経」では、「歳時記に出て居る許りぢや無い目に触るるもの耳に聞くもの、乞食糞尿に至る迄悉く美ぢやと悟るが俳諧ぢや。草木国土悉皆成仏悉有仏性とはここの事、見やうによれば天地万物悉く美ぢや、と斯う悟れば俳人ぢや」と、日本の大乗仏教の精神と俳句を関係付けていた。優れた文化観・文学観・俳句観である。宗教を毛嫌いする研究者や俳人が多いが、虚子の本質的な俳句論を虚心に読むべきである。日本文学の伝統の中に日本人の宗教的霊性があることを、虚子は若い頃に洞察していた。

森羅万象の本質に仏性を見るという思想は、インドから中国に大乗仏教が入った後、仏教を広めるために、万物に道（生命の根源）があるという荘子の万物斉同の思想を取り入れて、仏教がアニミズム的に変化したものであるということを日本人はほとんど知らず、拙著『ヴァーサス日本文化精神史』で詳しく論じた。本書の「俳句とアニミズム」の章でも論じる。中国と日本の大乗仏教は、釈迦の仏教とは異なることを日本人は教えられてこなかったために、今や仏教は葬式宗教に近くなってしまっている。

釈迦仏教・原始仏教には「草木国土悉皆成仏悉有仏性とはここの事、見やうによれば天地万物悉く美」という虚子が理解する仏性の考えはまったくなかった。日本の仏教は中国の大乗仏教であり、釈迦の唱えた仏教とはまったく異なっていた。あるがままの仏性があるなら、何も釈迦が人間の欲望・煩悩を抑える倫理を説く必要はなかった。道元をはじめ多くの僧侶が悩んだ点である。釈迦の仏教はインドにおける新しい宗教であり、バラモン教の神々や霊魂信仰を否定した宗教であった。大乗仏教、特に禅宗によくいう、あるがままでいいとか、自然のままでいいといった考え方は、無為自然を説いた老荘思想の影響である。あるがままでいいという大乗仏教、特に禅の考え方をするのであれば、何も仏教における修行をする必要はないのである。日本の大乗仏教にいう「仏」とは、東洋での「神々」の一種であった。中国と日本に仏教が入ってきた時に、金色の仏像が神々の一種として信じられたのである。虚子が説くのは俳句の道を信じるということである。

虚子四十歳の時の「俳句の作りやう」の中では、「俳句を作る場合には、我等は一茎の薔薇にぢつと目をやつて、其処に我等と薔薇との間に如何なる神霊の交通があるか、自然――神――は如何なる不思議を我等に見せてくれしか。我等は精神を一所に集中して、ぢつと其薔薇とにらめつくらをしてゐることによつて文学上の新発見をすることが出来るのであります」と説く。二十一歳の時の考えが四十歳まで続いている。自然科学も自然がすべてであって、科学者は無心にならなければ自然は見えてこない。自然科学と俳句に共通するのは荘子の説く「無為自然」であり、人為的・作為的・人工的な表現技巧でなく、我を忘れてじっと見ることの大切さである。普通では目に見えないＤＮＡや素粒子の存在を認識することが本当の写生であることを、虚子は知っていたかのように思われる文章である。

虚子は俳句論史においてもっとも深い文化思想を若い頃からもっていたのである。薔薇をじっと観察して、自然という神が見せてくれる不思議を発見することが、虚子の写生論の本質であった。それは、「草花の一枝を枕元に置いて、それを正直に写生して居ると、造化の秘密が段々分つて来るやうな気がする」という子規の俳句観にも通っているが、子規はそれ以上文学精神を深めることはなかった。子規がもっと長生きをしていれば、虚子の考えに近づいたのではないか。子規のいう「造化」とは、虚子のいう「神霊」である。

昭和二十七年、虚子七十八歳の頃には、花鳥諷詠の対象である森羅万象の命について、「八十年の人の命も、一年の草の命も、共に宇宙生命の現れであることに変りはない。花鳥だといつて軽蔑する人間は愚か者である」と、花鳥諷詠の意義は宇宙生命を摑むことだと説き、万物に生命を感じる荘子的な「万物斉同」の思想・精神をもっていた。

死の前年の「天地有情」という文章は、全集中最後の俳句論である。「天地万物にも人間の如き情がある」「日月星辰にも情がある」「畢竟人間の情を天地万物禽獣木石に移すのである」「詩人（俳人）は天地万物禽獣木石類に情を感じる」「花鳥諷詠。天地有情」「天にも命がある。地にも命がある」と、万物に生命があることを説き、その生命を「有情」といった。これらの思想は万物斉同の荘子的タオイズムに通う。虚子が俳句を通じて、日本人のもっとも本質的な宗教観といってもよい思想を述べていたことに驚く。

虚子は荘子については触れていないが、虚子の〈書読むは無為の一つや置炬燵〉〈冬枯の庭を壺中の天地とも〉〈造化又赤を好むや赤椿〉〈秋晴に心遊ばせ遊ばせて〉といった句の内容を考えると、虚子が、無為自然・壺中天・虚空・造化・逍遥遊という荘子の精神を理解していたことは明瞭である。子規や漱石が老荘思想を深く理解していたから、虚子は無意識にその影響を受けていたのであろう。虚子と芭蕉に共通する普遍的な思想性を高く評価したのは、森澄雄であった。虚子の「花鳥諷詠」について、澄雄は、「老荘の『造化』にもつながる」「花鳥のなかに造化の宇宙があり、それを詠み、またそこに遊ぶのだ」「花鳥という言葉には自然をふくむと同時に、もっといきいきした、いわば造化、宇宙が生まれてくる」と、芭蕉・虚子と自らに貫道するものを洞察した。虚子の名前の「虚」は、まさしく荘子の説く「造化」の「虚」に他ならない。俳号・虚子の名付け親の子規は、老荘を好む文や句を残していた。

虚子が、俳論で主観・客観について論じ始めるのは三十歳の頃である。「俳句は又必ずしも天然のみを咏ずるのでは無い、人事をも咏ずる、主観をも叙する。然れども其の人事は甚だ天然に近い人事で、其主観は主として天然物を借りて叙する主観である」といい、天然・自然を中心として、人事と主観を考えていた。「写生趣味とは何であるか。空想趣味のややもすると陳腐に陥る嫌ひがあるので、新しい方面を開拓せうとするところのものである」と、子規が説いたところを展開し、さらにそれを超えている。

三十八歳の時の「俳句入門」では、「僅に五七五の調子を破壊したり、僅に季題趣味を自由にした位では、已に古人も明治の先輩も試みてゐるところであつて、更に目立たしい効果も見えぬところから」「其はもう俳句では無いやうな奇怪なものとなつてしまふ」といい、無季と自由律を否定している。過去に先人が挑戦して失敗していたからという結果主義から、無季と自由律を否定していた。有季と定型が絶対的であるという理論はそれまではなかった。歴史的に、有季定型に良い句が多く、無季自由律に良い句が少なかったからという理由であった。

俳句の内容については、「平明の」「判り易い」「余韻のある」句を説く。「我等は複雑な思想の上に立つて簡単な句を作ることを忘れてはならぬ」「平明の句には連想を呼び易く」「単純の句には連想を伴ひ易く」「余韻の深い句といふのは」「容易に連想を伴ふが故によい」「文学は凡て余韻を生命とする」と、俳句の連想と余韻の深さについて強調していた。

大正六年、四十三歳の時の「進むべき俳句の道」は、俳句論というよりも、村上鬼城・飯田蛇笏・原石鼎等三十二人の俳人論と作品鑑賞であり、この中で虚子は、「(子規)居士の主張と、今日の我等の俳句並に俳句に対する主張との上で著しく相違して居るのは主観的なる事である」「客観描写では物足らなくなつて来た」といい、主観性を重視していた。客観と主観を同時に考えられる懐の深さである。虚子は俳人論・作品論はあまり残しておらず、今日から見ても「進むべき俳句の道」は優れた俳人論・作品論であるが、純粋で本質的・普遍的な俳句論を主とする本書では、基本的に俳句作品の鑑賞・解説については触れない。

虚子は、「われ等の俳句も子規居士の純客観主張の後をうけて漸く主観句時代に歩を踏み入れつつありながら無我夢中にそれを最善のものと心得て其欠点に気付かないでゐることは非常に危険なことである」ともいい、作品論では主観句について論じながら、客観性の大切さも説いている。結論の章では、「俳句の道は決して一つではない、様々である、各人各様に歩むべき道は異つてゐるといふことを言つた。それは今迄挙げ来つた人々の句を一々吟味することによつて直ちに明瞭になることと思ふ」といい、俳句の道は縦横無尽だとする。反論する人の意見をすでに考えていた。

「私は本論の初めに、近来の句の著しい傾向の一つは主観的であると言つた。さうしてこれが子規居士の主張した客観主義よりも一歩を進めたものであると言つた。其言の誤りでないことは査べ来つた各人の句を見ることによつて明白となつたことであらう。然し乍らここに一大事を閑却してはならぬ。何ぞや、曰く／客観の写生」と結んでいるところは複雑である。個々人の実際の作品を鑑賞している時には主観性を強調して、結論でも主観は客観を一歩進めたものといいながら、客観写生を閑却してはいけないというのが四十三歳の頃の俳句観であった。若くして没した子規とは異なる虚子の懐の深さであり、今までの虚子論が誤解するところである。

大正十一年、四十八歳の頃には、客観写生を強調するようになる。

「今の俳句界から写生といふ二字を取去つたら、其処に何物が残るであらう」「よく自然を見て、其を写すのです。書物を見て作るのではありません」「写生を説くのは偉大なる作家の為めではない。偉大ならざる作家の為めだ。先づ普通一般の作家の為めだ」「偉大なる作家は出でずとも、多くのものが寄つてたかつて偉大なる時代を形作りつつある」

この言葉は、三十一歳の時の言葉、「天才ある一人も来れ、天才無き九百九十九人も来れ」と関係する。「ホトトギス」を経営していた虚子は、多くの会員が長く俳句を続けるためには、客観写生を説くことがベストだと考えていた。一般の凡人にとって、何の知識もいらない、ただ目の前の風景をスケッチすればいいという単純写生の俳句は作りやすく、子規・虚子から現在まで支持されている俳句論である。俳句論史とは、写生論とそれに対抗する論の歴史であった。

大正十五年、五十二歳の時の「俳句小論」では、芭蕉について、「元来芭蕉は主観的の人でありまして」「西行の山家集を常に愛読して居つた、といふのも其閑寂な生活を好んだからではありませうが、又其叙情趣味を愛好したにもよると思ひます」「客観詩でありながら到る所に主観の匂が漂ふてをります」という。客観詩の中に主観があるという批評は読者には難解である。芭蕉の句は「主観的客観句」であると他のところでは定義している。元禄時代では十中の七八は主観句、文考の享保時代は十中九まで主観句、蕪村の天明時代は客観句が占めたが、蕪村は句集の半ばを主観句が占めていて、さらに一茶の句のほとんどは主観的だと虚子は述べている。

「芭蕉や蕪村が今少し意識して、『俳句は客観詩である』といふ事に着眼して作つたならば、いかがはしい主観句は跡を絶つたことでありませうが、一代の大作家である彼等でも尚悲しい事には其の意識が無かつた」とまで虚子はいうが、果たして現在、俳句が客観か主観かについて論じることにそれほど意味があるのかどうかは疑問である。客観句には秀句と駄句がある。主観句にも秀句と駄句がある。客観・主観かの違いを論じるよりも、秀句かどうかの理由付け・分析の方が意義や価値があるように思える。しかし虚子の五十歳前後の頃には、「ホトトギス」の経営的立場から客観性を広める必要性があったようだ。歴史的事実として、写生を強調し、広めることは、俳句人口の増加への貢献となった。現在でも多くの結社の主宰は写生を説いている。

昭和四年、五十五歳の時に、虚子は「花鳥諷詠」を説き始める。「花鳥諷詠」とは「春夏秋冬四時の遷り変りによつて起る天然界の現象並にそれに伴ふ人事界の現象を風象する謂であります」と定義する。「天下有用の学問事業は全く私たちの関係しないところであります。私たちは花鳥風月を吟詠するほか一向役に立たぬ人間であります」と、花鳥諷詠と俳句の社会的な無用性について述べている。これは芭蕉の「夏炉冬扇」、荘子の「無用の用」に通う。逆に言えば、日常の生活や社会で役に立つことは文学や俳句ではないのである。現実的でなく、日常生活で役に立たないからこそ、人は俳句を詠み、俳句を読むのであろう。役に立ってしまえば、役に立つことはもう必要でない。役に立たないことこそ、役に立つことがあふれている中において必要なことである。荘子の説く「無用の用」である。役に立つことだけを追い求めていれば、この世に文学も俳句も必要なく、宗教すら必要はない。「散人」は役に立たない人で、「散木」は役に立たない樹木という意味の荘子の言葉がある。真っ直ぐな樹木はすぐに伐られて実用的に使われるが、曲がりくねった樹木は伐られずに生きながらえる。世の中で役に立たない俳句であるからこそ、一人の俳人にとって心の役に立つ。芭蕉が荘子から学んだ散人・散木の「無用の用」の思想である。

昭和十年、六十一歳の時の「俳句読本」では、「俳句は花鳥諷詠詩だといふことは俳句は季題を諷詠するものであるといふ俳句根本の原則に基くものであります」と、俳句を季題諷詠と結びつけている。「千字文」にある「寒来暑往秋収冬蔵」という言葉について、「四時の変化が常に我等に起り来る」のであり、「四時の変化に処して、秋は穀物を刈り入れる収穫の時期であり、冬は其を蔵の中にしまひ込むで置く時期である」「四時の変化に処して安んじて其命令する通りに行動する」と述べる。「天命に安んずる」ことが「花鳥諷詠の精神」だという。俳句が季感・季観を必要とする理由をも述べている。四時（しいじ）（四季）に随順するというのは荘子の言葉であり、芭蕉が感得した思想である。造化随順・四時随順は、天・宇宙・造化に従うことである。儒教と道教は「天」をいい、荘子は「宇宙」「虚」といった。弥生時代に渡来した多くの民族が、稲作とともに、春夏秋冬の四季に従う精神を持ち込んでいた。飛鳥時代には天武天皇が道教と陰陽五行説に関心を持ち、政治に応用した。有季定型が確立したのは飛鳥時代であるということは、本書の「俳句はなぜ有季定型なのか」の章で論じたい。

虚子は昭和十七年、六十八歳の時には、「理屈はいはないで実行して見ること」が「私の方針」と述べている。

昭和二十七年、七十八歳の「虚子俳話」では、「俳句は客観写生に始まり、中頃は主観との交錯が色々あつて、それから又終ひには客観描写に戻るといふ順序を履む」といい、最後は「客観主観が一つになる」と結論付けている。偉い人は「主観客観自由自在の境地」に達するが、平凡な人は客観描写に終始して終わるがよろしいと説く。凡人でない虚子の秀句・佳句には主観句が多いことの理由である。「主観客観自由自在の境地」に達しないと秀句は詠めないのであろうが、その境地に達するのは簡単でない。

七十九歳の時には、「俳句は花鳥諷詠の文学であるから勢い極楽の文学になる」といい、貧窮、病苦等陰惨な人生を描くものを「地獄の文学」とする。「極楽の文学」は逃避の文学ではなく、病苦と闘う勇気を得る文学であると断定した。

俳句が極楽の文学であるという俳句観は複雑である。極楽は極楽だけで存在しえない。極楽は地獄があることを前提としているから、極楽は地獄があっての極楽である。社会性の俳句はこの世の地獄を強調するが、地獄の句ばかり詠んでも地獄はなくならないし、心は幸福にならない。この世の地獄をなくすことは、俳句の目的ではなくて政治の仕事であろう。

七十九歳の時、「笹子会諸君」という文章の中で、死についての感想を聞かれて、「死といふものは分らないけれども、人が死んでしまつて、無に帰してしまふとは考へない。仮りに宇宙が生きてゐるとすると、どこまでもその宇宙の一分子となつて残る、といふ事だけは考へられる。分子といつたところで形のあるものではなく一つの精力（エネルギイ）となつて残る。それがどんなものになるのか分らないが兎に角一つの精力となつて残る」と答えていた。虚子の死生観が理解できる言葉である。人は死んでも無に帰するわけではなく、分子として宇宙に残ると考えることには、科学的知識が影響していよう。しかし、分子といっても物理的な形あるものではなく、エネルギーのようなものとして残ると考えていたことは虚子独自である。

明易や花鳥諷詠南無阿弥陀

八十一歳の句については、稲畑汀子が『虚子百句』の中で、虚子が深見けん二に話した言葉を紹介している。「この句は何がどうといふのではないのですよ。我々は無際限の時間の間に生存してゐるものとして、短い明易い人間である。たゞ信仰に生きてゐるだけである、といふ事を云ったのです」といい、「信仰しなければほんたうのものになりませんね」と、花鳥諷詠を信仰することの大切さを強調している。花鳥諷詠の信仰は、客観写生の信仰ではなかった。

高濱虚子と河東碧梧桐の対立――新傾向・無中心論・無季非定型・自然主義

虚子と碧梧桐の対立の歴史は、有季対無季、定型対非定型、伝統対前衛といった俳句論の対立関係の多くの要素をすでに含んでいた点で、これからも俳句観の違いが問題になった時に振り返ってみるべき貴重な俳句論史である。子規の写生論は俳句の内容・中味についての問題であって、子規は外形上の有季定型は守った。有季定型を崩した碧梧桐の無季・非定型への道は、短詩形の歴史においてまさに革新的であった。俳句は有季定型であるという考えからすれば、無季・非定型は俳句ではないという意見もある。

河東碧梧桐は明治六年（一八七三）、現在の愛媛県松山市に生まれ、昭和十二年（一九三七）、六十三歳で没した。碧梧桐は、死の四年前の昭和八年、五十九歳の時に、「俳壇を去る言葉」を書いている。

「この両三年来私の胸奥に秘めて来た悩みは、芸術の創造的敏感さに於て、最早や今日の青年諸君に伍することの出来ない劣等感でありました」

「一党を率ゐて、之を指導すると言つた優越感の放棄を余儀なくせねばならない運命の自覚を喚ぶのでした」

碧梧桐は「劣等感」という言葉を繰り返し、虚子の「ホトトギス」に完敗したと自ら宣言をした。新傾向、非定型の自由律、無季の俳句への試みが結果として失敗したことを自ら認め、その後「劣等感」を持ち続けていたことが理解できる。新傾向俳句と虚子が対立したように、新興俳句・前衛俳句も反・虚子において共通している。無季俳句・自由律俳句を今も作っている人がいるから、それらが完全に廃れたわけではないが、先駆者である碧梧桐が努力の果てに劣等感・敗北感を味わったことは知っておく必要がある。碧梧桐の努力が報われなかったのは、俳句論が良くなかったのか、論は論として良かったけれども作った俳句が良くなかったのかわからないが、結果として問題があったようだ。

〈たとふれば独楽のはじける如くなり〉という句は、「碧梧桐とはよく親しみよく争ひたり」という前書きをもつ虚子の追悼句である。コマが近寄ってははじけるイメージがよく出ているが、はじき飛ばされてしまったのは碧梧桐であった。

二人は京都、仙台、東京と、同じ下宿で同居するほど仲が良かった。二人とも勉強嫌いで、高校を退学して上京後、二人で吉原の郭に通い放蕩をした仲であった。独楽が強くはじけるというその始まりは恋のトライアングルであったと想像する。虚子は東京での下宿先の娘・大畠いとと二十三歳の時に結婚した。稲畑汀子によれば、結婚前に妊娠していたという「出来ちゃった婚」であった。先に下宿していた碧梧桐がすでに大畠いとと婚約をしていたというが、碧梧桐が病気で入院している間に後から下宿に来た虚子が結婚したという話は、漱石の小説『こころ』の、主人公とKと下宿の娘との関係を連想させる。漱石は碧梧桐と虚子と下宿の娘の関係を知り、小説に使ったのではないかと思うが、漱石研究者は誰も指摘していないようだ。碧梧桐が全国の旅に出たのは虚子の結婚の直後であった。「誰にも話されない心の痛手を負っていた」と村山古郷は書いている。

「柔軟性と強靱性」「高踏的詩人気質と社交的打算性」を兼ねていると碧梧桐が虚子の性格についていうところは、虚子の人生と俳句をよく表している。碧梧桐の性格は、愛すべき率直性、秘密のない、表裏、術策のない性格であったという。二人の性格の違いが、若い頃の下宿先の娘をめぐっての結果のみならず、俳句の世界における二人の生きざまに影響していた。

「碧梧桐が新傾向を称へて、自ら好んで俳句界の中心をだんだん遠ざかつて行くに従つて、俳句界の運行は自然私を中心にして行はれるやうになつて参つたのでありました。私に付随して来る人々は勿論のことでありますが、私に反対する側の人々でありましても、私を中心にして動いてゐるといふやうな傾きがあるのであります」とは虚子の自信であった。俳句史において、はじけて飛ばされた独楽と喩えられた碧梧桐は現在忘れられたような俳人である。子規が亡くなった後、新聞「日本」の俳句欄を引き継いだ碧梧桐は俳壇を独占していたが、新傾向の俳句から自由律の俳句に移り、ルビ俳句になり、散文化して、昭和八年に俳壇引退声明を出した。

「今の俳壇は殆ど碧梧桐によつて代表されてゐるといつてよい」と、かつて虚子がいった碧梧桐の俳句が、俳句界でもてはやされている頃、虚子は碧梧桐の「温泉百句」を非難した。〈温泉の宿に馬の子飼へり蠅の声〉の句について、〈温泉の宿に馬の子飼へり合歓の花〉と単純にしたほうがいいと虚子がいったところ、碧梧桐は「合歓の花」のように無いものを持ってくるのは技巧的だと反論した。「実景に接して、そこに見えて居らぬ他のものを配合するといふことは、直に実景其儘を句にするといふことと、何れが器用で不器用であるかは問題であると思ふ」と、碧梧桐は想像性を嫌った。

客観的な事実以外の想像世界を詠む虚子の俳句観に碧梧桐は反対した。虚子の俳句観は絶対的に事実のみを詠まねばならないということではなかった。虚子の考えが、客観写生ではなく「空想趣味」と理解されていたことは、虚子が晩年に向かって技巧性・空想性を嫌うようになっていったことを思うと面白い。「蠅の声」という事実を優先するか、「合歓の花」という想像的な美的意識を優先するかの内容の問題であった。碧梧桐は子規に写生句を褒められたために、詩的であることを優先させずに事実を詠むことにこだわり、無季・自由律といった散文化の道を進んでいった。

明治四十一年、三十五歳の時に碧梧桐は「新傾向大要」を書いている。

「多くの俳人の作句が陳腐で平凡であるというのも、ここに到って如何にも明白であろうと思う。多くの俳人の句作の手段、構想の方法は、前人の教示以上に出ない。前人の選んだ題材を踏襲して、その個性を見ようとはせぬ」

「独創の句を得ようとするのは、木に縁(よっ)て魚を求むるよりも難い、踏襲踏襲また踏襲、ただ活字の重版を見るに過ぎぬ」「文学の堕落は多く形式に拘泥するに始まる」「現状を打破する新思想は常に『真に返れ』であるというても過言でない様である」

「新傾向大要」において、形式と陳腐さについて両者を関係付けている。またこの頃、小説の「自然主義」に賛成だと述べている。子規の説く写生から、生活上の自然主義に考えを移していた。「真に返れ」ということは、「自然に返れ」「自然の本情を見よ」ということだった。

明治四十三年、三十七歳の時に、「『無中心』という新しい時空」という文章で、いわゆる無中心論を展開している。響也という俳人の句〈雨の花野来しが母屋に長居せり〉について、荻原井泉水とは評価・解釈の違いがあるとして対立した。井泉水は「何処となくゆったりした感じ」がし、長居をして腰を落ち着けた心持を感じるという。一方、碧梧桐は、離れの我が家に帰るべきところ、母屋に寄って「つい」長居をしたのであって、ゆったりと落ち着いた感じはしないと反論した。「ゆったりした」という感じを一点にまとめる句風は中心点があるとすることで、碧梧桐は逆に、「この句には中心点というものがない」とし、無中心の句と考えた。

この句に限っていえば、状況をどう理解するかの違いであって、中心のある句か、無中心の句かの違いに論を展開するのは飛躍していると思われるが、碧梧桐はこの句から一般論を展開していた。「明瞭な中心点の為めに自然の現象を犠牲に供せなばならぬ場合がある。即ち自然を偽らねば中心点の出来ぬ場合がある」といい、俳句は写生であるべきだが、中心点という束縛のために写生の意義を没却する場合があるとする。無中心の句は、できるだけ人為的法則を忘れて、自然の現象そのままに近づくことだという。偽らざる自然に興味を見出す新しい態度だと主張する。

碧梧桐はここでも技巧性を嫌い、自然を強調していた。無中心論は俳句の韻文性を失って散文的になる危険性があり、碧梧桐の句が散文的になっていったことを裏付ける。

無中心論に反対の考えを提示したのは大須賀乙字であった。もともと乙字は「俳句界の新傾向」を書き、「新傾向」という言葉を提唱し、碧梧桐が「俳句の新傾向に就いて」を書くきっかけとなっていた。乙字は、俳句で現代思想を詠むことは出来ないといい、現代的な思潮を詠いたいならば俳句を作る必要はなく、俳句が小説の自然主義運動に基づき革命を企てることは間違いだとした。さらに、漠然とした文学論としては肯定できるが、自然を少しも偽らぬ芸術があろうかと疑問を呈した。また、単純化することは俳句にとっての必須の条件であり、単純化するために俳句は季語を用いるのだと主張した。乙字は有季定型に固執し、小説のリアリズムは俳句でカバーできないと説いた。乙字の俳句論は後の桑原武夫の「第二芸術」論への反論にもなり得る優れた俳句観であった。乙字は「自己を虚しうして天然と同化するのでなければ、客観描写は出来ない」といい、老荘思想の無為自然に基づいた個人性の没却を説く。小説の自然主義には反対したが、無為自然の態度には肯定的であった。

虚子が俳句から離れていた頃に、乙字は最初、碧梧桐についたが、その後、俳句観においては碧梧桐を批判していた。碧梧桐は虚子派に負けたというよりも、すでに内部的にも乙字の説を超えることはできなかった。

碧梧桐の考えを推し進めたのは、中塚一碧楼と荻原井泉水であった。俳句論において一碧楼と井泉水に影響を与えた碧梧桐は、五・七・五の定型を崩し、一行詩的な散文を詠むようになっていった。

「十七音律を固守しなければならぬ理由はない」「定型を破壊して我々は大胆、自由を得たが、なおその散漫と放縦とを整理し、その人間、人生への希求を強くする必要があった」と、碧梧桐は非定型を主張した。碧梧桐の自由律の句の多くは「ただごと歌」に近く、ただ日常を散文的に描写したものが多い。

「今生きておったらたいした人でしょうね。少し早く生まれすぎた。碧梧桐には時代が悪かったんでしょう」と、飯田龍太は碧梧桐に好意的であった。「彼は変貌に変貌を重ね、自分の仕上げた仕事を自分で抹消しながら生涯を歩きつづけて来た」「私の共感は、ともすれば破れ去つた碧梧桐の方へ向ふ」「問題は、彼の理論にもかかはらず、彼の作品がどういふものであつたかといふことだ」「さりげない作品に秀句が多いやうに思ふ」と、山本健吉は碧梧桐の理論よりも作品を評価した。

理論と形式変革に重きを置きすぎた碧梧桐は、作品の内容において詩的感銘を与えられなかったのであり、それをよく悟った時に俳句への別れを宣言した。結果として、近代俳句史では、多くの俳人は実作を通じて無季と自由律を支持しなかったのである。

しかし、少数だとしても無季と自由律の俳句を詠み続けている俳人がいる限り、その存在を否定はできない。表面的な形式論で争う必要はない。詩歌文学において、問題は中味の句がいいかどうかである。種田山頭火と尾崎放哉の秀句を超える句を詠めばいい。さらに、その秀句がなぜ秀句なのか、形式論ではなくて、内容においていかに優れているかを論じる批評文が書かれるかどうかである。山頭火と放哉の句が今日まで残ってきたのは、彼らの句がいかに優れているかを論じてきた批評家が存在してきたからである。碧梧桐の形式論だけを論じるのではなく、碧梧桐の残した句が、形式論に依存しないで、中味において現在もいいのかどうかを論じる必要がある。

有季定型の俳人も感銘を受ける無季自由律の秀句・佳句が多く詠まれていけば、無季自由律も有季定型と並行して広まっていくだろう。

大須賀乙字と臼田亞浪の俳句論——新傾向・二句一章・季語・余情

大須賀乙字は、明治十四年（一八八一）、現在の福島県相馬市に生まれ、大正九年（一九二〇）、三十八歳の若さで没した。東京帝国大学文学部国文科を卒業し、東京音楽学校（現在の東京藝術大学）の教授に就任した。荻原井泉水と大学では同期であった。高濱虚子が小説に没頭し、「新傾向にあらざれば人にあらず」とまでいわれた頃に活躍した俳人・批評家である。「新傾向」という言葉は乙字がいい始めた言葉である。新傾向俳句の旗手として嘱望された。「海紅」の河東碧梧桐に師事したが、俳句観の違いにより離脱している。のち、臼田亞浪と俳誌「石楠」を発刊し、俳論家としても活動したが、後に亞浪とも決別した。

俳論家としての乙字の名を高からしめたものは、明治四十一年、東大在学中に発表した「俳句界の新傾向」であった。正岡子規に代表される明治の俳論史上に、新しく近代的な俳論の金字塔を打ち立てたとされる。乙字がつとに「写生趣味は元禄にもある」と「俳句界の新傾向」にいったところは注目すべきである。乙字は碧梧桐に「俳論の科学的になったのは乙字の功を大なりとすべきである」「俳論に一時代を画する」とまでいわれ、当時の脚光をあびた俳論家であった。写生論は子規がいい始め、革新的であったと教科書的な意見はいうが、乙字は元禄時代にすでに写生句があったことを発見していた。

乙字は近代俳句において「季語」「新傾向」という概念を創唱し、「二句一章」の創作方法を推奨したほどの優れた俳人・評論家であった。技巧論・形式論だけでなく、内容論・本質論においても俳句論史では優れた批評家であったが、今日忘れられたような批評家である。頭が切れすぎたからか、他を批判することにおいて厳しい性格であったからであろう。乙字は確固たる自らの俳句観を持っていたために、他人を批判することにおいて厳しかったようである。

乙字の一歳下であった歌人の斎藤茂吉は、「酒呑み仲間」という追悼文で、「常に高く深いところに目をつけ、不断の研究をやめず、やゝともすれば陥り易く誘はれ易き邪道、道ぐさくひに向つて強烈なる反抗の言を放ち居り候へしおもむき、門外漢の小生にも分かり居たる次第に候」と高く評価していた。正岡子規門の寒川(さむかわ)鼠骨(そこつ)も「第一の俳論家」の文で、「俳壇に於ける俳論家として、第一人者であつた事は小生の記述を俟たざる所、天下の公認する所に有之、明治より大正に移る吾俳壇に、何等か進歩ありたりとせば、其大部分は実に君が評論の刺戟によると謂ふ可く候」と評価する。

乙字俳論の基礎をなすものは、革新的なロマンティシズムの精神ではなく、伝統尊重と芭蕉への復古精神に貫かれていた。その点では伝統的であった。明治四十四年、三十歳の時の「人事は季題にすべからず」の文章では、「今日は散文全盛時代である。韻文の不振は、国語の性質に由来する国家的大問題である」「韻文が字数を限った遊戯に過ぎない現状は、もと民心の弛緩によって国語の弾力性が失われたのに基因する」と述べ、俳句について危機感を覚えていた。今日の状況にも適用できる批評である。

「一俳句作者にして詩人たる名誉を負うは天然詩人としてである。天然を詠ずるに、俳句があらゆる他形式の及ばざる特色を有する」「目的に応じて形式を選ぶべきである」と、俳句と自然を詠むこととの深い関係を洞察していた。これは、小説や現代詩が人間、社会を描くことに向き、短い俳句が自然を描くことに向くということにも関係する。「俳句は永久に野蛮人の所有にして、都会人が指を染むべきでない」として、都会に育った俳人は自然を詠むことが難しいと論じつつも、自然を詠むべきことを強調した。

大正二年の文章「柿主の句その他」では、碧梧桐の新傾向俳句の論について、「論としては甚だよいけれど、引例の句には、その論と合致せぬのが大分あると思う」と述べる。重要な指摘である。論は論として正しいだけでなく、例句で証明されなければ論ではないと思われる。乙字は、「僕は一句一句の詮鑿からはじめよう」と、評論において具体的な例句をあげて論じている。今日でも評論を書く人は、具体的な作品論をものすることは少ない傾向にあるようだ。論より証拠が大切である。逆に、具体的な作品論を書く人は、本質的で普遍的な俳句論を書かないところがある。具体的作品論から普遍性・汎用性を、総論的俳句論から具体例に展開できる普遍的な評論は、評論史において極めて少ない。乙字は優秀な批評家であった。

「句作態度は碧梧桐のいうごとき『平生の主義主張』で行くべきではない。主義主張などは、句作の場にむしろ不必要のことであろう。何となれば、主義主張などには理想が含まれており、かつ純なる感情の所産たるべき俳句を理屈で作るような弊に陥る恐れがあるからだ」という。理想と現実、論と実作との対立はいつも問題となる。

同じく大正二年の「俳句の内的描写」では、碧梧桐の新傾向俳句について、「自然に対して何か変わった観察法があろうという風な考えに捉えられ、人為的の怪奇の感想を運ぶものが続出して、因襲的の季題趣味を破壊し得たと同時に、客観性を失ってしまった」と、その人為性を批判した。新傾向俳句、新興俳句の一見新しい俳句の行きつく先を見通していた点で、新しい俳句を目指す俳人は記憶にとめる必要のある意見である。

同年の文章「季題の意義を論ず」では、無季論を批判する。

「季題に対する井泉水その他の迷惑論は、一言で駁することができる。季題といい、季語という名は任意につけたのであるが、季題はあるがままの天然その物を指すのであるから、作られたものでなく自然に存しているのだ」「牡丹には牡丹の有する特性と気分とがある。その特性なり気分なりが季題である」

「この詩形に生命を与えたものはいうまでもなく芭蕉で、芭蕉がはじめて客観的主観の芸術と化した。すなわち芭蕉の内生活は天然によって客観化されるようになり、ここに初めて気分の象徴としての天然が見出された」「季題のために強いられるとか、邪魔だとかいうのは、自然は邪魔だ入らぬというに等しい愚論である」

「季題は象徴である」

乙字の説は芭蕉が尊敬した荘子の無為自然の思想に近い。人為的なものを嫌い、自然・天然の無為性を好んだ。虚子以上の伝統主義者だったようである。

『芥川龍之介全集』第三巻に、「大須賀乙字氏」と題する文があり、ある会合で龍之介が乙字に会った時に、乙字が老荘思想論を語ったことについて、「老荘思想が日本の国民性に与へた影響から、俳句には殊にそれが著しく現れてゐると云ふやうな論旨であつた。その時氏は何とか云ふ支那人の画論を引張り出して、自説の根拠の有力な事を立証されたと云ふ記憶もある」と述べる。後日、龍之介はその書論の名前と著者を手紙で問い合わせたという。乙字が三十八歳、龍之介が二十八歳の頃の話である。

松井利彦は『近代俳論史』で、乙字の季語と老荘思想の関係について触れている。「季語と時代とを隔絶させてゆく考え方は、老荘の思想が入り、無為にして自然に比す修行は個人性をつぶし、天地自然に養はれるこの情想で、俳句の季題趣味が発達した、季語の発達の跡を見て、俳句の成立つ約束が己に個人性を没却したものである」「季語の響は一句全体に響いて居らねばならぬ」「このやうな俳句作の態度でなければ真の写生は出来ない」「自己を虚しうして天然と同化するのでなければ、客観描写は出来ない」という乙字の俳句観を紹介している。

芭蕉が荘子の無為自然・造化随順・四時随順に感銘をうけて作句したように、乙字も老荘思想の無為自然を真の客観写生に関係付けていた。芭蕉が活躍したのは四十代の十年間であり、乙字の俳句活動期間は三十歳前後の十二年間であり、二人とも、今から見れば若い頃に老荘思想に深く影響され、不易の精神に基づき、当時の流行の世界を理解していた。乙字には漢学者で漢詩人の父の影響があったようだ。

「俳句の表現法と調子」の文章では、「俳句は叙述でもなく描写でもなく、喚起である」と強調する。「すべて季語は、現象的表面の現実性を有すると共に、その現実の本体に対する直覚的感情をも暗示するのである」「それ故に自然現象に対して神秘の感が失われた時は、季語感想は概念に堕するのである」「人間は自然に馴れすぎて、その中に含む偉大の神秘に対する感を失っている。原始人の感じた神秘と驚愕の裡に正しき哲学は潜んでおり、彼らは比較的よく本体を摑んでおったのである」と説くところは、碧梧桐や井泉水を非難した背景にあった文学観である。俳句論を超えた人生論観・文学観をもっていた評論家であった。自然現象の本質としての神秘を説くところは、小林秀雄や山本健吉の文学観の先駆けであった。神秘というのは自然の存在そのものの不思議である。動植物の生命の存在そのものが科学で解明できない不思議を神秘という。生命の本源を魂といい、道（タオ）と呼んだ東洋思想に通うところがある。

乙字は写生の「印象明瞭」について、「狭き空間と短き時間に於ける現象とを精密に現す」ことだと分析し、それを「直叙法」「活現法」と呼び、デッサンの稽古のようだという。写生といっても、西洋画風のスケッチではなく、言葉による喚起のことである。〈赤い椿白い椿と落ちにけり〉という碧悟桐の写生句も、「印象明瞭」と子規がいったが、椿を写生したというよりも、読者がすでに記憶の中に知っていた椿のイメージを喚起させたのである。読者の頭脳の記憶領域に椿の花のイメージがなければ、この句が「印象明瞭」とはなりえない。椿を知らない読者を納得させるような椿の写生は、俳句では不可能である。椿の花の写生とは、椿の花のイメージを記憶の中で知っている人にしか通じないものである。絵画の写生は椿の花を知らない人にも椿とは何かを知らせることができるが、俳句の写生は作者も読者も椿を知らないと通じない。すでに知っていることを思い出すことが「印象明瞭」だと錯覚してしまうのである。言葉による写生とは、言葉の記憶に依存する錯覚的な行為である。ただし、スケッチ風の写生では写真や絵画を超える芸術とはなりえない。

大正三年の「俳壇復古論」では、「季題無用論などは、それゆえに現代の文化のうわ波に漂える物質主義的、享楽的、空想的、技巧的生活を遂える者の寝言」だと主張した。

「現文壇はほとんど都会文学である。神経衰弱の官能的本能の文学である。末端神経の文学である。それに連られるから俳句が堕落するのだ」

「われらが天然に親しむことは、性情の自然にかえることである。祖先の生活にかえることである。僕には、祖先の生活にかえれという声が天のさとしのごとく響く」「天然に親しみ深かりし野人生活を思うとき、親しい俳句がつぎつぎ生まれるのである」「今日のように小手先の器用に任した畸形の句は、胸にひびかない」

「復古的精神によって、根本から改革しなければ俳壇は駄目である」「俳句は、現代文化に対する反抗的もしくは反照的の生活における見性の自然を表現するものである」「自己を虚しうして天然と同化するのでなければ、客観描写は出来ない」といい、無為自然に基づいた個人性の没却を説く。客観写生の本質は無我無心の無為であって、無為の心において自然・天然を描写することである。心を虚しくして自然と同化するという写生精神は芭蕉や荘子の思想に通うところである。ただのスケッチ風写生とは異なる思想である。

大正三年の「形式より見たる俳句」では、「俳句は二句一章である」と主張する。「音が比較的平板ですから、調子は主として呼吸を置く間の心持すなわち句切の在所を意義するところから出て来ます。換言すれば、句切れのところでちょっと間を置くような心持、それから大体の調子が出ております」と句切れの大切さを説き、「句切れは大休止でありまして、大休止がいくつもあっては支離滅裂になります。そこで二句一章が原則と思います。古人が三句切れを厭うた理由もそこにあります」と、三句がばらばらでは意味がなくなると説く。現在、三句切れの句を作る俳人が見られるが、見かけの新しさだけを狙うと意味のない言葉の遊戯となってしまう。

大正四年、「現俳壇の人々」の文章では、「虚子氏の選句標準は極めてルースである。ほとんど無方針かと思わるることさえある。そこが何人をも捨てず、虚子趣味は広いとして人気を擅（ほしいまま）にする所以で、世渡りとしてはよき方便でもあろうが、真面目に文学としての俳句の価値を論ずる時は、総花主義は俳句界を毒すものと言わねばならぬ」と虚子の長所・短所を分析していた。一方、「碧梧桐氏の運動は、何でも在来の感想を破りさえすればよいように解せられ、却って不自然に陥ったのである」と乙字は碧梧桐も批判していた。

虚子の俳句観は総花的で無方針だから人気を集めていたという意見は面白い。芭蕉も虚子も、技術論から見れば総花的にならざるを得なかった。碧梧桐は逆に何でも反対するから運動が失敗するのだと予測していたことも慧眼であった。しかし乙字は結果的に、虚子、碧梧桐からも離れて、当時の俳壇では孤立したようである。妥協を嫌う性格は、同調者を失い、党派性をなくし、俳壇的に孤立を招くのではないか。純粋で普遍的な俳句論の提示だけでは、俳壇・俳人には影響を与えられないという実例である。

「自然現象に対して神秘の感が失われた時は、季語感想は概念に堕するのである」「人間は自然に馴れすぎて、その中に含む偉大の神秘に対する感を失っている。原始人の感じた神秘と驚愕の裡に正しき哲学は潜んでおり、彼らは比較的よく本体を摑んでおったのである」という乙字の言葉は、自然に神々や魂の存在の神秘を感じるアニミズムに通う詩歌精神である。

「余情と背景及び蛇影」という文章で、乙字は「余情」について説く。「詩に余情というは、言外に不尽の情味を存することである」「余情は感激の調子で、言葉に説き示すことができぬ。背景は省略されたる部分であるから、説明することができる」「何もかも句面に現わすことはもちろん不可能であり、かつそれでは余情がなくなってしまう」といった「言外の余情」説は、のちの虚子の「余韻」説に影響を与えているかと思う。

臼田亞浪は明治十二年（一八七九）、現在の長野県小諸市に生まれ、昭和二十六年（一九五一）、七十二歳で没した。三十六歳の時に大須賀乙字と共に「石楠」を創刊した。

大正十二年に「俳句は一句一章たるべし」といい、一句一章を説く。「十七音そのものを以て一句となし」「一行詩としての俳句の性能を完からしめたい」「句と身と一枚になつて現はさるべし」と述べている。

同じ頃、「自然感」という考えを提示している。当初は、一句の中に季語がなくともその中心生命に季感があればよいとしていたが、その後には「季感」に代わって「自然感」という言葉を唱え、あるがままの自然を対象として、自然と人間の融合した境地を求めること、あるがままの自然のすがたに徹することを主張していた（『近代文学研究叢書70』）。

「一句一章」は、芭蕉の「発句は頭よりすらすらと言ひ下しきたるを上品とす」に近く、「句と身と一枚になつて現はさるべし」というのも芭蕉の造化随順に近い。二句一章か一句一章かの議論は、芭蕉の「取り合わせ」の句の良し悪しに関する意見が参考になる。本書の芭蕉の章で論じる。

荻原井泉水の俳句論——無季自由律・宗教性・山頭火と放哉への影響

荻原井泉水は明治十七年（一八八四）、現在の東京都港区に生まれ、昭和五十一年（一九七六）、九十一歳で没した。八十一歳の時に日本芸術院会員となっている。俳号の井泉水は陰陽五行説の言葉から来ている。運勢が井戸の水の性だという。井泉水は虚子よりも十歳年下であった。

明治四十四年、二十七歳の時、新傾向俳句誌「層雲」を創刊・主宰した。「白樺」が創刊された頃である。河東碧梧桐も加わったが後に離れた。

大正四年、三十一歳の頃、季語無用を主張し、無季自由律俳句を提唱した。一時仏道を志して京都の禅宗寺院東福寺の塔頭に寄寓していたが、『私の履歴書』の中で、「見性（サトリを開く）」は容易でないといい、「僧侶の生活というものが俗人の生活よりも俗であることを知った」と回顧している。釈迦仏教がインドで廃れて、後に興った大乗仏教は仏像を拝む宗教に変貌した。個人が欲望を否定して悟ることは、生きている限りは無理であった。

自由律詩人として有名な尾崎放哉と種田山頭火の師であり、井泉水の存在なくして放哉と山頭火の二人はなかった。短詩を「一行詩」といったのは井泉水であった。

大正元年には「季題から眺めても俳句は約束上の文学ではない」と考えていた。大正七年の「定型表現か自由表現か」という文章で、「詩といふものは先づ定型的形式があつて、それに当てはめて言葉を盛るべきものか、若くは先づ想念的内容があつて、それに最も直接妥当なるべき形式をとるべきものか、即ち定型的表現か、或は自由表現か」という問題を提示し、「真の詩は表現の自由を信条としなければならない」と結論を出している。この時の「自由表現」という言葉が「自由律俳句」と呼ばれる契機となったとされている。

井泉水の特殊性は、自由律という形式だけでなく、むしろ人生観と一致した俳句論にある。すなわち、俳句論に精神性を取り入れたところである。大正二年、二十九歳の頃、「俳句提唱」で「俳句よ覚めよ」といい、「俳句を思ふ我々の心の中には今や強い欲求が燃えて来た。——我々の自由なる心を押し広げよ、其に依つて俳句の自由なる形を生ひ立たせよ——此の欲求は人々の心と心から相合して一団の焔とならうとしてゐる」といい、燃えていた。「我々は旧来の俳句に於て、俳句というふ既成の型を与へられてゐた、それに当てはめて句作してゐたのである」と定型を批判している。「新傾向の句は肉体が整つてゐる、けれども句の魂が欠けてゐる」と碧梧桐の新傾向一派を非難し、「句の魂」とは、「それは光である、それは力である」と強調したが、観念的である。魂と光は観念的な概念であり、四季の自然の形を通じて具体化して表現する必要があるため、無季では難しいところがある。

『自然・自己・自由』の中で井泉水は、新傾向俳句と自由律俳句との違いを説明している。新傾向俳句は、五七五をマンネリズムとして、「五五—三五」のように形式を改造しただけの新定型にすぎず、定型と根本的には違っていないから、俳句界に一時流行したという。『詩と人生』の中では、大正初年の頃は新聞や雑誌も自由律俳句を載せていたと回顧している。しかし大東亜戦争によって、自由律は「自由」という言葉が日本の思想統一上都合が悪いから圧迫されたという。戦時中は、「層雲」は休刊を命じられていた。

井泉水は形式や季題よりも、「俳句の本質的なるもの」を求めたという。それは「理論」というよりも「直感」であり、俳句は「印象の詩」「象徴」であるとし、ついにはそれを「信念」と呼び、自由律俳句を推進させるバックボーンだと主張している。具体的でなく精神的な俳句論であった。『近代俳論史』に引用された「層雲」の井泉水の文章を引用したい。

「俳句は、各自の内面的生活を培養する道として、宗教的色彩を帯びた芸術と見なすべきだ」「将来の芸術は深く進めば進む程宗教的になる」「芸術が宗教に代るやうになる」「道を思ふ心はいつも自分の内に向いてをるべきである」「自分の内に満ち溢れたものが、外に流れ出て他を潤ほすといふ事は悪くない」「自然を写すといふことは、自然の生命を写すことだ。生命は動いて、ゆらいでゐる。このゆらぎを写すことだ」

こうした井泉水の論は、定型か自由律か、無季か有季かにかかわらず、論として普遍性を持っていた。内容としては乙字や虚子に通うところもある。井泉水が日本芸術院会員として高く評価されたのも俳句論の内容によってであろう。虚子も井泉水も、その俳句論は宗教そのものではないが宗教に近い精神性を帯びていた。新傾向俳句は事実の忠実な表現に固執したため、生命性・精神性を欠いていた。

井泉水の俳句観は精神的であったため、多くの俳人が追随することは困難であったようだ。芸術性・宗教性・自由性をいくら強調しても、それを具体的に作品化する時には困難にぶつかり、一般に広まることは難しかったようである。問題は、表面的な形式論ではなく、作品の中味・内容である。表面的に有季定型を守っているだけでは秀句・佳句にはなり得ないことは、多くの俳人の誰もが知っていることである。有季定型であれ、無季自由律であれ、理屈ではなく、一句でも優れた内容の作品を多くの人に提示することによって広まっていく。

結社誌「層雲」は現在も継続しており、井泉水の精神は継がれている。

井泉水の俳句論は、俳句論・形式論というよりは、精神論・宗教論に近い。形式は自由であり、内容が問題であると説いたことが井泉水の特徴である。無季・自由律そのものを理論的に正当化したというよりは、句の中味・内容を説き、中味が良ければ見かけは自由で良いと説いたのである。『詩と人生』の中で、「人間の道より以前に自然の道があることを説いたのは老子である」といい、「自然、自己、自由の三自一体」を信念にしているという。「詩」はこの心から生まれるという。「自」の意味は、「私」を去って「天」に則るのではなく、「私」の中に「天」を生かすことが宗教ではない芸術の本分だとして、宗教と芸術の違いを説明している。俳句観において異なった道を歩んだ乙字と井泉水が、なぜか二人とも老荘思想に基づいていることは興味深い。

自然と自己とがつながっているのは、「生命」がつながっているからだという。「我々は自分の生命がはかないものであることを感ずるゆえに、はかない美しさに生命を感じるのである」といい、『万葉集』から芭蕉までの詩歌の自然について述べている。井泉水は、句の形式は自由律であるが、内容は本質的に芭蕉の俳句観に近く、芭蕉がもっとも尊敬した荘子の無為自然の精神に近い。「自然は神である」と井泉水はいう。井泉水は俳論に宗教性を強調したために、一般の俳人から非難されたが、自由律詩を守り、尾崎放哉と種田山頭火の精神的な拠り所となっていた。自然そのものが神々であり、自然が神々を生むという造化宇宙・無為自然の考えを持っていた。

井泉水は母と妻を亡くした後、四十一歳の時に京都本願寺で頭髪を剃り、高野山に籠っている。放哉は四十一歳の頃、小豆島の西光寺に入った。山頭火は四十四歳の頃、熊本県の寺に入っている。表面上は仏教者であるが、三人の句に抹香臭さはなく、造化・宇宙・自然と一体となる老子・荘子の精神が共通している。釈迦の説く仏教は、造化・自然と一体となる宗教ではなかった。性欲や物欲を抑えるという倫理感の必要性とその実践を説いたのである。神像や仏像を拝むことは釈迦が否定したところである。煩悩・欲望をなくすように日々努力することが釈迦の説いた教えであるが、大乗仏教では仏像を拝む宗教になり、現代の日本では、仏教は釈迦が否定した葬式宗教になってしまった。

「俳壇を焼き払え」「現代は俳壇ジャーナリズムの時代であり、また俳句コマーシャリズムの時代である。わたしはそれから遠ざかっている」と、井泉水は激しく俳壇を非難し、精神主義、象徴主義的な俳句論であったために、俳壇には理解されず、孤高であった。当時の俳壇を、芸術ではないと主張していた。

井泉水の俳句論の影響を受けたのは種田山頭火と尾崎放哉の二人であった。山頭火と放哉の、生命律と自然律について述べたい。

種田山頭火は明治十五年（一八八二）、現在の山口県防府市に生まれ、昭和十五年（一九四〇）、五十七歳で没した。尾崎放哉は、明治十八年（一八八五）、現在の鳥取県鳥取市に生まれ、大正十五年（一九二六）、四十一歳で没した。放哉は、井泉水とは大学の同期で、漱石に英語を学び、漱石が好きだったという。井泉水と「層雲」なくして山頭火と放哉の二人の句が今日まで残らなかったことは、強調してもしすぎることはない。井泉水の句と句論が二人の心の拠り所であった。

山頭火と放哉の二人は純粋な俳句論をほとんど残していないため、俳句の比較を通じて三人を見たい。

ほんとうに一人となり月に見惚れる　　井泉水
こんなよい月を一人で見て寝る　　放哉
落ちかかる月を観てゐるに一人　　山頭火

偶然か、発表年度は引用順で、師とその弟子たちは、月を一人で見ているという句を残した。自由律詩人の三人は孤独であったようだ。詩の内容は、むしろ伝統的であった。花月を愛した西行・芭蕉の系譜にある。伝統を愛する今日の俳人・歌人といえども、じっと一人で月を眺め続ける機会は少ないだろう。物体としての月は砂と岩の塊である。なぜ俳人は月の光に魅せられるのか。論理によっては解答が出せない不思議である。月を神的なものと感じ、魂が月に魅せられ吸い込まれるように感じる思いは、東洋の詩歌の伝統である。中国と韓国では中秋の名月の日は国の祝日であり、月見の風習が日本に渡来した。月の光を友とした詩人には、定型・非定型の形式は問うところではなく、月並な内容も気にしなかった。東洋では月そのものが神となったが、キリスト教では月はゴッドが作った物にすぎない。

月をじっと眺めて見惚れることができるという単純なことが、俳人にとって大切であると井泉水は説いたのであって、虚子の俳句観とは本質的に異なったものではない。定型と自由律の違いはあっても、俳句の内容としては大きく異ならなかったことは、両者が月を詠んだ俳句から理解できる。花鳥風月を定型の中で詠むか自由律の中で詠むかの違いであり、形式に対する作者の主観の違いである。ルールのように季語・季題に縛られることが嫌いであったのだろう。

「句は光、句は力」という井泉水の精神的な句論は定型論や季語論を超えていた。師の自由律と句論そのままを守った二人が「層雲」に参加し得たのは不思議なえにしである。二人にとって放浪・流転・行乞が人生の目的なのではなく、ただ句を作ることが目的であり、そのための放浪・流転であった。仏教の悟りの道を求めるためではなく、ひたすら句の言葉に魂の輝きを求めた。二人は近代文学史においてもっとも創作の魔に捕らわれてしまった者の典型であった。この世の全てに絶望していた孤独な二人の最後の心の拠り所は句であった。「句は光、句は力」という井泉水の句論が二人の孤独な暗い心に光と力を与えた。二人にとっての宗教とは、空や無という難解な大乗仏教の理論ではなく、また仏像に欲望の実現を祈願する仏教でもなく、むしろ井泉水の俳句論であった。仏教者が歌や句を作るのは、無常を悟ること以上に、詩人としての魂がゆさぶられるものがこの森羅万象の花鳥風月の奥に存在しているからであろう。

　母が井戸に投身自殺し、その死体を十歳の小学生の時に見たことが、山頭火の人生と俳句に影響を与えていた。山頭火と放哉の伝記は研究し尽くされていて、多くの著作が書かれてきたため、二人の自由律の句はそれぞれの伝記と共にある。俳人論には、本質的で普遍的な俳句論ではなくて、作家の伝記が多い。全く伝記を知らなくとも、作品はただ一句の作品として読者に鑑賞されるべきであるが、二人の人生は普通ではなく、作品は伝記と一体であった。名前を除いて作品だけを評価すべきという意見があり、それももっともらしいが、現実にはすでに多くの読者は名前と共に作品を理解してきた。作者の人生が普通でなければなおさら経歴の異常さに注目してしまう。

　山頭火と放哉はお互い一度も会っていない。放哉は手紙の中で山頭火について触れていて、山頭火は放哉の墓を訪れているから、お互いを意識していたことは相違ない。山頭火と放哉は俳壇の外の一般の人にファンが多く、それは定型俳人をしのぐといわれている。酒飲みで、普通の人生を棒にふり、社会的には乞食に近かった二人の句に、俳人でもない現代人はなぜ引かれるのか。一般の読者は、やはりわかりやすい句に引かれる。二人に関しての俳人以外の人による著作も多い。優れた定型俳人の金子兜太や森澄雄も二人の句を評価している。澄雄が放哉を評価すれば、兜太は山頭火を評価した。大岡信は『折々のうた』で、「『老子』などを愛読して東洋思想に親しむ。直感によって発止とものの核心をつく句風で、猿真似は禁物」と放哉の句を評価している。

山頭火と放哉の句は、有季定型の句よりも俳人ではない一般の人々の人気があるのだから、季語を詠む必要性や五七五という定型を守る必要性はない、という井泉水の句論の正当性が結果として証明されているように見える。二人の人気は自由律そのものの特異性からではなく、むしろ二人の特異な人生と個性から来ている。人々の二人の人生模様への関心と自由律句への関心が一体となっている。山頭火と放哉の句は一般人に人気があるとされるが、それにもかかわらず、無季自由律が有季定型ほど俳人に広まらなかったのも事実である。二人の句は特異な二人の個性に依存している。客観的にいって、無季や有季、定型や非定型といった表面的な形式上の理由ではなく、名句かどうかは人と句の中味・内容によるという当たり前のことが再認識される。

二人の人気が時代を超える普遍性をもつのは、物質だけの幸福を追い求めた明治以来の近代性に反発した生き方のためであって、それは陶淵明・李白・西行・芭蕉の老荘的な無為自然の道に通っている。芭蕉の生き方と作品を真似るのが困難であるように、山頭火と放哉の生き方と句風を真似るのも困難である。「私はやつぱり東洋的諦観の世界に生きる外ないのではないか」と山頭火がいうところは、仏教的無常観というよりも荘子的な造化自然との一体感覚であり、山頭火の句は花鳥諷詠の非定型版である。内容が伝統的であり、花鳥風月であるから、山頭火と放哉の自由律にも人々は感動してきたのであろう。

「内なる光は生まれる、生まれなければならぬ、花が咲くやうに、水が湧くやうに」「肉体の秋が終はるとき、霊魂の春が目醒めるのである」「何となく神代日本、古代日本を思ふ、そして日本的なものを感じる」「文は人なり――句は魂なり――魂を磨かないで、どうして句が光らう、句のかがやき――それは魂のかがやき、人の光りである」

「生命律――内在律――自然律」「自他融合」「自然のながれ」「生命のゆらぎ」

山頭火のこれらの日記の言葉は、精神的な人生観である。「生命律――内在律――自然律」が山頭火の心を支配していた。この三つの律はほとんど同義である。魂の内から込みあげる自然な生命の欲求に従った言葉がすなわち句であった。

山頭火と放哉は本質的なことを簡単に語る。「俳句は哲学ではありません。論理学でもありません。況ンや心理学でも三段論法でもありません。俳句は『詩』なのです。私をして云はしむれば寧ろ『宗教』、なのです」と放哉は手紙に書き、「俳句は人格の反射ですから」ともいう。俳句は哲学でも論理学でもないというのは理解できるが、宗教と断定することは一般的には分かり難いであろう。宗教とは何かという問題は、俳句とは何かという問題以上に難解である。

「層雲」の会員に金銭・煙草・酒を送ってほしいと乞食のように甘えながら、一方で人生観を展開するところは二人に共通する。山頭火や放哉の句に共通するのは仏教的無常観ではなく、石や風や水に生命を感じ、自然の生命を肯定する老荘思想である。社会から疎外され、一般的な普通の生活を拒否した山頭火と放哉の二人の心に見えてきたものが、自然の生命の輝きであり、その思いを端的に残した結果が、二人の句であった。釈迦は、酒が人生をだめにすることが多いから酒を禁じたが、山頭火と放哉は酒に溺れてしまったから、釈迦の唱えた仏教の悟りには最も遠い二人であった。

中塚一碧楼の俳句論――無季自由律

中塚一碧楼は、明治二十年（一八八七）、現在の岡山県倉敷市に生まれ、昭和二十一年（一九四六）、五十九歳で没した。二十七歳の時に自由律俳句を主とした「海紅」を碧梧桐と創刊し、のちに主宰を継承した。

明治四十四年に、「命ある俳句は生に触れねばなりませぬ。一句々々に現代人の気分が見られて、勢ひ、哀愁とか疲労、不安等が流露するは妥当な事だと思ひます」「俳句は漸く老年趣味からの囚はれを脱することは出来ましたが、猶中年趣味に囚はれて居る」として、俳句に「青年の熱情」はないといい、「何物にも囚はれない真実なる季題趣味に生きようと思ひます」という思いを表した。季題趣味の伝統的な情緒を捨てて、現代人の気分や人間の内面を俳句に詠まなければならないという立場であった。

大正二年の「俳句ではない」の文章で、「私の詩を俳句だと云ふ人があります。俳句ではないと云ふ人があります。私自身は何と命名されても名なんか一向に構はないんです」「大切な季題趣味といふものを何とも思つてゐませぬ」「季語の這入つて居ないのが自然に出来るのも当たり前だと思ひます」「形式も十七字そこらにならうと三十一字そこらにならうと幾字にならうと構ひませぬ」と、無季自由律の考えを打ち出した。

明治四十五年、二十五歳の時の「新傾向の変遷」で、「今の句は余りにも単純な写生に偏してをる」「煎じ詰めて言へば、比較的複雑な事物を叙述した句が欠けてをるのである。平凡な単純な写生に我等が飽いたのだ」と、写生路線に反発した。「写生句でありさえすれば、月並でないと思うは間違いである」と大須賀乙字が指摘していたように、見たままを写生（スケッチ）するだけの句を多く読まされ続けると、月並になってきて人々は飽き飽きしてくる。

五十二歳の時の「二十年間の迷妄」では、「論理や形式はどうでもいいのである。内に包蔵するものが、無礙に純にそのままに表現されていれば、詩及芸術の目的は到達しているのである」「詩も芸も我々の生活を離れては存在しない」「破壊から建設への階梯に到達したのである」といい、碧梧桐の考えを極端化した。

篠原鳳作の俳句論——機械諷詠

時代は少し飛ぶが、無季俳句を正当化するための俳句論として、昭和十年に篠原鳳作が「天の川」に書いた文章をここで引用しておきたい。

鳳作は、「花鳥諷詠より機械諷詠へ」といい、「新興俳句の取材は斯(か)くの如く季の支配を受くる花鳥より、支配を受けない機械へ移行しつつある事は必然に季の重要性に迄(まで)影響しつつある」「季なき所にも詩の存する事は諸他の芸術に照して明かである」「機械美、力学的美、更に進んで社会的感覚を詠ぜんとする時季題は必しも良き同伴者ではなく、寧ろ煩雑なる係累である場合が多い」と、社会の変化を俳句の内容の変化に関係付けて説いている。

鳳作は同じ昭和十年に、「馬酔木」の作品をあげて批判している。「『馬酔木』作家は都会生活にも実社会の流動にも、全然眼をつむり殆(ほとん)ど古今集時代の歌人の世界を彷彿(ほうふつ)せしめる位、無自覚であり盲目的である」といい、無季俳句が「卑怯なる逃避」なのではなく、季語尊重の「馬酔木」俳句こそが古今集的趣味生活への「逃避」だと非難した。「天の川」の鳳作は、「馬酔木」の句や秋櫻子の句を新興俳句とは考えていなかった証拠である。

篠原鳳作は明治三十九年（一九〇六）、鹿児島市に生まれ、昭和十一年（一九三六）、病気のため三十歳で没した。「ホトトギス」の後「天の川」に投句し、同人誌「傘火」を創刊した。

鳳作は無季俳句を説き、社会性や都会性を主張したが、自らの俳句は伝統的な内容であった。〈しんしんと肺碧きまで海のたび〉〈満天の星に旅ゆくマストあり〉は有名な句で、自然のただ中でロマンティストが魂を奪われている様子が窺える。無季句の代表として有名であるが、本質としては詩人としての孤独な魂が自然の美しさに浸っている句である。「その中で生をうけてきた海なるものへの思慕」という平畑静塔の名鑑賞がある。鳳作が「馬酔木」には無いと非難した都会生活や実社会の流動を詠んだ句は、鳳作自身の秀句ではなかった。

「（鳳作は）近代的な俳人だったのに非科学的な迷信を持っていた」との横山白虹の言葉を、『篠原鳳作全句文集』の栞に鳳作の妻前田秀子が引用している。鳳作は牧師に聖書を習い、円覚寺で座禅を組み、「ひとの道」や「生長の家」といった新興宗教に関心を持っていたと秀子はいう。父はギリシャ正教の信者であった。

「俳句は自己の生命の象徴であると同時に自然の生命の象徴でなければならない」「力強い一種のヴァイタリズム」「一種の生命象徴主義」「東洋的な象徴」「生命の寂光土」と鳳作が主張したところは、自然の霊性を直観する東洋の宗教的な境地である。「我が父がなしたようにたえず祈ることだ」と日記に書く鳳作は、「芭蕉小論」で「芭蕉の句には哲学し、宗教し、思慕する彼の魂がのりうつってゐるから偉いのである」といったが、それは鳳作自身の俳句観でもあり、彼の新興俳句観とは芭蕉に帰ることでもあった点が、他の新興俳人とは異なっていて興味深い。「新興俳句」と単純にいって、多様性のある俳人を括ってはいけない。鳳作の俳句観は、鳳作の文章と俳句作品の中に見るべきである。

鳳作にとって、句の中味・内容が生命の象徴であれば、無季・有季や定型・自由律の形式を問う必要はなかったということにおいて、井泉水と共通していた。無季・自由律の俳句の評価があくまで中味の問題であることは、有季定型の俳句の評価と違いはない。無季か有季か、定型か自由律かの違いを離れて作品の中味を評価すべきである。

飯田蛇笏の俳句論——霊性・超主観的句境

飯田蛇笏は、明治十八年（一八八五）、現在の山梨県笛吹市に生まれ、昭和三十七年（一九六二）、七十七歳で没した。二十歳で「ホトトギス」に俳句が掲載され、三十二歳の若さで「雲母」の主宰となった。戦前の優れた俳人は若くして主宰となり、多くの俳人に慕われていたことは、現在の三十代、四十代の俳人の実力から見ると不思議な事実である。若くして優れた俳句観をなぜ持つことができたのか不可思議である。

蛇笏の俳句論は少ないが、「雲母」の主宰になった頃に本格的な俳句論がある。大正五年一月、三十歳の時に「ホトトギス」に載せた「俳句と宗教味の問題其の他」である。蛇笏は芭蕉を尊敬していた。芭蕉が辞世の句について述べた言葉、「きのふの発句は今日の辞世今日の発句はあすの辞世我生涯云捨てし句々一句として辞世ならざるはなし若し我辞世はいかにと問ふ人あらず此の年頃いひ捨て置きし句いづれなりとも辞世なりと申し給はれかし」を蛇笏は引用し、「彼を俳聖となし詩神と頌(たた)え泰山の重きに居らしめたる所以である」といい、芭蕉を「詩神」と讃えることに共感していた。個人的なことであるが、筆者はこの蛇笏の言葉に感動して、拙著『毎日が辞世の句』の夕イトルを思いついた。俳人は辞世の句を残そうとして俳句を毎日詠んでいるわけではない。しかし、明日の命は誰にもわからない。毎日詠む俳句が結果として辞世の句になることに深く共感したのである。

芭蕉を俳聖・霊神と崇めることを非難する俳人がいる。子規は芭蕉を非難したが、蛇笏は芭蕉を詩神と崇めた。自らの俳句作品が芭蕉の秀句に届き難いことを謙虚に知る俳人は芭蕉を崇める。自分の句が芭蕉より優れていると思う俳人は芭蕉を俳聖と思わなくなる。子規はあまりに若かったから自らの俳句と芭蕉の秀句との違いを比べられなかった。ただ俳聖と崇めることに反発しただけであった。

日本で文学の霊神といっても、キリスト教のゴッドのような絶対的な神を意味するのではなく、東洋ではその道において優れた人を神と崇めたのである。柿本人麻呂が歌の神であり、芭蕉が俳諧の神となったのは、歌や句が優れていたからであり、謙虚に無心に自然の神々を詠んだからであることは、拙著『ヴァーサス日本文化精神史』で詳しく述べた。

蛇笏は、高濱虚子が子規について語った言葉、「今日多くの人が居士の宗教的人格に在るやうである」を引用している。芭蕉を宗教的開祖のように思い、子規に「宗教的人格」を見た虚子に蛇笏は共感する。虚子の「ホトトギス」と蛇笏の「雲母」が多くの優れた俳人を集めたのは、二人の人格のためである。多くの会員を集められるか否かは、主宰の人格に依拠している。人格は俳句論・俳句観に依存している。

「居士の俳句に対する見解には文学的と宗教的との両面のあつたことは忘れることの出来ぬことで

ある。さうして之がやがて俳句其のものの欠くべからざる両面の性質であると私は信ずるのである。更に歩を進めていへば俳句は宗教的色彩を帯ぶることによつて他の文学よりも有力であり得るのである」という虚子の子規論を蛇笏は引用し、「大正に於ける俳句界唯一の羅針盤であり且又大鉄鎚であると謂わねばならん」と、虚子の言葉を重要に考えていた。

蛇笏は写生の概念には一切触れず、芭蕉・子規・虚子の本質的な俳句観に精神性・宗教性を読み取った。角川源義が自らの出版社・角川書店で設けた短歌と俳句の賞に、「迢空賞」と「蛇笏賞」と名付けたことにも関係している。釈迢空（折口信夫）と蛇笏に共通するのは、短歌と俳句に精神性・宗教性を重視したことである。源義もまた上代の文学と民俗学に関心をもって精神性・宗教性を研究した学者であった。

精神性というと、胡散臭いと思う唯物論的な俳人・研究者・批評家が多いが、純粋で本質的な俳句論のエッセンスを理解していないようだ。自然の中に精神性を感じられる批評家・研究者は少ない。俳人や評論家は唯物論に傾きがちであるため、詩歌文学における精神性・生命を理解しないようだ。

芭蕉・子規・虚子・蛇笏・迢空の詩歌文学に共通するところが生命性と精神性であったことは、今まではあまり語られてこなかったのではないか。「貫道するところは一なり」と芭蕉は説いたが、近代俳句・現代俳句においても優れた句を貫くのは詩魂・俳句魂の生命性・精神性であり、蛇笏も例外ではなかった。物中心のただごと写生だけであれば、俳句は詩にも文学にもなりえず、ただの記録・報告に終わってしまう。

大正七年、三十三歳の時に蛇笏は、「霊的に表現されんとする俳句」という文章を書いている。「虚子氏が『進むべき俳句の道』の末尾に於いて『客観の写生』も亦忘れてはならぬ、という意味の事を書かれた、それが為めに理解力の乏しい低級な思想を抱いた世上蒙昧な徒輩は直ちに之れを与し易しとなし単に客観を呼称し、徒らに軽浮なる客観描写をのみ之れ事とし、其結果做すところは彼の新俳句当時の境に後戻りをして或は此れにも劣りて」と述べて、客観写生を単純に信奉した俳人を批判した。月並写生やただごと写生の俳人を「理解力の乏しい低級な」俳人といったことは痛烈な批判である。「徒らに軽浮なる客観描写」とは今日の月並写生の俳人にもいい得ることである。「ホトトギス」の主宰として虚子がいえなかったことを、「雲母」の主宰はいうべきこととしてはっきり主張していた。

「『俳句』と『信仰』と『熱』と、渾然として始めて此処に我等が文芸にたずさはる自覚の土台に立つて人間至上の美を発揚する効果が認められねばならないのである」といい、「霊的に表現されんとする俳句」の例をあげている。虚子の〈此松の下に佇めば露の我〉〈秋の灯に照らし出す仏皆観世音〉、前田普羅の〈雪解川名山けづる響かな〉である。蛇笏は「霊的」の意味を詳しく解説していないため、これらの例句を通じて「霊的」の意味を悟る他はない。

大正七年、「ホトトギス」に載った「句作上の虚偽と真実と」の中で、「霊的と謂うこともむずかしく解釈すれば相当にむずかしく解釈出来ることになるであろうが平易に解釈するとすれば如何にも平易な解釈が出来るわけである。つまり玲瓏曇りない心霊の動きに出発する真実性の表現を指すものと見ればそれでいいのである」という。心霊という言葉は、一般的にはオカルト的に誤解される可能性があるが、胡散臭く、おぞましいオカルト的なものではない。曇りない心の真実性と考えてもいいが、分かりにくい。

昭和四年、四十三歳の時、「雲母」に「超主観的句境」という文章を載せて、主観と客観について述べている。「同じ静物としての譬えば林檎のようなものを描くにしたところで、モデルとする物体そのものは同じであつて描く人々によつて皆多少ずつ違つた作品として表れてくる」「であるからして芸術論又は詩論として、個性としての主観を無視するというようなことは、根本義に於て所詮成り立たないことである」と、客観といっても主観に基づいて描かざるを得ないことを説いている。リンゴを描かせても描く人によってすべて異なった絵画が出来るように、俳句は十七音の文字の組み合わせだから、同じ風景の写生句であっても絵画以上に人によって差が生じる。蛇笏の説く主観の意味、霊的な表現の意味は、蛇笏の俳句一句一句において感得する他はない。また、蛇笏は俳句観と実作の間のギャップが小さい。

「文学に対するロマンチシズム。それが真剣な態度で、蛇笏の場合一生を貫く」と、森澄雄は『俳句の現在』収録の座談会で飯田龍太と山本健吉に語っている。蛇笏にとって、俳句のロマンティシズムとは、宗教的色彩を帯び、永遠なる至上の輝きを求めることであった。

蛇笏の俳句論には例句が少ないため、代わりに蛇笏の句をあげておきたい。純粋な俳句論は、例句がなくとも文章だけで句のイメージが読者の心の中で理解されるべきであるが、蛇笏の句論はやや難解である。

たましひのたとへば秋のほたるかな　　蛇笏

昭和二年、蛇笏が四十二歳の頃に、芥川龍之介が自殺した時の追悼句である。秋の蛍の光に龍之介の魂を見ている。和泉式部や西行が蛍に魂を見たように、掲句は日本の詩歌文学を流れる蛍の光の系譜の中にある。蛇笏の説く霊的な俳句の例である。「たましひ」というのは霊的な存在であって、月並写生俳人は魂の存在が理解できない。蛍にも魂があることを理解できる人が詩人である。

人間と蛍に共通の魂が存在していることを感じられることを霊性という。動物・植物に同じ生命・魂があることを「万物斉同」という概念思想で最初に説いたのは荘子であり、芭蕉は荘子を尊敬した。蛇笏が芭蕉・虚子に見たのはこの万物斉同の魂観である。「徒らに軽浮なる客観描写」と蛇笏は月並写生を批判したが、月並でスケッチ的な写生では、蛍に魂を感じることはできない。

夏目漱石の俳句観——ロマンティシズム・近代批判

国民的作家であり同時に優れた文人俳句を残した夏目漱石と芥川龍之介の俳句論を、本章と次章で紹介したい。二人の俳句は余技を超え、俳句に関する考え方は今も普遍性を持つ。

漱石は、江戸時代最後の年・慶応三年（一八六七）、現在の東京都新宿区に生まれ、大正五年（一九一六）、四十九歳の若さで没した。漱石の文学活動は芭蕉と同じくわずか十年間だけであった。漱石の本業は小説家であり、俳句と漢詩を余技とした。十四歳の時に漢文学を学び、十六歳で英語を学び、以後は英文学を専攻した。二十二歳の時に、正岡子規と知り合って作った漢詩の中で、漱石の号を使い始めている。二十八歳の中学校教員の時に、松山の自身の下宿で同居した子規の影響で俳句に熱中した。

漱石に「自然を写す文章」（『漱石全集』第二十五巻）という談話があり、漱石の写生観が理解できる。「自然を写すのに、どういふ文体が宜いかといふ事は私には何とも言へない」「言文一致体は便利ではあらうが、何も別にこれでなければ自然は写せぬといふ文体はあるまい」といい、どの文体が良いかについては「韻致とか、精細」ということが問題になるが、「精細に描写が出来て居て、而かも余韻に富んで居るといふやうな文章はまだ私は見た事がない」と断言する。

「私の考では自然を写す——即ち叙事といふものは、なにもそんなに精細に微細に写す必要はあるまいとおもふ。写せたところで其が必ずしも価値のあるものではあるまい」といい、細かく写生することは「読み苦しいばかりで何の価値もあるまい」「特色を現はしさへすれば足りる」という。「一寸一刷毛（ひとはけ）でよいからその風景の中心になる部分を、すツと巧みになすつたやうなものが非常に面白い」「一分一厘もちがはずに自然を写すといふ事は不可能の事ではあるし、又なし得たところが、別に大した価値のある事でもあるまい」「自然にしろ、事物にしろ、之れを描写するに、その連想にまかせ得るだけの中心点を捉へ得ればそれで足りるのであつて、細精でも面白くなければ何にもならんとおもふ」と述べる。

これは文章に関するケースであるが、写生句についても当てはまるところがある。見たままに自然を写生することは不可能であり、たとえ写生できても大した価値がないと漱石は考えていると思われる。散文でも俳句でも、精細に写生したところで読者にとって面白くなければ価値がないという考え方は、子規や虚子の客観的写生観とは異なっていた。「『俳諧師』に就て」という虚子論では、漱石は虚子の『俳諧師』について批判的であった。

国民的小説家として高名な漱石の俳句観は何であったのか。漱石は小説を書きながら俳句と漢詩を作ることを好み、むしろ余技の世界に魂の安らぎを感じていた。「美を生命とする俳句的小説」と自らいう小説『草枕』を書いたあとは、美しいだけの小説ではいけないと思い、時代と社会に生きる烈しい精神を持った小説を書き、人生の問題、俗世間の問題を正面から扱った。また、文明開化への疑問からくる文明批評を行い、工業化社会には嫌悪感を持ち、人間のエゴイズムへの考察をしたため神経の安らぐことがなく、胃潰瘍の原因になったようだ。小説の中では、人間の欲・我執を描き、純粋な愛のないニヒリズムの現実の世の中を徹底して描こうとした。一方、俳句や漢詩を通じて魂の理想郷の世界を思い、精神的なバランスを保っていたようだ。小説では人間のエゴイズムを描いたが、自らは芭蕉と同じく無為自然の世界に憧れていた。

漱石には俳句論はないけれども、小説や随筆の中で俳句に関係する文章を綴っている。「浪漫」という熟語は漱石の造語だが、『草枕』はロマンティシズムの極致にある小説で、俳句がこの世に存在する理由を説く。戦争を起こす現実世界を嫌う文明批判である。『草枕』は、発表後すぐに売りきれ、広告をとりやめたという。

『草枕』から引用する。

「雲雀の声を聞いたときに魂のありかが判然(はんぜん)する。雲雀の鳴くのは口で鳴くのではない、魂全体が鳴くのだ。魂の活動が声にあらわれたもののうちで、あれほど元気のあるものはない。ああ愉快だ。こう思って、こう愉快になるのが詩である」

雲雀の魂の声を聞くことが詩歌の魂の存在を明らかにする。旅行や吟行に通じる心であり、虚子の花鳥諷詠に通う心である。自然の命・魂に触れることの大切な意味を説く。

「西洋の詩になると、人事が根本になるからいわゆる詩歌(しいか)の純粋なるものもこの境(きょう)を解脱する事を知らぬ。どこまでも同情だとか、愛だとか、正義だとか、自由だとか浮世の勧工場にあるものだけで用を弁じている。いくら詩的になっても地面の上を馳けあるいて、銭の勘定を忘れるひまがない。シェレーが雲雀を聞いて嘆息したのも無理はない」「うれしい事に東洋の詩歌はそこを解脱したのがある。採菊東籬下、悠然見南山。ただそれぎりの裏に暑苦しい世の中をまるで忘れた光景が出てくる。垣の向うに隣りの娘が覗いてる訳でもなければ、南山に親友が奉職している次第でもない。超然と出世間的に利害損得の汗を流し去った心持ちになれる」

漱石は西洋の詩と東洋の詩の違いを述べている。

西洋の詩や小説は人間が中心であり、自然が中心とはならない。西洋では、ゴッド（唯一神）が人間の魂を作ったが、動植物に魂があるという考えはない。また、人間の魂もゴッドによって作られたものだから人間の自由にはならず、ゴッドの管理下にある。一方、東洋、特に荘子の思想には、造化の動植物に人間と同じ命・魂が自然の状態としてあり、自然はゴッドが作ったのではないという考えがあり、森羅万象は平等であるという「万物斉同」の思想を説く。

桑原武夫の「第二芸術」論に、この東西の思想の違いが影響していた。桑原は、日本の短い俳句・短歌には人間の愛・正義・自由といった複雑な人間社会の様子が詠めないから、敗戦の原因に結び付いた俳句などやめてしまえという極端な論を主張し、敗戦直後の日本人に喝采された。自然そのものが神々となる世界では、ゴッドという自然ではない存在と人間の関係について語る必要はないから、西洋文学に比べて単純になる。ゴッドという形而上的存在のいない日本には、哲学も神学も宗教文学も必要がなかったということとも関係している。

造化・自然から生まれて造化・自然に帰る世界には、天国と地獄、罪と罰、愛や自由のような複雑な世界での葛藤をことさらに書く必要はなかった。宇宙・造化が、宇宙・造化自体によって進化したのであれば、ゴッドが宇宙を作ったという聖書の教えは空想ということになる。ゴッドの存在が証明されなければ、哲学も神学も、宗教文学・芸術も、存在の意味はなくなる。自然そのものが神々であるという東洋の神道では、自然そのものが否定されない限り、神々の存在は否定されない。もともと西洋文学の根底にはキリスト教のゴッドの存在があり、自然そのものが神々である東洋の世界とは本質的に異なる世界であった。もちろん宗教の問題は簡単ではなく、西洋の唯一絶対神と東洋の多神論・汎神論はどちらも主観的で相補的であるため、理性では解決がつかない。

「芭蕉という男は枕元へ馬が尿するのをさえ雅な事と見立てて発句にした。余もこれから逢う人物を――百姓も、町人も、村役場の書記も、爺さんも婆さんも――悉く大自然の点景として描き出されたものと仮定して取こなして見よう」

これは小説『草枕』のテーマであると同時に、芭蕉俳句の本質的なテーマである。無為自然を唱えた荘子は、屎尿にすら人間・動植物と同じ命・魂が存在していると説いていた。漱石は老荘思想を研究していた。

「余が心はただ春と共に動いていると云いたい。あらゆる春の色、春の風、春の物、春の声を打って、固めて、仙丹に練り上げて、それを蓬萊の霊液に溶いて、桃源の日で蒸発せしめた精気が、知らぬ間に毛孔から染み込んで、心が知覚せぬうちに飽和されてしまったと云いたい」

漱石の自然観・俳句観は、仙丹、蓬萊の霊、桃源、精気等々のタオイズム（神仙教）の言葉に満ちている。ここでは俳句で詠む「春」の季節感覚を分析・描写している。春の気が漱石の心に満ちている。俳句には春の気、春の霊液が流れる。漱石は道教の書物を読んでいたことが『草枕』の文章から理解できる。

日本では道教・神仙教は飛鳥時代に禁じられていたため、一般大衆には広まらなかった。天皇家が「天皇」という名前を道教の神の名前から取ったために、天皇家の宗教に道教神道が入った。平成時代に、老荘学者の福永光司が天皇と皇后に「天皇」という言葉の由来を進講した時には、二人は初めて知ることに関心を示していたと福永は述べている。

中島国彦の『近代文学にみる感受性』によれば、子規宛書簡で、漱石は子規を「四国仙人」と呼び、自らを「埋塵道人」と呼んでいた。また漢詩の芸術世界を「仙境」と呼び、この世を「塵の世」という。「仙人」「道人」とは道教の道を極めた人である。子規も漱石も道教の神仙の世界に憧れていたことを示している。子規は多くの人に写生を唱え広めるために、漢詩で学んだ神仙的世界を封印した。

「十七字は詩形として尤も軽便である」「詩人になるというのは一種の悟りであるから軽便だといって侮蔑する必要はない。軽便であればあるほど功徳になるからかえって尊重すべきものと思う」

と漱石はいう。漱石にとって俳句は「恍惚」であり、「わが魂の、わが殻を離れんとして離るるに忍びざる態」であった。季節の気と魂が溶け合っている。随筆『思い出す事など』には、「句と詩」は退屈をまぎらわすための仕事ではなく、実生活の圧迫を逃れた心が本来の自由に帰って余裕を得た時に、みなぎって浮かんだ「天来の彩紋」という。俳句は俗っぽい生活から逃れる場であった。なぜ日本人に俳句があるのか、なぜ俳句に季節感があるのか、漱石はその本質を語っていた。

人に死し鶴に生れて冴え返る　漱石

亡くなる三ヶ月前の漢詩において、「孤愁　鶴を夢みて　春空に在り」と、鶴への転生を夢みていた。鶴に生まれ変わるというのは、鶴に乗り天上の仙人となるという道教の不老不死の思想である。近代文明社会や戦争を嫌い、逃避願望を俳句に表現し、不老不死として仙界に飛翔する鶴への変身を願望していたことが、漱石俳句のエッセンスである。俗な日常の生活を写生しても詩の世界にはならない。漱石は、子供の頃から漢詩の世界に没頭して、漢文学者になりたかったが、生活の糧のために英語を専門としていた。

漱石は学生時代に論文「老子の哲学」を書き、科学的理性の面から見れば表面的には老荘思想に批判的であったが、子規と出会って作った漢詩には「塵懐を脱却して」「遊びに儘す碧水白雲の間」とあり、神仙の世界に憧れていたようだ。東京の生活は、嫌いな世界の「塵懐」であり、漱石の心が求めたのは「碧水白雲」の世界であった。漢詩で「白雲」といえば、それは仙人の棲む仙郷であった。日本を代表する小説家にとって、俳句と漢詩こそが、自らの心を純粋に語れる芸術であった。

漱石の死の直前の絶唱は「空中ひとり唱す白雲吟」の漢詩であった。俳句と漢詩の想像世界の中で、漱石は白雲に乗り俗界を離れ、仙界を訪れていた。漱石はたいへんなロマンティストであった。「則天去私」という漱石の思想もまた、荘子の思想に見られる観念であった。「去私」とは「無為」「無心」であり、「即天」とは天という造化に従うことであり、「造化随順」の精神である。西洋文学・西洋哲学の研究を通して、最後は漢詩や俳句を通じて東洋思想に戻ってきた。重松泰雄は『漱石』で、漱石は老子よりも荘子が好きだったと洞察したが、漱石全集と『老子』『荘子』を深く読まなければ断言できないことである。

漱石は龍之介に、午前は小説『明暗』を、午後は漢詩を書くという手紙を送っている。日本を代表する小説家にとり、小説は第一芸術ではなく、むしろ俳句こそ自らの心を純粋に語れる芸術であったのだ。漱石は戦争の時代に生きていたから、余計俳句の仙郷に憧れていた。俳句文学が日本人の世界からなくならない本質的な理由を、漱石はすでに考えていた。

漱石は「耶にあらず仏にあらず又儒にあらず」と漢詩に詠んでいる。自分はクリスチャンでも仏教徒でも儒者でもないと漢詩に詠んだ。漱石のキリスト教嫌いが有名なことは多くの研究家の漱石論が指摘している。小説『門』では、最終的に禅を理解することができず、禅的悟りを諦めていた。漱石は禅問答を理解することはできなかった。禅・仏教と漱石の最期の境地「則天去私」とは無関係であろう。

禅問答によって簡単に悟ることができれば、僧侶はすべて悟ることができる。簡単に悟ることができないから、達磨のように僧侶は死ぬまでひたすら坐禅を続ける必要があった。不立文字の禅について多くの書物が出版されているが、もともと言葉で語れないものをどうして言葉で饒舌に語るのであろうか、矛盾である。あるがままでいいという教えも、老荘思想であって、仏教思想ではない。あるがままでいいならば、禅・坐禅は不要である。禅を広めるために老荘思想を借りたにすぎない。言葉で語れない禅を饒舌に語る仏教論は、禅を語っていない。

小説・漢詩・俳句という言葉の芸術に関心を持った漱石は、芭蕉と同じく、あくまで言葉の世界を信じていた。言葉によって表現できない禅的なものを信じることができるならば、文学者にはなっていなかったであろう。

芥川龍之介の俳句観——調べの美しさ・芭蕉の鬼気

芥川龍之介は明治二十五年（一八九二）、現在の東京都中央区に生まれ、昭和二年（一九二七）、三十五歳で自裁した。漱石と龍之介は二十五歳違いで、龍之介は小説『鼻』を漱石に激賞され世に出た。

「蒼天一鶴飛」とは龍之介の漢詩の一部であるが、青い天空を飛ぶ一羽の鶴に、大鵬の夢をたくしていた。大鵬とは『荘子』に登場する大鳥である。横綱の大鵬や白鵬の名前のルーツである。龍之介は「詩や俳句の方が小説を書くより気楽で泰然としてゐて、風流なやうです」という。龍之介と漱石は、小説に見られる表面上の違いとは異なり、東洋的・老荘的な自然観では通うところがあった。龍之介も英文の教師であったが、英語よりも漢文学を好んでいた。二人とも英語よりも漢詩に関心があったが、生活のために英語を選んでいた。

『芭蕉雑記』の中で、芥川龍之介は芭蕉の調べについて述べる。

「芭蕉の俳諧を愛する人の耳の穴をあけぬのは残念である。もし『調べ』の美しさに全然無頓着だつたとすれば、芭蕉の俳諧の美しさも殆ど半ばしかのみこめぬであらう。俳諧は元来歌よりも『調べ』に乏しいものでもある。僅々十七字の活殺の中に『言葉の音楽』をも伝へることは大力量の人を待たなければならぬ。のみならず『調べ』にのみ執するのは俳諧の本道を失したものである。芭蕉の『調べ』を後にせよと云つたのはこの間の消息を語るものであらう。しかし芭蕉自身の俳諧は滅多に『調べ』を忘れたことはない。いや、時には一句の妙を『調べ』にのみ託したものさへある」

龍之介は、「荘重の『調べ』を捉へ得たものは茫々たる三百年間にたつた芭蕉一人である」と、俳句における調べを強調し、「俳諧は万葉集の心なり」といった芭蕉の言葉を引用する。俳句もまた『万葉集』の調べを持つべきだという。俳句における音楽性を強調した文学者であった。

「芭蕉の俳諧の特色の一つは目に訴へる美しさと耳に訴へる美しさとの微妙に融け合つた美しさである。西洋人の言葉を借りれば、言葉のFormal elementとMusical elementとの融合の上に独特の妙のあることである。これだけは蕪村の大手腕も畢(つひ)に追随出来なかつたらしい」

龍之介は蕪村の十二句を引用して、「目に訴へる美しさを、——殊に大和絵らしい美しさを如何にものびのびと表はしてゐる。しかし耳に訴へて見ると、どうもさほどのびのびとしない。おまけに十二句を続けさまに読めば、同じ『調べ』を繰り返した単調さを感ずる憾(うら)みさへある。が、芭蕉はかう云ふ難所に少しも渋滞を感じてゐない」と説く。

芭蕉の句は、目に見た美しさと耳に聞く美しさの融合だといい、さらに蕪村と芭蕉の句を比較して、芭蕉の方が調べが良いとする。例句として、芭蕉の〈夏の月御油より出でて赤坂や〉〈秋ふかき隣は何をする人ぞ〉や、蕪村の〈春雨やものかたりゆく蓑と笠〉〈春雨や暮れなんとしてけふもあり〉といった多くの句をあげているが、ここではすべての句の引用は省く。

龍之介は芭蕉の句のテーマについて面白いことを見つけていた。芭蕉が生きた時代は、「怪談小説の流行の中に終始した」とし、芭蕉の句は、「怪談小説に対する一代の興味の新鮮だつた」という。『虚栗』以前の俳諧は時々鬼趣を弄んだ、巧妙な作品を残してゐる」「当時の怪談小説よりも寧ろもの凄い位である。芭蕉は蕉風を樹立した後、殆ど鬼趣には縁を断つてしまった。しかし無常の意を寓した作品はたとひ鬼趣ではないにもせよ、常に云ふ可らざる鬼気を帯びてゐる」と述べ、〈稲妻やかほのところが薄(すすき)の穂〉といった句をあげている。「鬼気を帯びてゐる」という評は龍之介自身の小説にもいい得るところであるが、芭蕉の句の中の鬼気を発見したのは、龍之介の鬼気であろう。蛇笏の説く霊性にも通う。

俳句に関心をもった龍之介の遺稿には、自然の美しさと生死について触れた有名な文章がある。「氷のやうに澄み渡つた、病的な神経の世界」をもった龍之介が、自裁を決意して見たものは、「自然の美しいのは、僕の末期の目に映るからである」という美しい自然であった。自らの死と命を意識することと、自然の美しさを感じることは、同じ心の働きである。花や自然の美を俳句に詠むことは、自らの生死を意識することである。花鳥諷詠は、花や鳥といった自然の命・魂を詠むことである。美しい自然を詠むことは平和な営みである。自然の命を美しいと感じるのは、自然も人間もいつかは必ず死ぬからである。生物が永遠に生きて死ななければ、命が美しいとは思わないであろう。龍之介は生きていくことに不安を感じ、自らの命を絶った。美しいがゆえに命を絶つというのは矛盾であるが、美しく生きていくことが出来ないと思い詰めたのであろう。自殺の原因は、自殺した人にしかわからない。生きている人には、自殺する人の理由は永遠に理解できない。

人は死ぬから、自然の命が美しい。身体が死ぬから、命と詩魂は最期の言葉をこの世に残そうと試みる。俳句はその表現形式の一つである。花鳥風月の生命を詠む花鳥諷詠を非難し、自然を詠むことを批判する俳人は、自然の生命と人間の生命の共通性を全く理解できない人であろう。

寺田寅彦の俳句論——俳諧の本質的概論・俳句の精神・モンタージュ論

寺田寅彦は明治十一年（一八七八）、現在の東京都千代田区に生まれ、昭和十年（一九三五）、五十七歳で没した。本業は物理学者で、三十八歳の時に帝国学士院恩賜賞を受賞している。X線の結晶透過の研究を発表したが、同時期に同一方法によったイギリスのブラッグ親子の論文が先にノーベル賞を受賞した。この研究はＤＮＡの発見に寄与した。寅彦はノーベル賞受賞者クラスの科学者であった。

十七歳の時、熊本第五高等学校で英語教師の夏目漱石と出会い、十九歳の時に、漱石から俳句の話を聞き、俳句の添削を受け、「ホトトギス」「日本新聞」に句が掲載された。寅彦の評論「俳諧の本質的概論」「俳句の精神」には、科学者らしい客観的な見方に基づいた本質的な俳句論が多い。

「蕉門俳諧の完成期における作品の中には神儒仏は勿論、老荘に到るまでのあらゆる思想がことごとく融合して一団となっているように見える」

「俳諧の本質を説くことは、日本の詩全体の本質を説くことであり、やがてはまた日本人の宗教と哲学をも説くことになるであろう。しかしそれは容易の業ではない」

「『風雅の誠をせめよ』というは、私を去った止水明鏡の心をもって物の実相本情に観入し、松のことは松に、竹のことは竹に聞いて、いわゆる格物致知（かくぶつちち）の認識の大道から自然に誠意正心の門に入ることをすすめたものとも見られるのである。この点で風雅の精神は一面においてはまた自然科学の精神にも通うところがあると言わなければならない」

漱石や龍之介がそうであったように、科学者・寅彦もまた、俳諧・俳句を説きながら、日本人の文化精神に触れざるを得なかった。芭蕉の句の背景には、神道・儒教・仏教だけでなく、老子・荘子の思想・哲学が深い影響を与えていたと洞察している。科学的な客観精神で俳句史を見れば、必然的に「日本人の宗教と哲学」の影響を考えざるを得ないが、俳句と宗教・哲学の精神とは無縁と考える俳人や俳句研究者からは無視されてきた。

「風雅は自我を去ることによって得らるる心の自由であり、万象の正しい認識であるということから、和歌で理想とした典雅幽玄、俳諧の魂とされたさびしおりというものがおのずから生まれて来るのである」

俳諧自由という精神は、荘子に遡ることができる。戦争ばかりしていた時代に生きていた荘子は、戦争と政治を嫌い、精神の自由と平和を求め、無為自然の思想に辿り着いた。無為自然の自然とは、精神的な自由を意味している。無為とは戦争をしないことである。戦争のない世界を考えた末に無為自然の思想に至った。現世的な欲望が戦争を起こす。欲望にとらわれた個性・自我を離れることによって心の自由を求めた。古今東西、この世から戦争がなくならないのは、人間が欲望・自我・個性をもって主張するからである。欲望・煩悩をなくす釈迦の教えはインドで滅び、仏に欲望の成就を祈願する大乗仏教に変貌してしまった。そして、戦争の勝利を願う神社が繁栄した。

芭蕉は特に荘子を尊敬して無為自然の心を俳諧に適用し、精神的に自由な心の「軽み」に到達した。荘子は、心の自由を「逍遥遊」という言葉で表したが、これは小説家・坪内逍遥の名前に取られている。芭蕉の「俳諧は万葉の心なり」という言葉については、「自然と抱合し自然に没入した後に、再び自然を離れて静観し認識するだけの心の自由をもっていた」と寅彦はいう。

日本人は四季の自然に囲まれ、四季と四気によって農作をしている限り、四季の働きから離れることは出来ない。人間のDNAに生体時計が組み込まれているように、日本人のDNAには四季時計の細胞が働いている。鳥や魚に、東西南北の四方と春夏秋冬の四季・四気を把握して移動するDNAが存在しているように、日本人の四季感が無意識に俳句に働いている。夏の猛暑で人が死ぬように、太陽と地球の位置により生じる季節の感覚と気温・体温が人間の命を制御する。人は自然と季節から逃れられない。無為自然と正反対の人為的な自我・欲望に基づく近代化・文明化が自然環境を破壊する。

寅彦の俳句観は、現在の俳句精神にもそのまま適用できる。

「饒舌よりはむしろ沈黙によって現わされ得るものを十七字の幻術によって極めていきいきと

表現しようというのが俳諧の使命である」「この幻術の秘訣は何処にあるかと云えば、それは象徴の暗示によって読者の聯想の活動を刺戟するという修辞学的の方法による外はない」

俳諧・俳句は、饒舌よりも沈黙に基づき詠まれる十七字の幻術だという見方は興味深い。たかが十七音の俳句に魅せられるのは、作者の幻術であり、読者は象徴という暗示にかかっている。象徴というのは大須賀乙字の俳句論にも通うところである。

「暗示の力は文句の長さに反比例する。俳句の詩形の短いのは当然のことである」

「『俳諧は読者を共同作者とする』という意味の言葉があったと思う。実際読者の中に句の提供する暗示に反応し共鳴すべきものがなかったら、俳句というものは成立しない」

「選は創作」といった虚子の考えに通じる文章である。俳句は作者が作っただけでは完成しない。選者・読者が関与してはじめて存在価値が生じる文学である。創作と評価が一体とされるのは、やはり俳句の短さから来る。象徴・暗示は読者の理解と評価がなければ創作作品として自立し得ない。

「なかんずく重要なのは『てにをは』の使用である。それよりも大切なのは十七字の定型的詩形から来る音数律的な律動感である」と寅彦がいうところは、芥川龍之介が芭蕉句に感じた「調べ」に通う。調べ・音楽的リズムとメロディは、「てにをは」の助詞一語の使い方に依存する。芭蕉も「てにをは」の使い方を厳しく教えている。

「俳諧は截断（せつだん）の芸術であることは生花の芸術と同様である。また岡倉氏が『茶の本』の中に『茶道は美を見出さんが為に美を隠す術であり、現はす事を憚るやうなものを仄かす術である』と云っているのも同じことで、畢竟は前記の風雅の道に立った暗示芸術の一つの相である。『言ひ畢ふせて何かある』『五六分の句はいつ迄も聞きあかず』『七八分位に云ひ詰めてはけやけし』『句にのこすがゆゑに面影に立つ』等いずれも同様である」と、寅彦は、俳諧・俳句は「截断の芸術」だという。俳句は饒舌ではなく、沈黙だということにも通う。これもまた、芭蕉がすでに門人に教えているところである。「謂ひ応せて何かある」とは、短い俳句だけでなく、短歌や長い詩にも適用できる。言い切ってしまわないで、読者に考えさせるところを残しておかないと、読者が参画できるゆとりがなくて感動が減少する。

「近頃映画芸術の理論で云うところのモンタージュはやはり取合せの芸術である。二つのものを衝き合わせることによって、二つのおのおのとはちがった全く別ないわゆる陪音あるいは結合音ともいうべきものを発生する。これが映画の要訣であると同時にまた俳諧の要訣でなければならない」

これは山口誓子が寅彦から学んだモンタージュである。取り合わせ・配合の重要さはすでに芭蕉も門人に語っていたところであった。

「実際芭蕉は人間禽獣は勿論、山川草木あらゆる存在に熱烈な恋をしかけ、恋をしかけられた人である。芭蕉の句の中で単に景物を咏じたような句でありながら非常になまなましい官能的な実感のある句があるのは人の知るところであろう。これは彼の万象に対する感情が恋情に類したものであった事を物語るであろうと思われる。しかし彼は恋の本情を認識して恋の風雅を味わうために頭を丸め、一つ家の遊女と袂を別った。これと比較すると例えば蕪村は自然に対するエロチシズムを有っていない」

これはとてもユニークな考えである。芭蕉は自然・造化に恋をしたと寅彦はいう。このことは、西行が歌の中で桜や月に恋をしたことを連想させる。芭蕉の句や西行の歌は、客観的な写生だけではなく、熱烈な恋の句歌をも含んでいた。西行の桜の歌は、桜ではなく女性の比喩であるという西行論があるが、そうではなく、西行は桜そのものに死ぬまで恋をしていたのである。月や自然に恋をしたからこそ歌に艶が生じていた。愛ではなく恋である。男女は、愛し合って結ばれれば恋は終わる。恋とは永遠に結ばれない精神的な思いである。桜も月も人間は愛することができない。一つになりたいと恋をしても、永遠に一つにはなれないがゆえに俳人・歌人は桜と月に恋をする。

「芭蕉が『誹諧は万葉の心なり』と云ったという、真偽は別として、偽わらざる心の誠という点でも、また数奇の体験から自然に生まれた詩であるという点でも正にその通りである。しかしたしか太田水穂氏も云われたように、万葉時代には物と我とが分化し対立していなかった。この分化が起った後に来る必然の結果は、他人の眼で物を見る常套主義の弊風である。その一つの現象としては古典の玩弄、言語の遊戯がある。芭蕉はもう一遍万葉の心に帰って赤裸で自然に対面し、恋を仕掛けた。そうして、自然と抱合し自然に没入した後に、再び自然を離れて静観し認識するだけの心の自由を有っていた」

『万葉集』、西行、芭蕉、に共通するのは、自然に直接没入したことであった。寅彦は俳諧を自然への恋心に喩え、その結果、子規の写生論が発生したという説を展開した。

「明治の子規一門の写生主義による自然への復帰が必要であった」

子規の写生論は、自然に没入し、自然に恋をすることと異なる心の働きではないというユニークな発見である。子規の写生論は近世の俳諧を否定したのではなく、むしろ芭蕉に回帰したのであるという寅彦の俳句論が、極めてユニークで本質的であったことは、今まで誰も注目しなかったところである。寅彦がノーベル賞受賞者クラスの科学者であったから発見できた真理であり、自然科学に矛盾しない考えであった。

子規は漢詩を通じて老荘思想の無為自然を勉強していた。芭蕉が尊敬した荘子の、無為自然の「軽み」の思想は、子規の写生論をカバーしていたのである。

子規・虚子・漱石の俳句的世界にいた寅彦が、科学的客観精神で考えたのは、『万葉集』・芭蕉・子規を貫く自然観であった。写生とは、クールに物を見ることではなく、むしろ逆に、自然に恋をするところから感じられる何かである。自然が好きでないと自然を写生できない。花を好きでないと花を写生できないのである。花鳥風月を詠むことを嫌う俳人は花鳥風月の生命・魂を理解できない人であり、花鳥風月と人間の生命に通う同一の根源を理解できない唯物論者に近い。

「従来俳句について客観と主観ということが問題になることがしばしばあった。この句は純客観の句であるとか、あの句は主観の句であるとかいうような批判を耳にすることがある。便宜上こういう言葉を使って俳句の分類をするのも別に大した不都合はないかも知れないが、自分の考えているような日本人の自然観を土台にする立場から見れば、こうした言葉はかなり無意味なものになって来る。何故かと云えば人間と自然とを切り離して対立させない限り、主と客との対立的の差別はなくなってしまうからである」

この意見もまたユニークで本質的であり、興味深い。客観と主観について、科学的客観性から見た考えである。寅彦は優秀な物理学者であり、量子論を当然知っていた。量子力学からいっても、客観性と主観性の厳密な区別ができないことが、寅彦の俳句観に影響しているだろう。

人間が物を見ることと、物の存在の位置は客観的に無関係と思われてきたが、物理学が到達した世界では、人間が見ることによって物の位置が変化するという不確定性原理がいわれるようになった。人間の主観が物の客観的存在を変化させるという真理の発見である。写生における「見る」という行為・現象も光の量子性の影響を受ける。見るという行為は主観によって起こる。見るということは光子を発射させることであり、光子が物の存在の位置を変えてしまう。

芭蕉の句、〈荒海や佐渡によこたふ天河〉を例にあげて、寅彦は写生を説明する。

「吾々にとっては『荒海』は単に航海学教科書におけるごとき波高く舟行に危険なる海面ではない。四面に海を繞らす大八州国に数千年住み着いた民族の遠い祖先からの数限りもない海の幸と海の禍（わざわい）との記憶で彩られた無始無終の絵巻物である。そうしてこの荒海は一面においては吾々の眼前に展開する客観の荒海でもあると同時にまた吾々の頭脳を通してあらゆる過去の日本人の心にまで拡がり連なる主観の荒海でもあるのである。『大海に島もあらなくに海原のたゆたふ浪に立てる白雲』という万葉の歌に現われた『大海』の水はまた爾来（じらい）千年の歳月を通してこの芭蕉翁の『荒海』とつながっているとも云われる」

寅彦の自然観・俳句観は虚子に近い。日本人が見る自然は歴史的な見方に支えられている。詩歌文学史・歴史を離れて日本の自然・地理は存在し得ない。その上で寅彦は未来を考える。

「明日の俳諧はどうなるであろうか。写生の行詰った挙句に元禄に帰ろうとするは自然の勢いであろうが、芭蕉の根本精神にまで立戻らなければ新しき展開は望まれないであろう。芭蕉は万葉から元禄までのあらゆる固有文化を消化し綜合して、そうして蒸留された国民思想のエッセンスを森羅万象に映写した映像の中に『物の本情』を認めたのである。吾々はその上に元禄以降大正昭和に到るまでのあらゆる所得を十分に吸収消化した上でもう一遍始めから出直さなければならないであろう。神儒仏老荘の思想を背景とした芭蕉の業績を、その上に西欧文化の強き影響を受けた現代日本人がそのままに模倣するのは無意義である。風雅の道も進化しなければならない。『昨日の我に飽きる人』の取るべき向上の一路に進まなければならない。新しき風雅の道を開拓してスポーツやダンスの中にも新しき意味におけるさびしおりを見出すのが未来の俳人の使命でなければなるまいと思う」

伝統を否定しないで、芭蕉の根本精神に戻り、伝統を学んだ上で新しい展開を開拓する必要性を寅彦は説いていた。今から約九十年前の物理学者による俳句論は現在にも通じていよう。

水原秋櫻子の俳句論――「『自然の真』と『文芸上の真』」

水原秋櫻子は明治二十五年（一八九二）、現在の東京都千代田区に生まれ、昭和五十六年（一九八一）、八十八歳で没した。二十七歳の頃に俳句を始め、松根東洋城・高濱虚子に師事し、短歌では窪田空穂に師事していた。七十一歳の時に日本芸術院賞を受賞している。

「ホトトギス」の主宰・虚子の初期の頃の俳句観は「主観写生」であったが、その後「客観写生」を強調して説くようになった。「ホトトギス」に所属していた秋櫻子は虚子の客観写生の方針に納得できず、昭和六年、「馬酔木」に「『自然の真』と『文芸上の真』」を発表し、「ホトトギス」から独立した。秋櫻子が三十九歳、虚子が五十七歳の頃の事件であった。その後、「馬酔木」には山口誓子が参加し、若い俳人が多く入り、勢いを増していった。近代俳句史における大きな事件の一つである。

秋櫻子は新興俳句の傾向に反対し、俳句観としては保守的であった。秋櫻子の俳句論を引用する。

「文芸の上に於いて、『真実』といふことは繰り返し巻き返し唱へられて来た言葉である」

「十九世紀の終から二十世紀の初にかけて勢力のあつた自然主義に於ては、『真実』といふ言葉はただ『自然の真』といふ意味に用ゐられてゐた」

「現今の文壇に於て、此の自然主義を認める者はない。『真実』といふ言葉は、今、専ら『文芸上の真』といふ意味を以て用ゐられてゐるのである。『あの文芸には真実がない』といふのは、『文芸上の真』が無い謂ひであつて、決して『自然の真』がない謂ひではない」

「俳句の上に於ても、此の『真実』といふ言葉は常に唱へられた」「その『真実』の持つ意味は、常に『文芸上の真』でなければならぬと僕は思ふのである。時代を逆行して、今頃『自然の真』のみを説いてゐるのは、いかにも教養の足らざるを曝露して、俳壇のために恥辱だと思ふのである」

秋櫻子の論文は結論から始められている。自然科学は自然の真実を追究する学問だが、文芸は「自然の真」ではなく「文芸上の真」を追究しなければならないと主張した。秋櫻子がこの論文を書いた理由は、中田みづほが「秋櫻子と素十」という評論を発表し、その中で「真実」という言葉を多く使用し、「自然の真」を強調したからであった。みづほが秋櫻子と素十を比較した評論を引用する。

「大づかみに両君の差を考へてみると、秋櫻子君は広大な抱負と意気をもつて従来もこれからも俳句を遠心的にどこまでもおしひろげやうとして居るに反し、素十君は極端に求心的に俳句の核心に向つて喰ひ下らうとして居るかに感ぜられる」「素十君は、秋櫻子君の運動と全く反対の方面に進んで居る」

みづほは、秋櫻子の俳句を「遠心的」といい、素十の句を「求心的」と呼んだが、観念的で分かり難い形容である。みづほは例をあげて説明をする。素十の句、例えば〈甘草の芽のとびとびの一とならび〉〈おほばこの芽や大小の芽三つ〉等を引用し解説する。

「私が今掲げた、無味乾燥に見え易い句といふ句が殆どことごとく私には、素晴らしい感情をもつて迫つて来る事実である」「この理由は何であるか、といふと、私の考へるところでは、恐ろしい真実の力であると思ふ。真実といふものは、ものの心の最も心である。余分なもののちつともつかぬ核である」「頭の中で加工しやうといふ作用は加はつて居ないのである」「一見まことに古いやうに見えて、しかも千古を通じて新らしいものがある。それは『まこと』である」「自然の極めて小なる部分の真をつたへたものであつて、何にも不純なものは作者の頭からはいつて居ないのである」

みづほの写生説は、この当時の虚子の客観写生説に通うところがあった。秋櫻子はみづほに反論し、前述した素十の「芽」の俳句について批判する。

「『自然の真』の他に、何物の加へられたるありやと、反問したいのである」「元来自然の真といふこと――例へば何草の芽はどうなつてゐるかといふこと――は、科学に属することで、芸術の領域に入るものではない」

「自然の美は、芸術の反映であるとも言へるのである。それ故に自然の真を美とし、これをそのまま模倣するのが芸術の使命であるといふ考は明かに間違つてゐるのである」

「『自然の真』といふものは、厳格に言へば科学に属することである。而も文芸の題材となるべき自然の真を追究するには決して天才を俟たない。必要とする所は少量の根気のみである。それ故に天才なき人々でも、一木一草をありのままに述べることは、さして困難ではないのである」

「みづほ君の説く所の真実は、『自然の真』であつて、『文学上の真』ではない」

「『自然の真』はよき俳句の鉱である。然しこれに対して作者が常に受動的立場にあることは――それを観たままに述べるといふことは――厳密に言へば自然模倣主義と名付け得る態度だ。真の芸術家はもつと積極的な態度をとる。この鉱の上に鍛錬を加へ、創造を加へて、巧緻深遠なものを作り出さうとするのである」

「若しも『自然の真』を究めて俳句の能事終れりとするならば、俳人は書斎の勉強を要することなく、心の涵養を大切にすることもない。ただ手帳を懐ろにして雲の影でも追ひ歩いてゐればいいだらう。さうして一二年の後には相当の作者として認められるに至るだらう。然しその人にして、真に文芸を解する素質を有するならば、必ずや自己の仕事に行きつまりを感じずには居るまい。さうして『これでよいのか』といふ疑を持たずには居るまいと思ふ」

秋櫻子はやや感情的に「自然の真」という写生観を非難する。しかしこの論争はすでに決裂していることを認識していた。

「僕とみづほ君とは、全然異なる視角から俳句を見てゐる。さうしてみづほ君の視角は間違つてゐて狭い」「今や二人の芸術観は妥協の余地なきまでに、かけ距ててしまつたのであらう」

この秋櫻子の結論は、論争がすでに理性によるものではないことを表している。

文学・哲学・宗教はすべて主観の問題であって、世界中のすべての人が同意すべき絶対的客観性が要求される自然科学と異なり、意見の違いは論争すればするほど大きくなり妥協点がなくなる。文学観の違いによる論争の最後は感情的・人格攻撃的になりがちである。宗教上の思想の違いは戦争を起こす。同じキリスト教でもカトリックとプロテスタントは殺し合いの戦争をした。キリスト教やイスラム教のように同じ一神教でありながら、宗教と政治が絡むと思想の違いはおぞましい事件・戦争を起こすが、文学上の考えの違いは平行線を辿って両者は物別れに終わり、交友関係も絶たれてしまう。

素十の句の「自然の真」は科学と同じだという秋櫻子の意見は、科学の本質を誤解していたようだ。科学とは、細胞・DNA・素粒子等々、目に見える混沌の物の奥に、目に見えない普遍的な真理を発見することであり、俳句の客観写生にいうスケッチ的な見たままの写生とは異なる。見たままの写生と、真理の発見とは異なる。科学的真理はスケッチやリアリズムとは異なる。世界中のすべての人間が理性で同じ理解をすることができる真理が自然科学である。自然科学は数式や原理で表されるが、文学は個人個人の理解が主観的ですべて異なるものであり、科学のように客観的で普遍的な統一的真理を求めるものではない。

素十は、昭和六年に俳句誌「まはぎ」に発表した文章「秋櫻子君へ」で反論していた。

「『自然の真』といふものを僕は知らない。又これに大切なるエッキスといふものを附け加へたといふ『文芸上の真』といふものをも知らない。それを私は少しも恥と思はない」「私はただ自然の種々なる相を見ただけである。私の俳句といふものはただそれを写さうと試みただけである」

「私に三千年の齢をくれても自然の真などと云ふものを知ることは出来ないだらうといふこと」「俳句は文芸上からも自然からも離れることは出来ないものである」「私は、『自然の真』を究めたといふ君が何故に心を深くする必要があるか了解に苦しむ者である。更に心を深くして何を観察し何に興味を感じようとするものであるか」

素十は全面的に秋櫻子の主張を否定する。最初から感情的であり、理解することを拒否している。「自然の真」だけで十分であり、三千年かかっても「自然の真」は分からないと反論するところは感情的である。議論は全く嚙み合わず、平行線であった。日本史における文学や宗教上の論争は、ほとんど物別れに終わっていた。相手に同意すれば自分の意見が否定されるのだから同意するはずはなく、ひたすら相手を感情的に非難する他はない。

秋櫻子は「ホトトギス」から独立して自らの説を作品化する他はなかった。

「芸術は宗教的なものである——といふ言葉があるが、それは自然の模写に終始する自然主義者に与へられるものでなく、当然、自然の上に自己の心の精髄を映さんとする理想主義者に与へられるものでなければならない。『文芸上の真』を尊ぶものに幸ひあれ。栄冠は必ず彼等の上に輝くべき筈だ」

秋櫻子の評論の最後の文章である。芸術は宗教的であるという言葉を最後に引用したのは興味深い。秋櫻子は、芸術と宗教に「自己の心の精髄」を見ていた。

これにも素十は反論する。

「私の俳句の焦点（ありとすれば）が君の芸術理論に依つて左右されるやうには思はぬ。私の心の興味によつては或は左右されやう。宗教とはそんなものではないか」

素十は全面的に秋櫻子説を否定した。素十も「宗教」という言葉を出して反論を終えている。ただ、素十の文章には「私の心の興味」によって論が左右されるという興味深い言葉がある。文学上の評論も純粋に客観的ということはあり得ず、「心の興味」によって左右される。俳句論史において、虚子・素十の主張した客観写生の道に秋櫻子は反旗を翻し、「文芸上の真」の俳句観を主張することによって新しい道を切り開いたことは事実である。

作者の心を無くして自然そのものを俳句に描写する立場と、作者の心・感情を俳句に反映しようとする立場は、相補的であり、どちらかが正しいという問題ではない。まさに立場の違いであって、俳人の俳句観の違いである。一人の俳人の生涯の句を見れば、どちらか一方の考えで俳句が作られているわけではないことがわかる。同じ俳人でも物の写生と心の写生の二つの句風が混在している。虚子の句に主観的写生の句と客観的写生の句が混在しているように、秋櫻子の句にも、「自然の真」と「文芸上の真」の句が混在している。論より証拠として例をあげたい。

神にませばまこと美はし那智の滝　虚子
咲き満ちて桜撓めり那智の神　秋櫻子
滝落ちて群青世界とどろけり　同
泉ありこの神のあり古事記あり　素十

虚子と秋櫻子の滝の句は、那智の滝を「神」と思う点で主観の句、心の写生であり、「自然の真」ではない。滝や川や海の水を神と思うことは、紀元前の古代中国の道教的信仰に遡ることが出来る。日本にまだ文字も文学もなかった頃、古代中国では山・川・海・水を神とする神仙郷の詩が詠まれていた。自然を神と思うことは日本に固有のことではなく、東洋に多い信仰である。ゴッドが自然と人間を作ったというキリスト教やユダヤ教の信仰と異なり、道教神道は自然そのものが神・神仙であるという信仰であり、短歌・俳句のアニミズム作品に影響している。

「群青世界」の句は、秋櫻子の評論通りの「文芸上の真」を反映している。自然そのままのイメージではなく、絵画的印象を反映している。俳人の中には「群青世界」というのはどういう世界か理解できない人もいるであろう。

ある俳人は、虚子の句は神の滝への挨拶が優先され、滝そのものが見えず、秋櫻子の句は模写的な印象で、言葉の美しさが滝を隠蔽していると批判していた。隠蔽ということではなく、虚子も秋櫻子も心の真実として滝を神様だと思ったのである。自然そのものが神、滝そのものが神であると実感することと、滝の「隠蔽」とは無関係である。滝が神であるとは、ゴッドが滝を作ったということではなく、滝の存在そのものがこの世の不思議であり、神秘なのである。滝という名前の神なのである。ただ水が上から下に流れるという物理的事実を写生するだけであれば、滝は神的な存在とはならないのである。物は物にすぎないというのは無神論者・唯物論者である。滝が物にすぎないのであれば、人は滝を詠む必要はない。滝の絵画か写真を見ているだけで良い。言葉は霊であるという言霊信仰とは、滝を神と思うからこその信仰である。滝という漢字のもとは瀧であり、水の流れは龍の神であった。漢字の象形文字はタオイズム的信仰を表す。「龍」の漢字一文字がすでにタオ的神道を表している。ただごと写生・月並写生の俳人が理解しようとはしない自然観がこの世にはあることを知る必要がある。

　虚子にとっての写生とは、那智の滝を神だと実感することであった。虚子は秋櫻子の意見を理解していたと思われるが、自ら直接的には論戦に参加していない。虚子を理解するということは滝を神と思うことに他ならないのである。滝を神と思わない俳人は永遠に虚子を理解することができない。虚子の優れた句には主観の句が多い。虚子は「ホトトギス」の多くの俳人を長くリードしていくために、詠みやすい客観写生を説いたが、自らの秀句は主観的であった。

　素十にも鹿島神宮で『古事記』の神を思う句があり、客観写生ではない。素十は生涯を通じていつも「自然の真」の句を詠んでいたわけではない。

咲くよりも落つる椿となりにけり　　秋櫻子
月ひかり垣の朝顔いまひらく

さらにいえば秋櫻子には客観写生の句が多く見られる。秋櫻子はいつも「文芸上の真」の句を詠んでいたわけではない。「自然の真」と「文芸上の真」は、どちらかが正しいということではなく、俳句全体においても、一人の俳人の中でも同時に存在し得るのであり、相補的であることに注目しておきたい。

「新興俳句」という言葉を俳壇で最初に使用したのは日野草城で、大正十一年に「東西呼応してインテリゲンチャの新興俳句を提唱したい」と述べた。秋櫻子・風生らが復活させた東京の帝大俳句会と草城が属していた京大三高俳句会による「新しい俳句」、という意味で使われたと『近代俳論史』は論じている。文壇では、「新興」という言葉はプロレタリア作家の小説に対してつけられ、歌壇でも「新興歌人」という雑誌をプロレタリア歌人が出していたという。今日では、「新興俳句」という名前は、対「ホトトギス」の動きの中で、新しいあり方を追求した動きに対して与えられたと松井利彦はいう。

新興俳句の中で昭和七年以降に、「馬酔木」と「天の川」の間で、「甘美」か「晦渋」かという論争があった。秋櫻子が吉岡禅寺洞の句を「晦渋」といえば、禅寺洞は秋櫻子の句を「絢爛・明朗・甘美」といい、「個体の生命に深く徹した心の俳句に遠い」と応酬した。

この対立・論争も相補的な問題であり、平行線を辿った。同じ反虚子的な立場の俳人同士でも論争が生じる。論争において大切なことは、自らの俳句論に従って俳句を作ったかどうかであり、結果として作られた俳句が秀句・佳句であったかどうかが問題である。秋櫻子の俳句が良いのか、素十やみづほの俳句が良いのか、という読者にとっての価値判断が問題である。同じ有季定型の俳句論の中でも、詠む内容が客観写生か主観的想像かの違いが論争となったケースに学びたい。

秋櫻子の「ホトトギス」からの独立が新興俳句運動の契機になったといわれているが、秋櫻子の本質はむしろ虚子と異なるものではなかった。『高濱虚子』で秋櫻子が「虚子の句を見れば、全く客観を捨てて、主観のみを露出させた句がある。そういうことをする虚子の態度を考えると、自分だけは何をしても大丈夫だ、諸君のは危くて見ていられないというように見えた。それが私には肯けぬことであった」といっているところが、「ホトトギス」離脱の本当の理由である。虚子は主観句を理解しているにもかかわらず、客観句を説き始めたことへ秋櫻子が反発したのである。

秋櫻子の句の内容は伝統俳句的であり、有季定型を守っていることも同じである。無季・戦争句を詠んだ新興俳句とは本質的に異なっていた。

山口誓子の俳句論――写生構成・二物衝撃・根源俳句・浪漫的リアリズム・人為から天為へ

山口誓子は明治三十四年（一九〇一）、京都市に生まれ、平成六年（一九九四）、九十二歳で没した。昭和六年に水原秋櫻子が「ホトトギス」を脱退したが、誓子は残り、昭和十年、三十四歳の時、「ホトトギス」を離れ「馬酔木」に参画した。昭和二十三年、四十七歳の時に「天狼」を創刊した。平成四年、九十一歳の時に文化功労者となる。

誓子は俳句に「知性」を持ち込んだと山本健吉が洞察した通り、現代俳句に内容として知的な句の世界を導入した。誓子は、「写生構成」「モンタージュ」「二物衝撃」という技術論を唱え実践した。現在の俳壇でも、俳句論といえば技術論・構成論に傾きがちなのは誓子の影響である。誓子の俳句論は『山口誓子全集』の七巻・八巻にまとめられていて、時代と共に変遷していく論説を知ることが出来る。以下、全集から引用する。

昭和二年、二十六歳の頃の「俳壇なるもの」の文章では、「虚子先生と生を偕にすることの大いなる愉悦を享受する」と、高濱虚子の俳句観に忠実であった。昭和七年、三十一歳の頃の「現実と芸術」の文では、芸術は現実を素材として「独自の世界を構成する」といい、芸術は決して現実を模倣し、再現するものではないと述べる。誓子のいう芸術とは俳句を意味する。芭蕉の軽み・無為自然・造化随順や子規・虚子の写生とは異なる、人為的な創作の発想である。「写生構成」は「私の造語」といい、「構成」という新しい考え方を打ち出している。構成とは「世界の創造」といい、「現実に近づき、然も現実を無視すること」だという。そして「写楽は最初から意識的に写実主義を排斥したのである」というエイゼンシュタインの言葉を引用しているが、これ以上、「写生構成」の考えは具体的に書かれていない。

同じ年の「連作俳句は如何にして作らるるか」の文章では、「俳句のモンタアジュ」について述べている。「モンタアジュとは、本来機械、家具などの、部分としての個々の断片から、機械や家具などを組合はせること、組立てること即ち構成することを意味するが、茲に所謂モンタアジュ過程とは、『個』の俳句の編輯であり、『個』の俳句の全的構成である」「この過程を経て、『個』の俳句は、はじめて『全』としての連作俳句となる」という。誓子のモンタージュ説は、一句についての俳句論ではなく、連作についての論であった。誓子は連作俳句について映画理論を応用していた。誓子はエイゼンシュタインのモンタージュ説を俳句に応用したとされるが、寺田寅彦の随筆を読んでモンタージュ説を学んでいた。また、エイゼンシュタインは日本通であり、映画理論のモンタージュ説を日本の俳句から思いついている。近世の俳諧がすでに配合・組み合わせによる複雑な作品を実験していたから、エイゼンシュタインが俳句から学び、映画理論のモンタージュ説に応用し、誓子がそれを逆に俳句に応用したのである。

誓子が晩年、人為的構成から離れ、アニミズム的な造化随順・軽みの世界に近づいたことは面白い。晩年に近づくにつれて人は自然に回帰する。自然の生命に人間と同じ生命・魂を感じることは、荘子の影響を受けた日本的アニミズムである。アニミズムを嫌う人は動物・植物に人間と同じ生命を感じられない人であり、人工的で人為的構成物に関心がある。ＡＩ（人工知能）は人工的構成を機械的に実施したものである。

昭和七年の「ホトトギスの人々とその主張」の文では、「短歌の歴史が実証した如く、口語運動は既に行詰を生じて、遂に自由律運動に趨らざるを得なかつたではないか。口語運動は実験済である。われわれは其の轍を踏まうとは思はない。そして自由律はわれわれの問題の外にある」といい、自由律と口語俳句を否定していた。この否定も歴史的な結果に基づく。自由律と口語俳句の実験の結果、良い作品が作られてこなかったからである。論より証拠が大切な世界である。自由律や口語俳句は、理論を唱えても、良い作品が残らなければ歴史的に広まらない。作品を離れて、自由律や口語の作品が優れていることを正当化するのは、評論だけによる論理では難しい。定型俳人が感銘する自由律俳句を作ること、文語俳人が感動できる口語俳句を作ること以外に、口語・自由律・無季といった作品が広まる方法はない。

誓子は、昭和八年の「誤まられたる花鳥諷詠詩」の文で、高野素十を批判した。「素十氏は、自ら俳句は花鳥諷詠以外にはないと称しながら、『諷詠』といふことばの意味をおろそかにした為に、牽いて『感情』を無視するに至つた」「だが『諷詠』とは感情を表現することである」「俳句の出発点である感情は、外界の『もの』と、内界の『こころ』と渾然合一したものである。客観でもなければ、主観でもない」と、素十の俳句の写生に感情がないことを非難した。

昭和八年の「詩人の視線」の文では、「新しい俳句」とは何かを論じている。俳句作品の新しさとは「内容」の新しさであるといい、形式は内容によって決定されるとし、内容の新しさは、「素材」の新しさであり、「取扱ひ方」（見方・感じ方・構成の仕方）の新しさだという。この誓子の考えは現在では常識的になり、新しさを失っているが、当時は新しい考え方であった。

同年の「梅と俳句」の文章では、「私は自然現象よりも都会の人事現象をうたつて見たいと思ふからでもあらうが、梅花にあまり関心を持たない」といい、「工場、造船場、ドッグ、汽船、商館、ホテル」等の「都会の生活、生産ならびに消費の両部面にわたつて俳句の領域を拡大してゆきたい」「都会の混雑にゐておもひを遠い自然現象にはせて俳句をつくるなどといふ必要はない」と述べている。「ホトトギス」を離れた理由である。さらにいつかは秋櫻子とも別れることになる要素を持っていた。誓子は、感情がないと素十を非難したが、自らも自然・草花に関心を持つような感情はなかったようだ。

誓子の主張する「新しさ」とは、新しい俳句論というよりも、新しく思えるような現象を俳句の内容とすることであり、これは後に戦争を内容に取り上げなければいけないと主張した態度と同じである。

誓子は理屈っぽい論が好きな俳人だが、例句が少なく、理論だけが長く続くので、ここで例句をあげて補足したい。

ピストルがプールの硬き面にひびき　誓子
閑さや岩にしみ入蟬の声　芭蕉
夏草に機罐車の車輪来て止まる　誓子
夏草や兵どもが夢の跡　芭蕉

誓子の初期の俳句創作の方法は、モンタージュ法や二物衝撃といわれたが、誓子の句の新しさは、方法論よりもむしろ誓子個人の精神に依拠している。方法論によって誓子の句風は真似できない。自らの論によって俳句が詠まれるのではなく、性格や好みによって俳句が詠まれる例である。

俳句の内容において、誓子と芭蕉の句は対照的である。芭蕉の有名な蟬の句の構造の特徴は、蟬の声の音波が岩の中に浸透していくところにあり、無為自然に随順する精神に依拠している。一方、誓子の句の特徴は、ピストルの発射音の音波がプールの水の中に浸透することなく水面で反射されてしまう。芭蕉は荘子の影響を受けて造化自然と一体となる自然観を句に反映したが、誓子は自然に反発し、人為的な世界を構成した。読者の考えの違いによっても二人の作品から受ける感動は異なる。誓子の句よりも芭蕉の句の方が深い感銘を与える場合がある。誓子が作品を発表した頃は、誓子の現代風のテーマに惹かれた俳人もいた。どちらに感銘を受けるかは相補的な問題であって、どちらが優れた句であるかは個人の好み・主観によって異なる。

夏草に始まる二人の句の違いは顕著である。芭蕉の夏草は、「や」の切れ字があるから単純に切れているという俳人がいるが、句の内容・中味は全く切れておらず、武士の夢の跡の象徴として夏草がある。誓子の句の「に」は、切れ字ではなく方向性を示す助詞であるが、内容的には夏草という植物と車輪という物との間が切れている。夏草でなくとも、そこに車輪を止める物体があれば句の内容が成立する。芭蕉の夏草は一句全体に影響を及ぼしている。どちらの句が読者の感動を呼ぶかは読者の主観による。自然と一体となる心を重視するか、当時の新しい物による構成を重視するかの違いである。「機罐車」というのも当時は新しい機械であったが、時代と共に古くなって、ただごと句・平凡句に変化する。材料の上で流行を追い過ぎると一過性の句になる例である。時代を超えて普遍的に感銘を呼ぶのは芭蕉の夏草の句である。新しい流行の事象・物・流行語を俳句に詠んでも、時間がたてば陳腐になり、凡句になりやすい。

平畑静塔は『山口誓子』の中で、橋本多佳子が誓子について、「先生はつめたい所がある」と時々洩らしていたといい、それが「多佳子にとって誓子への唯一の不満であった」という。また、誓子は多佳子の句については「メカニズムの網目から身を乗り出した」と書いていたことを紹介し、誓子のメカニズムの構成句には従うことが出来なかった多佳子の性格を伝えている。誓子を尊敬して、誓子の句を好んでも、誓子の俳句論に従って句を詠むことはできないという例である。

『昭和俳句回想』で、山本健吉は川崎展宏に、誓子の句〈炎天の遠き帆やわがこころの帆〉が好きだから誓子に色紙を書いてもらったといい、「誓子の一般的な、構成的な俳句、あるいはキラキラするような、人を慄然とさせるような俳句を否定することでもあるかもしれないんだ。そんな句は、やっぱりこう、だんだんいやになってきた」と話せば、展宏は「誓子さんには、心の句がやはりありますけど、どうしても、近代の非情というものが通っているんですね」「一種の、つめたさというか、そういったものが、精神のずーっと底にまで浸透しているような、金属のつめたさのようなものを感じる」「それがいちばんの特色であり魅力であるという気がします」と応じている。

私の作品は「暗い」とよくいわれた、と誓子がいうその暗さには「母の自殺」が影響していた。誓子には何か孤独な寂しさがあり、病気がちであったことも寂しさを増す要因となった。個人的な生い立ちと俳句とを関係付けたくはないが、全く無縁であったとはいえない。誓子自身は自らの心の中に入って句を詠むことを嫌ったのではないか。機械的・構成的な俳句に関心を持った理由の一つであろう。

昭和十二年、三十六歳の時の「戦争と俳句」では、新興俳句と戦争の関係について論じている。新興俳句を「新興有季俳句」「新興無季俳句」に分類し、「戦争との結びつきは、新興無季俳句が一番有利な地歩を占めてゐる」「銃後に於てよりも、むしろ前戦に於て、本来の面目を発揮するがよからう」といい、「もし新興無季俳句が、こんどの戦争をとりあげ得なかつたら、それはつひに神から見放されるときだ」と、後に有名になる挑発的な言葉を述べていた。「神から見放される」という言葉は、俳句が神からも人間からも無視されるという意味である。一方、誓子は、「私自身は、有季俳句の作家ですが、今次の戦争を契機として、前戦より無季俳句が相当現はれて来る」といい、どこか傍観者的である。戦争と戦争俳句への誓子自身の態度・立場が不明確であることを静塔も感じていたことは、静塔の章で述べたい。

新興無季俳句や戦争を詠むことを煽ったわりには、誓子自身は消極的であった。検挙された俳人たちに影響を与えたことを考えれば、誓子自身が検挙されていてもおかしくはないが、戦争句を積極的には詠まなかったことで検挙を逃れていたのかもしれない。戦時中の特高の検挙の基準・判断は戦後の人にはわからない。他人を煽って戦争句を詠ませるのではなく、自ら戦争句を詠むべきであったが、誓子は戦争句を積極的に詠まなかった。

昭和二十一年、戦後に書かれた最初の文「俳句の復活」では、虚子に近い俳句観を述べている。戦前と戦後では、誓子の俳句観に大きい変化が見られる。「俳句はもともと自然詩である。人間が自然と一つになることから生れる詩である。ここでは、自然にすがるといふことが飽迄も要求されてゐる」といい、戦時中の俳句は直接戦争には役立たなかったとし、「作家はこれをやむを得ずとして、自然詩を作りつづけたのである」「戦争がやんだとき、俳句は以前のやうに自然詩であつた」と、戦時中に戦争俳句を論じていた態度とは矛盾したことを述べている。自然よりも人工的・人為的な構成を強調してきた誓子の発言とは思えない態度の変化である。敗戦が誓子の俳句観・俳句論に大きい影響を与えていたことは、誓子論ではあまり語られてこなかった。

「戦後の俳句は変つたか」と自問して、「私には変つたとも思はれない。俳句は戦中に変らなかつたやうに、戦後も変らないのである。一般にはそれが当然なのである。しかし自然にすがることを人間表現の象徴と考へる作家はそれで済む訳のものではない」といい、作家は戦争中に精神が鍛錬されて、戦後は自然に深い意味を見出す方向に進むと誓子は考えていた。「自然探究のリアリズムに、戦争によつて鍛錬された人間精神の花開くこと——私はそれを浪漫的リアリズムと呼ぶ」と述べて、それを戦後俳句に要求するとしている。俳句は変らなかったというのは虚子を意識している。戦争を詠むことを推薦していた誓子自身の態度と俳句は激変したのである。

「天狼」創刊の「出発の言葉」では、俳句は「新しき時代の、新しき形態である」と宣言し、「俳句のきびしさ、俳句の深まりが何を根源とし如何にして現るるか」と難解な問いを発している。「事物の根源とは何であらうか」と、「根源俳句」と呼ばれる俳句を自問していた。「事物の根源が生命の根源とも考へられる」といい、「事物は有である。しかし有は単に有としてあるのではない。有をして有たらしめるものがある。それは無である」というところは、大乗仏教的な無や空の観念に近い発想である。

釈迦は無や空といった形而上的な議論をしなかった。形而上的議論をしても人間は幸福にはなれないので、むしろ生活において欲望をなくすという倫理的な実践を追及していた。釈迦の死のかなり後に興った大乗仏教は、釈迦仏教とは全く異なり、空や無といった難解な論と共に、ヒンドゥー教の神像崇拝と同じく仏像を拝むという崇拝宗教を説き始めた。根源俳句の難解さとは大乗仏教の難解さである。

俳句が対象とするのは有である。無を言葉では表現できない。無とは禅にいう「不立文字」である。無を悟るには達磨のように一生坐禅をする他はない。芭蕉の説くように、俳句では、高く悟った後は俗である有の世界に戻らざるを得ない。宗教は悟ったままの世界に一生いなければならないが、芸術・詩歌は悟ったままではだめであり、俗と実の世界に戻ってこなければ作品はできない。

荘子の説く虚実の精神である。宇宙・造化の虚の世界を悟った後は、実の世界に戻らなければいけない。

「俳壇は『根源探求』を好まなかつたし、『酷烈なる俳句精神』を好まなかつた」が、「他人は嫌ふ自由を持ち、私達は他人の嫌ふことを実行する自由を持つ」と「天狼」の信念を述べている。他人の嫌うことを実行する俳句論とはいかなるものか、複雑な思いがこめられている。

昭和四十五年、六十九歳の時の「飛躍法」という文では、俳句は「心を虚しうしてよく物を見る」といわれているといい、「無我・無心である。我を無くし、心を虚しうすれば物が見えて来る、それをよく見るのだ」「すべての物がすつと入つて来るやうに開かれた無我、無心の状態が、根源の状態である」と、根源俳句の意味を説いている。無我無心の境地とは、禅というよりもむしろ芭蕉の尊敬した荘子の説く無為自然の思想に近い。大乗仏教的な絶対的な無の考えというよりも、荘子的な「虚心」に基づく状態で、造化・自然と一体となる造化随順の世界である。誓子は芭蕉を深く研究したというから、芭蕉の俳句観である無為自然・造化随順に近い精神を持っていた。戦後は虚子・芭蕉の精神に近くなっていった。

俳句の意味・内容について、意味のない句がいいと主張する俳人がいるが、誓子は昭和三十八年の「随想」で、「俳句では、意味はどうでもいいというものではない。作者は自分の感動を言葉によって正しく伝えようとする。作者の伝えようとする意味がそのまま読者に伝わらなければならない。意味はどうでもいいというものではない」と、俳句における意味の重要さを強調している。一般的に批評する時には、批評家は俳句の抱える意味を論じるのだから、意味のない句は批評の対象にはなり難い。意味のない句に対しては批評というものは書きようがないのである。批評はもともと意味・意義を問う行為である。句の意味が分かるかどうかは読者・批評家の人生体験・読書経験に基づいている。意味のない句は意味を説明できないから、「意味がないところが良いですね」としか批評のしようがないが、それでは普遍的でなく説得力がない。

誓子の主たる俳句論を引用したが、誓子もまたその俳句論からは理解できない俳句を多く詠んでいた。昭和十五年に秋櫻子が誓子を見舞った時に、句にうるおいがなく乾いていると秋櫻子に注意され、その後に誓子は俳句の世界を外面から内面に転換し、意識的に心の内部に沈潜していった。「構成しようとする方法論をお棄てなさい」と山本健吉が誓子にいったことは、誓子を師系とする俳人には不評のようだが、秋櫻子はすでによく似たことを誓子にいっていた。物と物の配合・構成に凝ると、心と生命感を失いがちである。誓子自身が戦争を詠まなかったのは、秋櫻子と健吉の助言に従ったからでもあるのではないか。

誓子は他人の批評を気にした俳人であったから、作品の内容は方法論とは異なるところがあった。方法論によった初期の句は別として、虚子に反発したものの、自然の美を描写する句を詠むようになっていた。晩年は、芭蕉や虚子の荘子的無為自然・造化随順の世界に近くなっていった。誓子の俳句論を語る人は、誓子の初期から戦時中までの俳句論だけを語りがちである。

日本がここに集まる初詣　誓子

神これを創り給へり蟹歩む
遷宮の空を守れる白鳥座
露けき身いかなる星の司どる
星天を夜干の梅になほ祈る

「伊勢参宮を毎年欠かしたことはない」という誓子の「初詣」の句について、「誓子が伊勢神宮を崇敬したのは、山口家が神道であること」「最も尊敬した先覚芭蕉が神宮を崇敬したこと」「神宮に、誓子は霊的な美しさを感受していたからにちがいない」と、鷹羽狩行は誓子の俳句観を洞察していた。「霊的な美しさ」は晩年の誓子が求めたところであり、霊性が理解できなければ誓子の全体像を語ることができない。誓子を語る研究者や俳人は、初期の俳論や俳句のみを取り上げがちである。晩年の俳句を取り上げても表面的な面白さがないからであろう。虚子・秋櫻子・健吉の俳句論との違いを大きく述べたいがために初期の誓子句だけを取り上げるようだ。しかし、誓子の本質である「霊的な美しさ」は、蛇笏の説いた霊性に通うところである。誓子の初期の俳句と俳句論を取り上げて新しさを指摘することは易しい評論の仕事である。それに比べ、後期・晩年の俳句と俳句論を論じることは難解である。

俳句論が神を詠んだ句を避けてきたのは、知性的な論理では対処できないからである。批評が文学となるためには、主観によって感性や霊性の世界を理解する必要がある。蟹という動物の存在の不思議が誓子に神の存在を思わせたことは重要である。

誓子が星を好きであったことは誓子の俳句論からではわからない。「星に較べれば人間など微粒の微粒に過ぎぬが、星の流れるのを見たとき、人間の自分が死ねば、あとは一体何になるのだらうか、霊魂といふものはあとに残るのであらうか」と誓子はいう。星と魂の問題をも理解できなければ、晩年の誓子句と俳句観を理解できない。

野尻抱影と誓子の共著『星戀』には誓子の星の句が多く引用されている。遷宮の儀式に参列した誓子は「白鳥座が天上から遷宮を守つてゐるやうに思はれた」「神々しいその儀式は、宇宙とのつながりにおいて観るべきものであらう」という。

伊勢神宮や天皇家の儀式が深夜行われるのはなぜか。祖先が天照大神であれば、太陽が輝く昼間に儀式をするべきだが、重要な儀式は星が輝く時間に行われる。それは、天皇という名前が道教において北極星の神だったからである。誓子が晩年、星の世界に魂を奪われていたことは俳句論からはわからないが、星は誓子の詩魂を貫く神のような光であった。

誓子の句は、初期には構成理論による人為的作品だったが、晩年には知性を超えた造化随順の世界に変化したことを忘れてはいけない。後世の人は、作家の初期の俳句論だけを読んでも、その人の一生の俳句観は分からない。俳句作品だけにしか表現されていない俳句観が隠れている。誓子の星の句はその典型である。

人間探求派の座談会

昭和十四年七月、編集者であった三十二歳の山本健吉は、「俳句研究」の企画で、三十八歳の中村草田男、三十四歳の加藤楸邨、二十九歳の篠原梵、二十六歳の石田波郷を集めて「新しい俳句の課題」と題する座談会をもった。現在の俳壇からすれば考えにくいが、座談会に参加した五人は二十代、三十代の若手にもかかわらず、当時の俳壇の中堅以上のような発言をしていた。

同じ昭和十四年の「馬酔木」で、四十六歳の水原秋櫻子が「同人の作品のうちに難しくて分からないものが沢山ある」といい、楸邨の〈海越ゆる一心セルの街は知らず〉、波郷の〈月蝕の謀るしづかさや椎若葉〉の句をあげた。また草田男の句については、「真面目でも意味のわからない俳句は困る」といったことが契機となって、健吉は座談会を開いた。結社誌の主宰・秋櫻子の言葉が契機となって、総合誌の編集長が座談会をもち、「人間探求派」という俳句史に残る言葉が生まれた。

楸邨の句〈鰯雲ひとに告ぐべきことならず〉のように、季語の鰯雲が孤立して、季語と心境が融け合わぬようなことが出てくることを秋櫻子は危惧した。楸邨は、俳壇の大勢が、それまでの俳句の方向性の中では「生活からの声」を表現する技術を持っていないことをいい、「現在の自分が、自分の生活から出てくるもので捨て兼ねて居るやうなものを出す時に、わかりにくいところが出るかも知れないが現代に活かしてみたい」と発言していた。

草田男は、「作者の理解と要求の方はズツと先に行つて居る」が、技術が遅れているとして、要求と技術にギャップが生じているといい、「難解といふ問題は我々の『人生及び生活』に対する要求、それと俳句文芸の特質との相関関係、そこから生じる困難さといふ根本を説明しなければ説明」にならないという。また、大勢の人に「解る」という普遍性は、通俗性であると批判していた。

波郷は、「俳句をやつて居る人で一定の俳句の自分の考へ方の決つた人には却つて解らなくて「人間臭い俳句が今までの俳句になかつたから詩や小説のやうだといはれ度くない」という。波郷は「俳句は文学ではないのだ。俳句はなまの生活」だと強調した。

健吉は、「生活と俳句を重ねようとする」態度に、「貴方がたの試みは結局人間の探求といふことになります」といい、楸邨は「四人共通の傾向をいへば『俳句に於ける人間の探求』といふことになりませうか」と応じた。この後、楸邨・草田男・波郷・梵が「人間探求派」と呼ばれるようになった。人間としての心・魂の真実の声の表現を求める俳人が、一つの「派」として認知され、評価されたのである。

楸邨はその後、「明暗覚え書」という文章で、「真に俳句に於ける人間探求であり、自己の物であるためにはどうしてもかかる意味で、その深淵性をその基調に孕まざるをえなくなる」といい、日常的な世界はその底に、「限りなき暗さ、避け得ざる人間存在の真実相を秘めた深淵の上に成り立つてゐる」と洞察していた。人間探求派ではなく、ヒューマニズムを基礎とする「人生派」と呼ぶのが妥当だと後にいう。

「人間探求派」というのは当時の俳壇の状況が生んだ言葉である。俳壇の大勢がそれまでの俳句の方向性の中では表現する技術を持っていなかった「生活からの声」を指摘し、総称して端的に表現したから、今日まで俳句史における一つのターニング・ポイントとして語られてきたのである。「四人共通の傾向をいへば『俳句に於ける人間の探求』といふことになりませうか」と応じたのは楸邨であった。健吉は座談会に参加した俳人の意見を総称して名前をつけたのである。健吉は黒子としての立役者である。

四人の参加者は人間の心の探求ということにおいて共通していたのである。芭蕉でも虚子でもそうだが、俳句論は当時の俳壇の状況が生み出していることが多い。当時は人間探求の俳句は少なかったが、現在ではそうではなくなったということは、人間探求派の俳人がその後に活躍したことによる。個々人は特に人間探求派をいつも名乗って作句していたわけではないだろう。人間探求派の問題からは、本質的で普遍的な俳句論の大切さを学ぶことができる。論が俳人の考えを明確化し、その考えが新しい俳句を生み、多くの俳人によって普遍化される。

次章からは人間探求派の個々の具体的な俳句論・俳句観を考えたい。

加藤楸邨の俳句論——真実感合・滲透感合

加藤楸邨は、明治三十八年（一九〇五）、現在の東京都大田区に生まれ、平成五年（一九九三）、八十八歳で没した。「馬酔木」を経て「寒雷」を創刊した。蛇笏賞、詩歌文学館賞、現代俳句大賞、朝日賞を受賞し、日本芸術院会員であった。

「人間としての自分の人間悪、自己の身を置く社会の社会悪、こういうものの中で、本当の声をどうして生かしてゆくか、これが今の私の課題だ」と楸邨はいったが、表面的で政治的な社会批判というよりも、社会悪を引き起こす人間の心の悪への洞察が深い。楸邨が目指したのは新興俳句や社会性俳句ではなく、やはり人間の心を探求した俳句であった。

昭和十六年、三十六歳の頃の楸邨は、「真実感合」の文章において自らの俳句観を主張している。芭蕉や茂吉の句歌について「魂の高さが光りかがやき、言葉は融けてしまって、言葉の末梢的な巧みさなどは忘れてしまう」といい、俳句に「魂の高さ」「俳句魂の高さ」「表現魂」を求めることを強調した。「把握と表現が一枚になるためには、真実感合という態度に徹する外ない」といい、「真実感合」という言葉を自らの俳句の精神を表すものとした。

「自然そのものの真実に感合しなくてはならない」「芭蕉は飛躍を体得したのであり、自然の真実に感合して自己を自然と滲透させるすべを自得したのである。自然に感合することによって、人間的存在の真実をその中に浸透する態度、これこそ、俳諧が短詩型でありながら厳として存在するゆえんである」と、「真実感合」を体得した俳人として芭蕉を理想としていた。芭蕉自身も人間探求の道として俳諧を選んでいた。

「自然にせよ、人間にせよ、見て見ぬく目がほしい。描いて限界から気息充実、飛躍する力がほしい」ともいい、「国民文学としての俳句と真実感合」という文章では、「自然滲透、真実感合によって私共の中なる真実が滲透感合して表現せられるであろう」と述べ、「俳句的真実」の文章では、「自然は、季的趣味でとらえられるべきでなく、季的真実において感合しなくてはならないのである」という。

〈野ざらしを心に風のしむ身かな〉という芭蕉の句について、「この俳句の『しむ身』の語が示すところのものは滲透であり、主観も客観も俳句において、滲透し合うことが理想である。この滲透感合こそ、芭蕉の到達した俳諧の究極であったと信ずるのである」と、「真実感合」「滲透感合」の例句として説明した。芭蕉の秀句を貫く俳句観が「滲透感合」であるとしたのは楸邨の洞察である。人の魂が自然の生命の中に浸透していくことによって自然の魂と一体化することは、芭蕉が荘子から学んだのである。「軽み」の本質である。

昭和十九年の文章「真実感合の俳句精神」では、芭蕉の「造化にしたがひて四時を友とす」について、「造化は外にあるのではなくして、心中に深く見つめられて、それと共に『友として』生き動くべきものであった」といい、造化は心の中にあるという精神的な俳句観を強調した。造化という言葉は荘子の言葉だが、心の中の宇宙という精神的な意味をも含んでいた。芭蕉・楸邨に通うところは、芭蕉が尊敬した荘子の無為自然、造化という神と一体となる精神・思想である。芭蕉という俳人は、俳聖・霊神と呼ばれる人にふさわしく、楸邨の心をも捉えていた。

石田波郷の俳句論

――俳句魂・境涯俳句・象徴性・憧憬と祈り

石田波郷は大正二年（一九一三）、愛媛県温泉郡に生まれ、昭和四十四年（一九六九）、五十六歳の若さで没した。読売文学賞、芸術選奨文部大臣賞を受賞している。波郷は貧しくとも俳句だけで生活の糧を得た稀な俳人だが、東京に出てきて秋櫻子の下で世話になっていた時から、俳句を職業として生き抜く智恵を持っていたようだ。

昭和十四年、二十六歳の時「馬酔木」に掲載した文で、「俳句は生活のあらはれであるべきである。石を詠つても、雲を描いても僕は作者の生活の中の欲や無為やがあらはれるものだと考へる。そして人を搏つのはさういふ欲や無為の上にがつしりと立つた作者の人間全体であらう」と述べているように、俳句は生活を詠むものだという精神を二十代から強く持ち、生涯ぶれることはなかった。人間の生活探求というべきであろうか。

波郷は葛西善蔵の小説を好み、「こつこつと書き上げた作者の表現魂といふものはこれは小説魂ともいふべきものであらうが、僕はその作者と作品の一枚の関係からここに俳句魂といふべきものを感ずるのである」と小説と俳句に共通する「表現魂」という「魂」を強調し、「俳句魂」といった。

波郷は楸邨のように論じるのではなく、直観的に俳句の本質を語った。昭和十五年、二十七歳の時には、「俳句は文学ではない」と自ら述べたことをさらに解説している。

「勿論俳句は文学である。何が僕をして俳句は文学でないと言はしめたか。種明かしをすれば雑作もないことだ。然し僕は種明かしなどはやらない」「俳句性の確認の為に俳句は文学でないと言つていい角度があるのである」「創作意欲などは俳句に必要でない。俳句には作者が身体を投げ出してやりさへすればいいのだ」

当時の若さですでに一生変化しない不易で洞察的な俳句観を持っていたもののやや直観的である。昭和十七年、「鶴」に載せた「作句」という文では、「俳句は境涯を詠ふものである。境涯とは何も悲劇的情緒の世界や隠遁の道ではない。又哀別離苦の詠嘆でもない。すでにある文学的劇的なものではなくて、日常の現実生活に徹しなくてはならない」と境涯俳句を説いた。小説・戯曲・詩といった文学は創作であるが、俳句のみは想像・空想に基づく創作ではなくて、「生活に随ひ、自然に順じて生れるものである」と述べるところは「俳句は文学ではない」という発言の真意であろう。実作の心を大切にした俳人である。境涯俳句といえども自然随順であり、人為的な作為による創作でないと説く。「意味を解いたり抽象を還元しようとする心は、結局作句の心でない。肉体の呼吸と共に常に精神の気息をもたらすのが作句の心である」というのも、俳句は詠まれたままの姿で理解することを大切にしたからである。波郷はいわゆる理論的な評論を書かなかった俳人である。

「近代俳句表現の精密的傾向が、一句の中に叙述を多くし、ひいては動詞を多くしたために、散文的色彩は期せずして俳界にひろがつたのだと思ふ」「象徴にまで入らねばならぬ俳句の世界では、そこらのだらだらした小説や風景描写とは根本から質を異にするのである」と、俳句の韻文性について述べる。動詞の使用を多くすることによる俳句の散文性が、俳句から象徴性をなくしたと考えていた。「韻文、特にわが俳句では、表現の格、作句の格といふものは絶対に厳重でなければならない」と、句格についても述べ、技巧的な面から、「や」「かな」「けり」を用いることを強調した。「俳句の新しい進展を正しい基礎の上におく為」に、切字の重要さを説く。

ただし、波郷の実際の句には、切字のうまさというよりもむしろ短歌的な調べの巧みさがある。波郷の代表句は凝っていて、巧みな修飾表現から成っている。言葉は切れるが、意味は流れていて音楽的である。〈朝顔の紺のかなたの月日かな〉は、「の」で形容を続けて最後に切れる。〈雪はしづかにゆたかにはやし屍室〉も「屍室」の前で言葉は切れるが、全体としては短歌的である。波郷の句は写生的デッサンが足りないと批判されるが、音楽的な美しさを持つ秀句がある。

昭和十八年、三十歳の時、主宰誌「鶴」で、「高い誇も、深い祈も、きびしい響も、端的な迫力も、そこにはない、味気ない軽い甘い説明がある」「現代俳人がすでに失つてゐる『憧憬』の精神や『祈』の気持を各々がもつてゐることを珠のように有難いことと思つてゐる」と散文俳句を批判し、韻文の重要さを執拗に述べている。生命を詠んだ波郷の句が深い感動を与えるのは、その祈りの深さゆえである。人間の心の祈りを探求したのである。

「俳句は文学ではない」というのは、俳句は「構成とか創作とか想像とか」いうものではなく、「俳句は人間の行そのものである。生そのものである」とする精神であった。「魂の抜けた散文俳句を作るより一枚の弾丸切手を買ふことの方が、遥かに俳句である」と直観的に述べている。

終戦後の昭和二十一年、三十三歳の時に、戦争と俳句の関係について、「真に俳句を熱愛するものにとつては、終戦は俳句の本質的には別に新しい事態ではなかつたといへるのである」「軍国政府も大衆の個人的感情を支配することは出来ないごとく、我々の俳句もそれが雑誌発表を念としない真の心の制作をつづける範囲に於ては常に自由であつた筈である」と述べるように、波郷は戦争は俳句に本質的な影響は与えなかったという立場であった。制約を受けることはあっても、戦争前と戦争後において、俳句の内容には変化がないという考えである。

「窮屈な十七字に耐へることを精神としてそこに高い詩品を生む俳句」「俳句といふものの性格、精神が、常に日本の詩品といふものを作者たる自分らに与へてくれる」といった波郷の俳句論は詩的である。今日軽視されている「詩魂」「詩品」を俳句精神に強調した俳人であった。波郷が求めた句品とは「深い象徴、高い清韻」であったが、それが具体的にどのような句であったかは、波郷の作品を読む以外にない。波郷の俳句観と作品にはあまりギャップがない。

波郷は、「鶴」で自らの思いを述べていた。「俳句は『知』でなくむしろ肉である。生である」「俳句は私小説の如く常に私が、見、思ひ、為してゐることを、その世界を詠つたものだと決めてゐる」という。波郷が俳句は文学ではないという一方、俳句は私小説だと述べていたことはあまり語られてこなかった。俳句は文学でないという発言だけが伝えられてきたが、生涯の俳句を見れば、内容において俳句は私小説だという発言がよりふさわしい。韻文を強調するために散文である小説を否定したようだ。波郷の句は私小説的である。「鶴」には優れた小説を書く俳人が所属していた。

新興俳句について

秋元不死男と平畑静塔の俳句論について紹介したいが、その前に新興俳句について少し触れておきたい。

不死男は三十九歳の時に治安維持法違反の嫌疑で細谷源二や橋本夢道らと共に検挙され、二年間投獄された。静塔は三十四歳の時に京大俳句弾圧事件で検挙され、懲役二年の判決を受けた。

日本がアメリカと開戦する前後に、関東では不死男が、関西では静塔が検挙されたが、二人は一体実質的に何をして獄中の俳人となったのか、本人たちの発言からではよくわからない。「なんで引っぱられたか、わからんわけですよ、いまでも」と静塔自身も楠本憲吉に語る。治安維持法に違反する運動はせず、弾圧されるような運動もせず、国体を揺るがす危険な思想も持たず、治安を脅かす運動もしていなかった。俳句に詠んだ内容すべてが明瞭に反戦的であったわけでもない。したがって、俳句論や俳句作品の内容によって検挙されたのではない。治安維持法違反といえば、単純な戦争反対の思想ではなく、天皇主権の国体を揺るがす運動が該当するのだが、検挙されたのは危険思想や運動に無縁な俳人であった。「とにかく、なにもかも狂気を含んで混乱していたのだ」「魔に憑かれた所業」「悪夢を見たのだと解すしかない」と、不死男は戦時中を回顧していう。

国家が戦争に突入すれば、普通の人々は悪夢のような現実に会う。もし治安を脅かすような証拠があったとすれば、懲役二年で済むようなものではなく極刑であったのだから、文壇・俳壇への見せしめ的な検挙であったのは明白である。特高が検挙率による功績を狙ったのだという見方もある。戦時中の政府・官僚がしたことは平和な時代のわれわれにはわからない。

今も不死男と静塔の二人は新興俳句の俳人とされるが、新興俳句という共通の俳句の概念・理念を旗印にして俳句を詠んでいたわけではない。新興俳句は、秋櫻子が「ホトトギス」から独立したことに始まるとされているが、秋櫻子は自らの俳句を新興俳句と名付けていたわけではなく、新興俳句と名付けた運動をしたわけでもない。後世の人が勝手に決めつけているだけである。

瀧春一は「秋櫻子・誓子と新興俳句」（「俳句」昭和五十五年五月号）で、「天の川あたりで新興俳句なんて騒いでいるけれど、あんな俳句は一時的流行で泡のようなものですよ」という秋櫻子の言葉を紹介している。秋櫻子を新興俳句の俳人と考える人がいるが、秋櫻子自身は「天の川あたり」の無季俳句を新興俳句だと思っていて、自分自身は新興俳句とは無関係だと思っていた。

同じ号の鼎談「新興俳句の展開」で、静塔は「反ホトトギスとしての新興俳句が出発した」「広い思想的な立場で見ればやっぱり人民戦線文学運動だと思う」「結局、やっぱり〝衆〟の運動でしょう」「ただ、特別なリーダーがありませんから、てんでんばらばらと。それぞれの間の連携があるようでない。で、本当の新興俳句になったというのは、私はやっぱり戦争俳句からだと思う」と回顧するように、本当の新興俳句は戦争俳句関係に限定した方がわかりやすく、事実に即している。

新興俳句運動は「やっぱり人民戦線文学運動」であったと昭和五十五年の時点で告白しているのだから、特高に検挙される人民戦線の要素はあったのである。静塔自身が「赤」に近かったという発言もしているから、「赤」そのもののような反体制ではないにしても、静塔は当時の政府の政策に反発していたことは明瞭である。

当時は、新興俳句という運動の中心に誰かがいて全体の運動を管理・リードしていたのではなく、反「ホトトギス」・反虚子・反花鳥諷詠の俳人が新興俳句に括られていたと思われる。新興俳句運動を前期と後期に分類して、秋櫻子が無季俳句を批判したことにより運動は後期に入ったとする考え方は、異なるものを一つにすることである。無理やり秋櫻子を新興俳句に入れたがる俳人による定義であろう。

秋櫻子自身は新興俳句ではないと断言しているのだから、秋櫻子を新興俳句に入れてはいけない。俳人別にその俳句観が何であったのかを具体的に論じなければいけない。いかなる時代であれ、「新興俳句」のように大きく括らないで、個々人の俳句論と作品を論じるべきである。党派やグループとして大きく括れば理解しやすいと誤解する人がいる。個々の俳人・作品だけに集中して、それぞれを深く理解しなければいけない。反「ホトトギス」や反虚子で一括りにする俳句観は、俳句論・作品について何も語らないことに等しい。

誓子に関しては、静塔は『山口誓子』の中で、「京大俳句」は当時無季俳句に傾いていたから誓子を必要としなかったといい、秋櫻子は無季に反対したが、誓子の態度は曖昧だったと述べる。静塔は誓子に「馬酔木」入りの理由を聞いたが、黙して答えなかったという。新興俳句にあらずとした「馬酔木」に入った誓子を、「京大俳句」は無視したというから、「京大俳句」は誓子とは無関係であった。後に誓子が無季・戦争俳句を扇動したことに静塔たちは驚いていた。特高は誓子に目をつけていても、誓子は「馬酔木」の中にいて、「馬酔木」が結社として治安維持法の対象にならなかったため検挙をまぬかれた、と静塔は判断している。秋櫻子が誓子に注意した後は、誓子は戦争俳句と新興俳句に一切手をつけなかったと静塔はいう。静塔によれば、誓子は新興俳句の運動の中にはいなかったことになる。検挙された静塔から見れば、検挙されなかった俳人は検挙されないように言動に注意していたのだから、純粋な新興俳句に属しているとはいえなかったようだ。

新興俳句が弾圧され俳人が検挙された結果、新興俳句が逼塞し、終焉したとも結論付けられることを考えれば、新興俳句とは、検挙・逮捕された俳人たちが詠んだ俳句として限ったほうが、その俳句観が見えやすい。しかし、検挙・逮捕された俳人すべてに共通する俳句観・俳句論が唱えられていたということではない。新興俳句に何か新しい俳句論があって俳句が作られていたのであれば、特高の検挙によって滅ぶということはなく、検挙・逮捕に関係なく純粋に俳句は作られ続けるはずだが、検挙によって終焉する新興俳句とは、検挙された俳人たちが詠んだ俳句のことであると理解せざるをえない。新興俳句運動は政治的な弾圧・検挙によって滅んだといわれてきたが、検挙によって滅ぶような運動の俳句論は、論でも俳句観でもない。特高サイドが勝手な理由で検挙したのだから、新興俳句に検挙に値する共通した俳句論があったわけではない。

「西東三鬼と現代俳句」と題する追悼座談会で、不死男は「無季俳句は戦争が主題になつてパッと燃えあがつたですね。三鬼も戦争というような事件にぶつかつて、無季俳句を特に考え始めてきたということでしょう」といい、三鬼は大きい結社に入っていなかったから無季俳句を作るのに拍車がかかったという。戦後すぐに不死男が三鬼に会った時には、三鬼は「写生をウンとやらなくちゃだめだ」といい、写生を勉強し、写生句を詠んでいたという。無季・自由律で戦争を詠み、新興俳句と括られた俳人も、戦後は写生を意識した有季定型の句を詠むようになっていたことは事実として無視できない。

無季俳句と自由律俳句の俳句論はすでに存在していたのであるから、新興俳句の俳人が無季や非定型の俳句運動を新しく始めたのではなかった。反「ホトトギス」というだけで、俳句観が異なった多くの俳人を新興俳句という括りに入れてしまう傾向はよくない。秋櫻子と誓子の二人に限っても異なる俳句観を持っていたのだから、多くの俳人を一つの概念に括る見方は個々の俳人の俳句観を無視することになる。一人一人の俳句観を語らなければ評論とはならない。

松井利彦は『近代俳論史』の「プロレタリア俳句とその周辺」の中で、栗林一石路の俳句観を紹介している。一石路は井泉水の無季自由律句の内容が宗教的であったことを非難し、プロレタリアイデオロギーを土台として「俳句は階級斗争の武器とならなければならない」と説いていた。

無季自由律において、碧梧桐や井泉水とは異なる新しい考えを示したのは、社会性を徹底したプロレタリア俳句であった。一石路は「自由律俳句運動の歴史的意義」の文章において、井泉水の俳句観は「ブルジョアデモクラシー」であり、プロレタリア俳句への単なる通過点であると主張していた。これは昭和五年の評論であり、秋櫻子の「『自然の真』と『文芸上の真』」が発表される前年であるから、新興俳句は秋櫻子ではなく、すでに一石路の評論によって始まっていた。一石路の俳句観が新興俳句の根底にあったと考えた方が新興俳句全体の考えが納得でき、特高に目をつけられた歴史的流れが理解できる。

しかし、表面上は検挙された俳人たちの俳句観がすべて異なっていたのだから、無季俳句、プロレタリア俳句、生活俳句、リアリズム俳句、芸術的俳句等々何もかも一緒にしてしまって、新興俳句として括って論じるのは俳句論としては乱雑である。俳句論とは歴史的事件や俳檀史の研究ではなく、個々の作品を規定する具体的な論である。「ホトトギス」のように共通の俳句観を持つことを嫌った俳人たちの集合が、ただ表面上「新興俳句」と呼ばれて来たと思う他はない。

国民精神総動員令が公布された後に、三鬼は「俳句研究」に「出征俳人は暫時俳句を忘れてしまうべし。弾丸の前に季語も定型もあるものか」と書き、「青年が無季派が戦争俳句を作らずして誰が一体つくるのだ?」とも「京大俳句」に書いていた。誓子は、「俳句研究」に「もし新興無季俳句がこんどの戦争をとりあげ得なかつたら、それはつひに神から見放されるときだ」と書き、扇動した。「ホトトギス」も戦地から寄せられた句を一位から三位の上位に据えたという(『昭和俳壇史』)。

新興俳句は、内容として、無季で戦争を詠んだ句が主だったのではないか。三橋敏雄は新興俳句弾圧事件後に、「ホトトギス」や古典俳句を勉強し、「弾圧事件がなくても新興俳句の命脈はそれほど長くはなかったんじゃないかという結論に達したことがありました」と『証言・昭和の俳句』で語っている。新興俳句の実作は「大人が読むに堪えないいんだ」ともいい、六十歳、七十歳になって「最終的には大人が読むに堪えるか堪えないか」が大切、とするバランス感覚を持っていた。

俳句論は年齢や事件に関係なく、俳句を作る規範になるものであり、新興俳句を高く評価するならば、新興俳句の俳句論を自ら確立し、その俳句観に基づいた作品を詠むべきである。

不死男と静塔の二人を比べてみても異なる俳句観を持っていたのだから、二人を一緒に括るのではなく、別々にその俳句観を見るべきである。伝統俳句についても同じことが言い得る。写生においても子規と虚子は異なる俳句観を持ち、作品が異なっていたのだから、俳句論・作品も俳人ごとに個別にその普遍性・汎用性・独自性を見るべきである。

秋元不死男の俳句論
——俳句と「もの」

秋元不死男は、明治三十四年（一九〇一）、横浜市に生まれ、昭和五十二年（一九七七）、七十五歳で没した。不死男は山口誓子や中村草田男と同年生まれである。「天香」「天狼」を経て、「氷海」を創刊・主宰した。蛇笏賞を受賞している。

不死男は、昭和二十九年、五十三歳の頃、「俳句と『もの』」（『俳句への招き』）の中で、「ぼくの俳句観は、やはり俳句は『もの』に執着する詩だという考えです」「損得の話は芸術にもあるようです。ぼくなどは、俳人は『もの』に執着しないと、損をするという言い方をするのです」と、俳句創作において「もの」を強調した。損をするというのは、無駄骨を折るということであり、作句において成功しないということである。

不死男は例をあげる。〈少年工学帽古りしクリスマス〉という句を作ったが、西東三鬼に見せたところ、少年工が学帽をかぶっているのなら「かむり」にしなさいといわれ、〈少年工学帽かむりクリスマス〉という句になったという。不死男は「古りし」では「事」であり、「かむり」によって、見える「もの」をしっかり摑めることに深く思い当たったと述べる。さらに川端康成が伝える瀧井孝作の言葉を引用し、「日本の詩の伝統的精神には抒情というものは実はないのだ。少くとも第一流のものには、そういうものはない。万葉もそうだし、芭蕉の正風というものもそういうもので、抒情というよりは、むしろリアリズムなのだ。自然というものは、いつもみえているようだが、実はその前に幕がおりていて、それをすばやく開けて、そこにみえたもの、山でも、鳥でも、懐中時計でもいいが、そこにあるものが、はっきりみえたとき、それを摑んでくるのが詩だ。内側から歌い出そうとすると詩は流れてしまうものだ」という言葉に「どきり」としたという。

「俳句は『もの』に即くから俳句になるという説であります。この説は、しかし、古い古い説であって、おそらく俳句発生とともに、誰が言わなくとも、俳句そのものが言っているだろうと、ぼくは思うのです」と不死男は強調した。さらに「俳句が『もの』に執着するのは、――執着せざるを得なくなるのは――非時間的な文学だということにも関係があります。この俳句の非時間性を、はっきり言ってくれたのは、山本健吉です」といい、健吉の「純粋俳句」の文を引用する。「詩とは、アランがいうように、時間の法則に従うものであり、目で読まれるよりもむしろ耳で聞かねばならないものとしたら、俳句は詩に固有な要素を欠いたところに成立していると思われるのでありまず」と、健吉は俳句と詩は異なり、俳句は時間性を欠くと説いた。不死男は「もしも俳句が『事』に執着すれば説明がいります。説明になれば、時間がいります」と、短い俳句では「事」を詠むにはふさわしくないと考えた。

不死男は社会性俳句については否定的である。「社会性ということが、ちかごろいろいろ問題になりますが、そういう論のなかには文学論では割り切れても、俳句には通じないことがあるのです」という。文章では複雑なことを論じられるが、短い俳句では、そう論じたようには作れないという意見であり、ほとんどすべての俳句論に通じる意見である。優秀な俳人でも俳句論と作品にはギャップが生じる。

「もの」だけに執着する説はシンプルでわかりやすい。不死男は「もの」説と写生主義の関係について、「俳句が写生主義を唱えて、それが天下を風靡したという事実のなかには、俳句がこれを歓迎したからであります」と写生主義を肯定し、「ぼくは俳句の道は、これでゆくべきだとは言いませんが、俳句の構造の確かさは厳としてこれらの作を通して眼に見えます」と「もの」説の確かさを説く。

しかしながら、健吉は昭和二十九年、四十七歳の時、「『もの』論者の盲点」という文章で不死男の「もの」説を批判した。「今さらと思える」「今日一般に認められているところであって、新説でも何でもない」といい、「俳句は『もの』に即するものだと言うのは、あたかも真珠は砂だと言うようなもので、作品創造の過程に何の関係もないのである」と非難する。真珠貝は砂の異物を包みやがて真珠にするように、「作品もそのような結晶体」と見なすべきで、「微妙な工程」を無視できないとする。

「俳句は『もの』だと言ってみても、砂をかむような即物俳句の数々を生み出すのが落ちであろう」と、「もの」と作品の間の作家の心の働きを問題にし、それを「真珠素」と呼んでいる。情念や歴史的意識等、「こみいった複合体」であるという作家の内的な精神がなければ、「もの」は作品に結晶しないという意見であった。素材としての「もの」をどう詩的に作品化するのか、という難しい問題を提示した。宝石の原石を提示しただけでは宝石にはならないということを連想させる。研磨して生じる光の加減によって原石が高価な宝石に変身するように、俳句もまた「もの」だけを提示しても良い句にはならないケースが多い。

妻の手に木の実のいのちあたたまる　　不死男
菊枯るるいのちあるゆゑ湧く泪

不死男は「もの」を強調したが、ここに引いた句では、目に見える「もの」の中に、見えない「いのち」をテーマとしていた。不死男の佳句は、「もの」だけでなく「いのち」を表現していた。頭で考えた俳句論と、心に浮かんだ作品とは、時に矛盾する。知性や理性と、感性や詩性との違いである。読者は俳句の中の「もの」に感動するのではなく、心に感動するのである。妻の手の中の木の実が温かいのは、目に見えない生命を不死男が感じたからである。命あるがゆえに泪が湧くことは、「もの」だけの俳句観とは異なる。「もの」中心の俳句論と実作の間に生じる矛盾であろう。

不死男は「俳句をこう考える」という文章の中で、有季俳句を作っていれば逮捕されなかったといわれるが、日野草城や富澤赤黄男は無季俳句を作っていたが捕まらなかったといい、その理由は、社会主義的リアリズムを信奉した俳人ではなかったからだという。そして、無季俳句を不死男が作らなくなったのは、思想が変わり、転向して保守派になったからであるという。不死男は無季俳句を詠んだ新興俳句時代の俳句観を戦後も持ち続けた俳人ではなかったということは大切である。「俳人は自然に保守派になる」「俳句に夢中になればなるほど保守的になる」「伝統の生存を信じて疑わない精神が、いわゆる〝保守の精神〟ということになる」と、昭和四十五年、六十九歳の時の文章で過去を回顧して述べている意見は、重要な俳句観である。不死男は逮捕されて転向したのではなく、年齢とともに自然と保守的になったのである。「保守の精神」は目に見える「もの」だけではなく、目に見えない「こころ」「いのち」の表現を含む。新興俳句時代の不死男だけを取り上げると、不死男の一生の俳句観を誤解することになる。

「もの」と「こころ」の俳句の評価は一方的に決めつけられないし、どちらかだけが良い句とはいえない。優れた俳人の心の中で、物と心は相補的に存在している。

平畑静塔の俳句論——俳人格

不死男と同じく、誓子の「天狼」で活躍した平畑静塔の俳句観を見たい。

静塔は、明治三十八年（一九〇五）、和歌山市に生まれ、平成九年（一九九七）、九十二歳で没した。「京大俳句」「天狼」の編集長であった。蛇笏賞、詩歌文学館賞、現代俳句大賞を受賞している。昭和二十六年、四十六歳の時に、「馬酔木」に発表した静塔の「俳人格」は、根源俳句を代表するものであると山本健吉はいったが、俳句論史において難解な論の一つである。

静塔は、「俳句性の確立」という問題について、それ自身は科学的な問題であり、「俳句とはかくかくのものなりとする俳句の本質論とは違う」という。俳句の本質論とは作家の信条論であって、客観的な俳句性とは異なるという。俳句論とは作家の信条である。自らの信条に基づいて俳句を詠むことができれば、その信条に同意する他の俳人がさらにその信条を広めていくことができる。「天狼」でいう根源俳句論は、作家集団による信条論であり、俳句性を表す客観的な規定ではなかった。俳句性の規定とは、十七字性と季題性であるが、静塔が求めるのは「何が十七字性と季題とを必要とせしむるのか、と云うもっと深い所にある俳句の特殊存在としての客観的規定」だとしている。

例として、子規の〈鶏頭の十四五本もありぬべし〉の句をあげて、俳句性の面からは誰も論じていない句であるという。「不死男は俳句非小説論の立場から、あの『鶏頭』の句の一見簡明直截（ちょくせつ）の表現の背後に混沌悲痛の子規の内面生活を感じて称揚したものであろうが、私はあの作品から、病床生活の子規の人生を味うよりは鶏頭そのものの集団が発生している聊斎志異（りょうさいしい）的雰囲気を味う方に重きを置く。近来の俳句鑑賞が、やや鑑賞者の恣意（しい）に趨（はし）りすぎているために、俳句表現そのものの客観的な解釈が忽（おろ）そかになっていると思うのである」という。

「もの」説の不死男が子規の「内面生活」をいい、根源俳句説の静塔が客観的解釈を説くところは、論理的説明がなく飛躍している。子規の一見やさしい鶏頭の句をめぐる解釈の相違は、読者が異なれば解釈が異なる例であるが、静塔による俳人格の説明と鶏頭句の解釈との関係は明瞭ではない。「鶏頭そのものの集団が発生している聊斎志異（りょうさいしい）的雰囲気を味う」という静塔の意見も、読者としての主観的な感想である。子規の本当の気持ちは誰もわからない。作品論において、読者はすべて読者としての主観的で恣意的な感想を述べる他はない。客観的な読みというものは読み本来の性質からいってありえない。静塔の解釈は一般的に主観的な深読みが多く、その意味で教えられる優れた解釈が多いが、他の多くの俳人を説得する客観的な解釈とはいい難いところがある。

静塔は、「俳句性の確立」と「俳人としての人間的鍛錬」とは別個の問題であるが、「我々は之を日夜身を削って努めるべき所」といい、二つを究極において一致させるべきとする。そして、「虚子という人格は、その俳句は既に俳句の特殊性を厳然と踏まえたものであると同時に、その表現にかけた虚子と云う人格は、俳句そのものと云うべき完成した俳人的人格に化し去っている。俳句一筋につながり、而も特殊なる俳句芸術そのものに化している虚子と云う人間像は、我々として範とすべきであろう」といい、虚子を評価した。

静塔は虚子の俳句観に反発していると思われがちだが、虚子を俳人格の模範として高く評価していた。京大俳句事件で静塔たちが逮捕されたということだけで、私たちは何か俳句史・俳論史を誤解してきたのではないか。一般的には、新興俳句事件で検挙された俳人は虚子の俳句観に反対であるかのように思われて来たのではないか。静塔が虚子を俳人格の模範として評価したことは、俳句観としては矛盾しているかのように理解されるのではないか。新興俳句の代表的な俳人であった静塔が、このように虚子を高く評価したことは重要である。

「俳人たるものは、世に如何なる職業を持つとしても」「俳句を通して世に処し、俳句の為に世に生きる」ことを理想としていると静塔はいい、「俳人として高まると云うことはその技術の高まると云うことと不可分のこと」と考え、「俳人としての人間性と文芸としての俳句性」とは同一であると主張する。

例えば静塔は、「自己否定の立場に立つ生命感を持つ俳人としての完成」を求め、人格が磨かれることを要求していた。「根源を追いつめることが、俳人の生活」とする。水原秋櫻子が花鳥の相の中に「無限なるものを見つめようとする」ことには「俳人格の発展完成」があるという。「私は根源俳句の根源と云うものは、東洋的無の境地の所産であって、無そのものとは考えない」と静塔のいうところは、哲学論と宗教論に関係していて難解である。草田男を「天性の俳人格」だと評価し、「彼も亦俳句から生活を切り離すことが出来ない作家」であると断定する。静塔は、俳人格として、作品のあり方以前に人としての生き方・態度を求めていたから、虚子・秋櫻子・草田男を俳人格の見本として取り上げた。読者はこれを、俳句論としてよりも俳人論として読むべきである。

一方、静塔の俳人格論について、健吉は草田男との対談で批判していた。「あらゆる文芸ジャンルというふものから独立したところに、俳句の目的と方法とを考へる」「そこへ俳人格という結論が飛躍的に出てくるわけなんですね。これは根源俳句の中心的な問題だと思ふ」「根源俳句のバックボーンは、静塔の俳人格だと思ふ」と俳人格論を理解していたが、静塔の精神性については批判する。「あの人は俳人格なんていってゐるけれども、中年にしてカトリックに入信した以上、自分の最大の目標はカトリック的人格の完成であるべき」といい、「神の恩寵と原罪意識はカトリシズムの根本だけれども、あの人の俳句は原罪意識は全然ないですね」と述べた。

根源俳句は「人間の死と対決するところ」までいくが、「俳句の方法論として」であるだけで、「人間としての決意、詩人としての決意として」ではないと健吉は非難した。さらに、健吉は「天狼」の根源俳句にアンチ・ヒューマニズムを感じており、静塔のカトリシズムとは一致しないと批判する。

これに対して、静塔は西東三鬼との対談で反論した。「健吉氏は私の句に原罪意識がないから直ちにカトリシズムではないとはいへないと思ふ」「現在の私は、俳人格を持つ者のカトリシズムを信じてゐるのであつて、これは健吉流にいへばカトリシズムを冒瀆する事かも知れないが、私をローマ法皇のやうに取扱つては困るのだ」と静塔自らの宗教観と俳句との関係を弁護した。

「天狼が嫌ひなんだね」と健吉の意見には反論していた。静塔と健吉の俳句論の違いは、宗教論の違いに起因していた。静塔は昭和二十六年にカトリックの洗礼を受けたが、その後離れた、と全句集年譜にある。健吉は静塔の信仰と俳句との関係について批判的であった。

健吉の批判は日本人の一般的なキリスト教信仰にもあてはまる。日本人のキリスト教信仰には、もともと原罪意識や、人間の根源の悪との対決はなくて、ゴッドによる恩寵の意識だけがあり、タイラーが創唱したアニミズムの神々や仏像崇拝に対する精神とあまり異ならない。静塔がその後キリスト教を棄教したことに、この時の健吉の批判が影響しているかはわからないが、晩年、アニミズム的な神々の句を詠んでいたことは、拙著『ライバル俳句史』で論じたところである。

「雪月花は古代人の知恵というよりも無意識に信仰のシンボルのごときもの」「雪と月と花とは、何か人間の力ではいかんともし得ない精霊のあかし」「雪月花は一般日本人の心情の中に神霊神憑として、はっきり伝承されていた」「私の雪月花季題論の考えも、日本民族独特のフォークロアに従っているのである」と静塔は『俳人格』でいう。自ら「日本浪漫派の残党」と冗談にいうほど、静塔の自然観は神がかり的であり、折口学に近い。一神教のカトリックのそれではない。晩年に詠んだ句に見られる神々という観念は、ゴッドではなく自然とともにある神々である。

新興俳句の俳人ということで静塔は有名であるが、晩年の俳句に秀句があり、アニミズムの面から見れば静塔は伝統俳句の俳人の中に入る。新興俳句で括られる俳人の晩年の俳句論を語る批評家は少ない。また静塔の作品論は優れていて、杉田久女の作品を論じた文章には筆者も感銘を受けたことは、拙著『ライバル俳句史』で詳細に述べたのでここでは触れない。

静塔が、「俳人格」において虚子や秋櫻子を高く評価したことは、新興俳句時代に有していた俳句観とは異なっていたということであった。

山本健吉の俳句論——純粋俳句・寓意性・挨拶と滑稽・いのちとかたち

山本健吉は、明治四十年（一九〇七）、文芸評論家・石橋忍月の三男として、長崎県長崎市に生まれ、昭和六十三年（一九八八）、八十一歳で没した。慶應義塾大学で折口信夫に師事し、影響を受けている。二十二歳から二十五歳まで、マルキシズムの影響を受け、左翼運動に熱中していた。健吉が創作を諦めて純粋な批評家になる決心をしたのは、小林秀雄の仕事による開眼ゆえであり、「小林氏を読まなかったら、批評家への道など選びはしなかったろう」という。小林の仕事がなかったら文芸批評はやりがいのある仕事とは思わなかったともいうが、文学史上、小林の仕事によってはじめて評論が正当な文学の仕事と認められた。

健吉は、四十八歳の時に『芭蕉』で新潮社文学賞、四十九歳の時の『古典と現代文学』と五十六歳の時の『柿本人麻呂』で読売文学賞、五十九歳で日本芸術院賞、『詩の自覚の歴史』で日本文学大賞、七十四歳で文化功労者、『いのちとかたち』で野間文芸賞、七十六歳で文化勲章を受章している。健吉は小林を尊敬したが、一方の小林も健吉を高く評価し、多くの賞に推薦していた。

詩歌俳句の創作で文化勲章を受章することは稀有であり、俳句では高濱虚子ただ一人であるが、評論だけで文化勲章を受章したのは小林秀雄についで山本健吉が二人目であった。健吉は名著『現代俳句』のような具体的で優れた作品鑑賞を多く残した。初期の頃は俳句以外の文学全般、晩年は日本文化論に関心を持ち、俳句は「俳句研究」の編集長の時に関心を持ったという。健吉を非難するのは俳句を表現技巧の面からだけ考える俳人に多い。健吉は俳句の技巧面よりも、広く深い日本文化・日本文学としての本質的な面から俳句を考えていた。

昭和二十六年、四十四歳の時に、「純粋俳句――写生から寓意へ――」を発表している。その中で、「純粋俳句」という名前はヴァレリーの「純粋詩」やジイドの「純粋小説」に倣って、昭和十三年頃の鼎談の題目につけたと述べている。鼎談のテーマは「俳句という文学ジャンルの固有の方法と性格」であった。石田波郷を評価して、「純粋俳句の意識的な実践者に外ならない」といい、「一人の作家の生きようとするひたむきな意志と、俳句固有の方法に対する確固たる把握との見事な結合」があるという。平畑静塔の「俳人格」もそうであったが、「純粋俳句」も個人の生きざまと俳句の内容を深く関係付けている。作品評価は作者の人生と全く無縁なのではなく、作者の人生を知らずに、作品一句だけで高く評価することは難しい。

健吉は、「俳句とは何か」という根本命題を常に考えていた。「俳句性が十七音」であるということは、「俳句はもともと五七五・十七音の短詩に名づけられた名目」だから、「俳句は俳句ということに過ぎなくなり、同義反復」であり、「俳句の性格、俳句固有の方法の探求」ではないとした。「十七音は俳句の前提条件」であり、季語は「俳句の約束」という。季の区分に人為的な操作が加わっているから、そういう不合理を合理化しようとすると、大須賀乙字のように「季感を中心として俳句は成立する」という季感尊重論となり、俳句の成立要件が季語の存在ではなく季感の存在に依存することになる。そうなれば何故季感が俳句に存在しなければならないかという疑問が生じる。約束としては季語も季感も五十歩百歩であり、健吉は曖昧な約束は容認できないとした。

季語という約束がなぜ俳句に必要かという問題は、どのような理論も万人を説得できないという。健吉は、「季語を採り入れることを掟と定めた古人の俳句の性格に対する洞察、ならびにそれを数百年にわたって、作者たちが体験の上から支持してきた歴史の叡智というものを信ずる」と、季語の必要性を実作者の体験に基づく洞察と歴史の叡智に求めている。俳句に季語が必要な理由と、なぜ短歌と俳句が五音と七音に基づいた定型なのかは、『万葉集』以来、千三百年間、今まで誰も解明していない。健吉も結果論としての歴史の叡智に依存しているだけである。季感ではなく季語さえあれば良いという主張はやや乱暴であり、乙字がいうように、やはり季語・季題の必要性は季節感に帰せられると思われるが、結果として季感のない季語を俳句に詠んできた俳人が多いから、健吉はその現実を肯定したのではないか。

健吉は、俳句の大事な約束として「切字の約束」をあげる。「切れる」ことが、十七音の詩型そのものが要求する約束であり、俳句を俳諧の付句や川柳から区別する標識だとする。一句として「必ず言切るべし」ということは、「一句として意義も表現も完結し独立していなければならぬということ」で、必ずしも切字をいれなければならぬということではないとし、芭蕉の言葉を引用する。芭蕉は、「切字はたしかに入りたるよし」とか「切字なくては発句の姿にあらず」という一方、「切字に用ゐる時は四十八字皆切字なり」ともいい、例えば自身の〈梅若菜まりこの宿のとろろ汁〉という句は切字がないが、一句としてはっきり切れているとする。

切れ、切字というのは、一句全体が切れているかどうかであって、十七音の途中で切れているかどうかではなかった。現在は、発句としての切れは問題ではなくなっているので、切れの意味が曖昧になっている。

季の掟については、俳諧にあっては季節感情があるかどうかということは問題ではなくて、一句の中に季語がはっきり存在しているかどうかが問題だと健吉は説く。発句とは、季語が存在しながら、しかも季感の存在しないものと定義してもよかったと言い切っている。現在も俳人ははっきり口にはしないが暗黙のうちにそれを認めていると健吉は考えていた。「切字の問題は俳句形式の中心問題」とし、「切字に余韻・余情の用を見るよりも、そこに断定する精神の美しさを見るべき」であり、切字とは「一句の堅固感・安定感・重量感への支え」であるとし、「川柳・ことわざ・片歌・短詩などから区別される重要な標識が生れてくる」と断定した。

健吉は次に「写生」について論じる。子規によって写生が文学理論に持ち込まれたことに「かりそめならぬ」ものがあるとする。しかし、子規の論は「幼稚な理論体系」だと批判し、子規の芸術理論は『俳諧大要』でも『俳人蕪村』でもなく、作品にあり、写生論の本意は「あくまでも対象を尊重しなければ、ぼくらの想像力はてひどい目に逢うぞという警告」だと考えた。「写生句の愚作の山を築いた」と子規を批判し、今日の俳人も子規を笑い去ることは出来ず、愚作の山を築いているのは同じであると手厳しい。健吉の批判する写生は客観写生であり、虚子のいう主観写生ではない。写生も月並になり、ただごと写生になるということは、俳句論史において多くの人が説くところである。

俳句は「ある特殊な個人の特殊な対象にもとづく感動によって成立」するから、「特殊な対象〈外界〉を見失ったとき、俳句はことわざに近いもの」となり、「意味というものを殆ど全く抹殺」するといい、「無季俳句の陥穽の一つ」はことわざに近づくことであるとした。

「客観世界を尊重するということは、感動を通して『物』を摑む」ことであり、「発見しなければならないのは、対象そのものでなく、われわれの感動」だと説く。芭蕉の〈曙や白魚白きこと一寸〉、子規の〈鶏頭の十四五本もありぬべし〉の句をあげて、「作品の中で、白魚や鶏頭が事実におけるよりもいっそう生き生きとした甦りを具現しているのを、われわれは味わう」といい、物を詩的表現にするのは作者の心だという立場であった。

「なまの事実を拒否することによって、否虚構の上にでなければ捕えることの出来ないような真実が、作品のレアリティでありますと健吉は作品のリアリズムと虚構の関係に触れている。芭蕉の〈古池や蛙飛こむ水のおと〉について「人は現実の池や蛙でない、もっと真実な何ものかをそこに見る」といい、「荘子を俳諧の鼻祖とし、俳諧は寓言なりと言う定義は、やはり俳諧の本質を洞察した言葉であると言わねばなりません」と述べて俳句の「寓意」にも触れる。批評家・アランの「寓意的デッサンに似た極東の短詩」という言葉を引用している。健吉は「荘子を俳諧の鼻祖とし、俳諧は寓言なり」と洞察したが、芭蕉が影響を受けた荘子の思想については詳しく論じていない。

俳句を「ひねる」とは、「切字の持つ凝縮作用」の結果であり、「ひねり」に俳句の持つ「寓意性」「滑稽性」が宿るとする。「俳諧の鼻祖が荘子だと言われた時、人々は俳句形式の持つアレゴリックな性格を洞察していたことは確か」だとする。芭蕉の俳諧は「笑いを微笑にまで純化した」とし、例えば「古池」の句は、対者に微かに笑みかける境地を持つとしている。談林の笑いは傍若無人の庶民の笑いにすぎず、「古池」の笑いは「ものを慎重に考え、判断する庶民の笑い」「賢者の笑い」「この句の笑いが精神の深いところから生れてきている」とした上で、「俳句の本質は象徴詩でなく寓意詩であるというのが、私の結論であります」といって、「純粋俳句」の結論とした。

これらは健吉が四十四歳の時の俳句観だから、最終的な結論ではないが、彼の俳句観のエッセンスがある。「純粋俳句」を書く前、四十歳の時、雑誌「批評」に「挨拶と滑稽」を発表した。「挨拶と滑稽」は基本的には芭蕉論であり古典論であるが、ここでは「純粋俳句」の説を補う言葉を引用したい。この年には妻・秀野が死亡し、仕事を求めて京都から上京している。

「挨拶と滑稽」では、「俳句のテオリイ」は「三つの命題の上に成立する」とした。「一、俳句は滑稽なり。二、俳句は挨拶なり。三、俳句は即興なり」「この三つのことは一つの確信、あの厖大な俳句の堆積が僕に強いた一つの確信に繋がっていた」という。この説には今まで反論があったが、健吉は滑稽・挨拶・即興で俳句のすべてを定義したのではなく、短歌・詩・小説等、他のジャンルに比べて俳句のみに特徴的な固有性・特殊性をあげたのである。俳句以外に、滑稽を大きい特徴とするジャンル、挨拶を特徴とする文学形式、即興で詠まれる文学の分野は見当たらない。短歌にはこれらの要素はないとはいえないが、俳句においてはより特徴的である。健吉は、滑稽でない、挨拶でない、即興でない俳句があることも否定はしていない。「俳句は滑稽なり」といった時、俳句は滑稽だけでないと単純に非難する人がいるが、俳句のすべてが滑稽であるべきだというような主張を健吉はしているのではない。滑稽の句を多くの俳人が詠んできたという事実と、これからも詠んでよいということを主張したのである。滑稽句を詠みたくない俳人がいることを否定してはいない。

「俳句は音数の長さを持たぬ詩なのだ。それはもはや、時間の法則に従わぬということ、存在様式としての時間性を有せぬということ」「詩たるべき条件を具備しないということのうちに、固有の方法が胚胎する」「僕等は古池の句に始めて俳句に対する会得の微笑を経験するのだ。俳句開眼である」「大衆は直感的に俳句固有の性格をちゃんと摑んでいるのだ」と断定する。「古池や」と「水の音」とが、「この世界では同時的に存在しなければならぬ」という。「俳句は歌ったり調べたりしてはいけないのだ」とし、それが「蕪村よりも芭蕉が純粋の俳句作家である」理由とした。

「『俳句は哲学だ』という横光氏の言葉、『和歌は煩悩を詠ひ、俳句は悟りを詠ふ』という虚子氏の言葉」は、俳句の性格に対する洞察を含むと健吉はいう。

「詠歎を基調としない俳句は必然的に用言より体言に愛着する」

「芭蕉の句には概して蕪村のような濃厚な季題趣味はない」「彼にあっては作品を離れて季的情趣は存在しない」「彼の作品においては季語と他の語とは同質であり、同様の重量をもって十七文字の中に位置づけられているのだ」「彼の最高級の作品にあっては、季語はあらゆる幻術的・迷信的作用から解放されている」

「古池の句において『蛙』の季語は他の言葉以上の働きをしているわけではない」「言葉の原

始性・素朴性・健康性を回復することが、芭蕉の俗談平話運動の主要な目的であった」「季語を単なる裸形のままの言葉に還元して、自然的素材に対する直接的な関係においてのみ捕えようとしたところに、芭蕉の季語観が成立する」

芭蕉と季語との関係についての健吉のこれらの洞察は鋭く、他のジャンルには見られない俳句の固有性を洞察した。あくまで固有性・特殊性であって、俳句のすべてを概念化したわけではない。また、蛙の飛ぶ姿に春の生命の躍動を感じるという虚子のような鑑賞もあるから、「古池」の句は季節感を喚起させるが、解釈・鑑賞は主観的であり、相補性の問題である。

健吉は一生を通じて文学や文化を研究して、七十四歳の時に辿り着いた結論を、『いのちとかたち』にまとめている。健吉は日本人の芸術観を考えて、その自然観に突き当たった。日本人には「自然」という言葉はなかったが、明治以後に“nature”の訳語として「自然」という漢字を当てた。「自然」に相当する言葉としては、それまでの日本には造化・天地・乾坤・宇宙・万物・森羅万象・三千世界といった言葉があり、その中で「造化」「造物」という言葉に注目したが、これらは老荘思想の概念で、自然界を創りだした造化物のことであり、古代中国から渡来した言葉であった。日本の「造化」の始まりを説く『古事記』序の「参神造化」「陰陽」という言葉は、老荘思想・道教の言葉であったが、芭蕉の「造化」の用法を見ても、老荘思想をややずらして日本化させていたという。

芭蕉の「造化」の意味について、造物主によって作られた森羅万象という意味よりも、森羅万象が無限に生滅変転していくその推移という意味に傾いていることを健吉は理解していた。もちろん老荘思想の「造化」の「化」という言葉は、生滅変転の意味を持っていたが、日本文化ではそこに諸行無常の意味合いが入っているという。芭蕉の芸術観（風雅観）の根底には自然観（造化観）があり、不変の中にではなく変化の相において、芸術家は自然を捉えたとした。変化の中において「見とめ、聞きとめる」ことが自然の「いのち」を捉えることであった。

『いのちとかたち』の二十三章の中に俳句論がないのは、あまりにも多く語りすぎたから省いたと健吉は書いているが、終章のまとめでは、芭蕉の言葉を重要な思想として語っている。芭蕉の言葉とされる「物の見えたる光、いまだ心に消えざる中にいひとむべし」の「光」とは、「いのちのきらめき」だと洞察した。「貫道する物は一なり」とは「いのちのきらめき」の光であった。健吉は俳句を含む詩歌文学を貫く生命観を語った。論としての俳句を語るよりも、日本文化の自然観・人生観の中における文学の中の一つとして俳句を考えるようになっていた。山川草木、鳥獣虫魚、地水火風、日月星辰、そのすべてを芭蕉は「いのち」あるもの、それゆえに無限に生滅変転していくものとして見たといい、それは芭蕉独自の考えではなく、日本の芸術家の大方はそう考えてきたと説く。連歌、俳諧、発句という日本独特の文学ジャンルが生まれ、日本人が四時の転変を重んじてきたのも、森羅万象に「いのち」を見てきた自然観・芸術観によるものであったと健吉は洞察した。

俳諧・俳句に流れる詩的本質に関心を持つ人は、健吉の全集を読み、深く理解することが大切である。『現代俳句』は俳句史における最も優れた作品論である。筆者は、この本を何度も読んで、健吉の講演を聞いて感銘を受け、俳句論を書くことに意義を感じ、関心を持った。ここでは作品論である『現代俳句』は取り上げないが、健吉を語るためには『現代俳句』と『芭蕉』は欠かせない。

戦争協力責任論争

戦争犯罪といふ名は人に被せおきておのれみづからはやすらぐものか　楸邨

中村草田男と加藤楸邨の間には恩讐の彼方といえるような戦争協力に関する論争があった。

草田男は「俳句研究」昭和二十一年七・八月号で、「楸邨氏への手紙」と題して、楸邨に戦争協力者の責任を問い、楸邨はその返事として「俳句と人間に就いて」を、昭和二十二年二月、同誌に発表した。草田男が四十五歳、楸邨が四十一歳のときのやり取りである。桑原武夫が、昭和二十一年、雑誌「世界」十一月号に「第二芸術」を発表する少し前である。二人はその後、昭和四十五年に「朝日新聞俳壇」の選者として会うまで二十年以上会わなかったと平井照敏はある座談会で語っていた。二人の間の恩讐とは何であったか。

それは戦後の二人の間の特殊な問題かもしれず、俳句の内容における普遍性のある論争ではないため、ここでわざわざ取り上げる問題ではないかもしれない。しかし、たった一言「戦時中の責任」を問うたために、戦前戦後の俳壇をリードした二人は二十年間も絶交状態にあったのだから、論争史においてもっとも激しい精神の衝突であったといい得る。

中村草田男は、明治三十四年（一九〇一）、清国福建省の日本領事館に生まれ、昭和五十八年（一九八三）、八十二歳で没した。二十八歳で「ホトトギス」に投句、四十五歳で「萬緑」を創刊した。七十一歳で紫綬褒章受章、七十七歳でメルヘン集『風船の使者』にて芸術選奨文部大臣賞受賞、死後の昭和五十九年に日本芸術院賞恩賜賞を受賞している。

草田男と楸邨は四歳違いであり、石田波郷らと共に山本健吉から「人間探求派」と呼ばれ、楸邨は草田男に理解されていると思っていたが、草田男は楸邨を戦争協力者と激しく非難した。

草田男の「楸邨氏への手紙」から引用する。

「戦時中に於ける文芸人としての自己の行動に対する、今日に於ける責任の問題です。文芸の分野に於ては、自発的な反省が要求されているようですが、此事に関してだけでも、俳壇の先輩層に、多くを期待出来ないことを、私は信じています。戦時中、情報局、文学報国会結成以後、先輩層の中の、殊に何人かは意識して斯かる上部陣営を背後に負い、俳句の活動を『用』の範囲に限定して、その正しき発展を妨げたのみならず中堅層に不当にのしかかり、君臨し続けました」

「日本人の根本欠点だといわれる、『事なかれ主義』と『事大主義』とを、此際、ハッキリとかなぐり棄てて、今日と明日とへの義務として、斯かる先輩に、戦時中の責任を一度ハッキリと俳壇は訊うべきだと私は信じます」

「所謂『便乗』的傾向を、若し、飽くまで純粋であるべき中堅層中の選ばれたる少数者の一人と、世間から目されている貴君の上に見出したとしたら、私は果して、泣いてよいのでしょうか、笑ってよいのでしょうか。露わに言いましょう——大東亜戦に入っての当初は時代の受難者であった筈の貴君が、その後半期に入ってからは、当時隆盛を極めた或る勢力層の専らな利用者に豹変したかの如くに私の眼には映ったのです」

「『寒雷』復刊後、以前の幅を少しも変えることなく、嘗ての或る勢力層内にあった人を結社員として厚遇しつづけ、同時に、結社内の青年層に向って、『自分は今日まで終始一貫、俳壇の若き世代を哺育することのみに努めつづけた』と、貴君が誓えるかどうかをお訊ねしたい丈です。如何ですか」

「時代のために、根源へかえって再出発するには、先ず人間としての世俗的汚穢を払拭することが、決行されなければなりません。『すくなくとも自分には、反省という払拭の必要なし』と貴君は言い切られますか。如何ですか」

戦時中の俳壇事情、楸邨の結社「寒雷」の内部の状況を知らない者には、草田男の文章は何を具体的にいっているのかはわからない。文章から理解できることは、楸邨が戦争の後半期において、当時隆盛を極めたある勢力層を利用したと草田男が理解していたということである。勢力層とは軍部のことであり、楸邨の「寒雷」に会員として軍人が入っていたことが、楸邨の返事から理解できる。

楸邨の草田男への返事「俳句と人間に就いて――草田男氏への返事――」から引用する。

「貴兄の手紙が発表せられた」「これは徹底して内省するよい機縁であった」

「私が当時の権力層に媚びて自分一人の利便をはかったかどうかという点、貴兄に少くともそういう不安を感じさせ、『何処に人心恃むべきや』と嘆かせた点は全く残念でたまらない。私は多少小児病的だと思われるくらい権力には頭を下げたくない性質である。下げたくないばかりに必要以上に、本心以上に、どうかすると権力の前にかたくなになる性質でそのために、過去に於て幾度か処世の道でも失敗し、あとで自分の不聡明を恥じているような男である」

「『寒雷』には戦争末期には目立つ軍人がいたので、傍目には或いはそういう非難もあろうかと思われるが、そして、それをたとえば戦争中投獄などによって苦しんでいた人々から言われるなら、さもあろうと思われるのであるが、それをむしろ貴兄、少くとも私をわかってくれると信じていた貴兄から言われたのは、正直のところ、私には全く意外であり、残念であった」

そして「そういう人々は、恐らく清水清山や本田功などのことであろうが」と、具体的に軍人の名前をあげている。また、秋山久仁緒（俳号・牧車）という情報部将校が句会では謙虚に句作していたことについて詳しく書く。

「元来軍人に好感を持たなかった私、統制的な俳句報国会などに参ずることを潔しとしなかった私、軍教が中学に瀰漫した時これに反抗したために去らなくてはならなくなり、一方『ついに戦死一匹の蟻ゆけどゆけど』などによって反戦的とまでいわれた私といえど、道に参ずるこの姿には心うたれたのであった。私は人間として久仁緒を親愛したので、軍人であり、権力者であるから愛したのではない」

楸邨は「寒雷」の会員に軍人がいたことを、ほかならぬ草田男に指摘されたことが意外であり、残念であったという。軍人のひとり、秋山久仁緒を軍人・権力者として愛したのではなく、人間として、また真面目な俳人として愛したと述べている。草田男は、軍人将校のおかげで紙の手当てがついて、戦争中も「寒雷」が出せたのではないかと疑ったようである。楸邨は自らの句、例えば〈ついに戦死一匹の蟻ゆけどゆけど〉が反戦的とまでいわれたと述べている。この一句だけでも楸邨が憲兵に捕らえられていてもおかしくはない内容である。

楸邨の戦時中の句を引用する。

死ねば野分生きてゐしかば争へり　　楸邨
火の奥に牡丹崩るるさまを見つ
火の記憶牡丹をめぐる薄明に
火の中に死なざりしかば野分満つ

これらの句は戦争に協力した者の句とはいえない。俳句の内容において、楸邨は戦争協力者ではないことが理解できる。むしろ俳句の内容から窺えるのは反戦の思いである。戦争を詠んだ新興俳句の無季の俳句よりも、楸邨の句の方が戦争を嫌う思いが深く表現されている。

草田男が楸邨の戦争責任を問うたのは、ただ「寒雷」会員に軍人がいたからであり、楸邨の戦時中の活動にその軍人による何らかのサポートがあったと草田男が憶測したところにあった。草田男の結社には一人も軍人がいなかったのか、今調べる方法がないが、楸邨を非難したのだから草田男門下には軍人がいなかったと仮定するほかはない。

厳密にいって、軍人が会員であったことによって、主宰が戦争責任を問われることなのであろうか。結社内で俳句を学んでいる人の職業をチェックして、会員にふさわしいかどうかを主宰は判断しなければいけないのであろうか。文学・芸術の作品と、創作者の経歴や職業とは無関係である。現在の時点から考えて草田男の批判は当たらないと思われるが、敗戦後の国民全体が普通ではない状態では、少しでも戦争責任を問うことができる者は追及したい精神状態であったのかもしれない。草田男の楸邨批判の文章と桑原武夫の論文「第二芸術」は共に、敗戦後すぐの戦争責任を問う世情の中で起こった事件であった。敗戦後の日本の社会は、敗戦の責任を何かに求める傾向にあったようだ。

楸邨は草田男に批判されて自らを謙虚に反省している。

「多くの若い人達、それから私の知らぬ無数の人々のことを考え、その考える気持の中に、私自身を反省しないではいられなかった。そして生きのこった自分は理屈はともあれ、何かすまない気持をどうすることも出来なかった。このすまない気持は戦争中もあった」

「然し、一旦始まってしまった上は、負ければ滅亡する外はないと信じた上は、やはり日本の栄達のために、日本民族の滅亡しないために、勝てないまでも敗れないでほしい、そう祈りつづけ、そうあるように自分もつとめたいと念じていた。これは戦の実相を見ぬけなかった上の努力だったという点で、私の不明であり、且つ多くの日本人の言いのがれたい不明であった」

楸邨は謙虚で率直であった。戦争中、国民が正しい情報を持っていなかったのは、現在の政治においても同様である。私たちは新聞やテレビで政治について正確な情報を何も知らされていない。政治家・官僚が日々実際に行っていることの具体的内容も知らされていない。平和な時代ですら正確な情報が分からないのだから、異常な戦時中には分かるはずがない。国民にはいつも政治的な情報は全て開示されないのだから、誰も正確な判断ができない状態にあるのは現在でも同じである。たとえ国民全員が戦争反対でも、戦争とは相手国の政治家と自国の政治家の対応によって起こってしまう恐ろしい事件である。そして、戦争責任は勝利した国が負けた国を裁く時に決まる。

楸邨個人に戦争協力の責任を問うことはできない。桑原武夫はＧＨＱの命令によって、戦時中に戦争に協力したと思われる学者を告発し、学校から追放したが、彼らがどこまで本当に戦争に協力した学者であったのかは分からない。

「寒雷」所属の軍人が俳壇に何をしたのかは分からない。戦争責任を負わせるのは、政治家・官僚・軍部の意思決定の判断ができる人に限るべきであろう。文学者には本質的な戦争責任はない。

戦争責任というのは戦争を起こした者にある。国民に指示・命令を出した人に責任がある。軍人すら多くはただ上からの命令によって動かされていたにすぎない。文学者・俳人同士で戦争責任を問うことはできない。本当の責任があった人の追及を忘れて、俳人や歌人の戦争責任を追及することは本末転倒である。楸邨にはまったく戦争責任はなく、戦争に協力したともいえない。国家が戦争している最中に戦争反対を叫ばなかった人が、敗戦後の平和な時代になってから他人の戦争協力の責任を問うことはできない。戦争中は何も行動せず黙っていたにもかかわらず、敗戦後にＧＨＱの管理下で平和になった時に、文学者の戦争責任をあげつらうことは無責任である。戦争の本質論は、俳句論ではなくて政治論で分析すべきことである。誰に、何に、責任があったのか。誰が、何を、いつすべきでなかったのか。戦争責任と楸邨はまったく無関係であろう。楸邨の俳句を読めば、新興俳句の俳人と変わらず、むしろ真面目に戦争に反対する句を詠んでいたことがわかる。戦争反対を俳句に詠めば命に危険があった時代であったにもかかわらずである。戦争反対の意思表明を明確にせずに、戦争を俳句に詠んでいた俳人よりも、楸邨のほうが真剣に戦争の悪を考えて俳句に詠んでいたことは、楸邨の句集を読めば明瞭である。

照空燈ふるき皇国(みくに)の天の川　　草田男
寒夜いま敵都真昼の鬼畜にくし
朝の蜜柑食へ強く産め敵にくし
いくさよあるな麦生に金貨降るとも

草田男には、皇国、鬼畜、敵にくしといった戦意高揚の句があるが、楸邨にはそういう内容の句はない。草田男が楸邨に戦争協力の責任を問える俳人であったとは、俳句の内容からはいえない。最後の句だけは敗戦後に詠んだ句である。草田男は何事につけ他人の欠点を追及することにおいて攻撃的であった。楸邨は優しく、おとなしく受け身的な性格であった。

この評論で筆者は、草田男や楸邨を批判・非難する意図はまったくない。人の一生を後世の人は容易に批判・非難できないことだけをいいたい。俳句の評論は純粋に作品だけを論じればいい。草田男の俳句も楸邨の俳句も、その中から秀句・佳句を選んで、なぜ今感銘を受けるのかを論じることが大切である。

「私は単に一返答を以て直にすべてが終るとは絶対に考えない。私は何年或いは終生にわたる自分の生涯を以て実証する外はないところに立っているのである」

「生涯の歩みを以てする外はない。従って貴兄の『私の身にも亦払拭すべき汚穢の附帯が指摘されるか否か』という呼びかけには今は答える気はない。まず自分自身を省みることにとどまるのである」

楸邨は自分の一生を見てくれといって、論争は決着がつかず、草田男と二十年間絶交した。戦後の異常な時代に起こった不幸な事件であった。

「第二芸術」論

桑原武夫の「第二芸術」論――俳句否定論

桑原武夫の「第二芸術――現代俳句について――」を取り上げたい。七十年前に書かれた「第二芸術」は今でも影響力を持っている。毎日の生活において何の役にも立たない俳句・短歌に全く関心を持っていない多くの一般の人は、無意識には桑原とよく似た意見であろう。今の俳壇にも当てはまるところがあると思う人、桑原の批判のおかげで戦後俳句が向上したと思う人、既に桑原の説は何の効力もないと思う人等、桑原説への思いはさまざまである。「第二芸術」論以外の俳句の論争はあくまで俳壇内部の論争だったが、「第二芸術」論は、俳句に関心のない学者による俳句の全面的否定であったため影響が大きかった。

桑原武夫は明治三十七年（一九〇四）、現在の福井県敦賀市に生まれ、昭和六十三年（一九八八）に八十三歳で没した。フランス文学の学者であったが、今から七十年程前、敗戦後すぐの昭和二十一年、雑誌「世界」十一月号に「第二芸術」を書き、俳壇・歌壇を震撼させて有名になり、版元の岩波書店から特別ボーナスをもらったと桑原は述べている。全集の跋によると、その後、批判文が載った俳句誌が多く送られてきたがすべて廃棄したという。

桑原が「第二芸術」を書いたのは四十二歳の時である。桑原は東北大学の助教授の時に、占領軍の命令で戦争協力者を審査した「追放委員会」の委員であり、学内で「こわもてになった」という。戦争協力者や反米主義者の教官をGHQの力によって大学から追放した委員会での経験が、「第二芸術」を生んだと思われるが、桑原が「第二芸術」を書いた時の桑原個人の思想的背景は今まで語られてこなかった。「第二芸術」を書いた翌年には「短歌の運命」を書き、「没落してゆく形式」と決めつけた。戦争協力者の追放委員会のメンバーとして働く間に、敗戦の理由が定型詩にあると思い込み、日本の近代化を日本文学すべてにまで適用しようとした。敗戦後の日本人は敗戦の理由と責任を何かに押し付けようとしていた。それらを日本の伝統・文化・宗教・政治・文学に押し付けようとしていたのである。敗戦の理由は戦争を開始した政治家・官僚・軍人のトップの意思決定にある。明治以来の戦争史・外交史を分析しないで、文学に敗戦理由を求めることは本末転倒であるが、敗戦後の異常な社会は文学にも敗戦責任を押し付けた。桑原の意見もそういった社会の背景から生じたものである。

以下、「第二芸術」の文章を引用し論じたい。

「日本の明治以来の小説がつまらない理由の一つは、作家の思想的社会的無自覚にあって、そうした安易な創作態度の有力なモデルとして俳諧があるだろうことは、すでに書き、また話した」

「芭蕉以来の俳諧精神の見なおしは、これからの日本文化の問題を考えてゆく上に、不可欠である」

桑原はフランス文学を好み、日本文学とりわけ明治以来の小説が嫌いであった。日本の小説家は思想的・社会的に無自覚であり、それに俳諧が影響していたと思い込んでいた。明治以来の小説が好きな日本人、俳句が好きな日本人の心を思いやる共感性を持っていない学者であった。

GHQ命令下の委員会で働いていた経験から、日本文学の精神が敗戦に導いたと考え、日本文化とりわけ俳諧精神の見直しが不可欠だと思い、俳句を全面否定した。日本の小説のすべてが思想的・社会的に無自覚であり、小説家のすべてが安易な創作態度であったとはいえないが、桑原はその具体的な例をあげていないため、ここでは小説については論じない。

桑原は俳句を全面否定するために、その俳句の作者名を隠して十五句引用している。例えば、草田男の〈咳くとポクリッとベートヴェンひゞく朝〉、蛇笏の〈麦踏むやつめたき風の日のつゞく〉、虚子の〈防風のこゝ迄砂に埋もれしと〉といった高名な俳人の十句と、無名の作者の五句であるが、ここではすべての句の引用は省きたい。作者名を伏せた十五句を並べた後に次の感想が続く。

「十五句をよく読んだ上で、一、優劣の順位をつけ、二、優劣にかかわらず、どれが名家の誰の作品であるか推測をこころみ、三、専門家の十句と普通人の五句との区別がつけられるかどうか考えてみていただきたい」

「これを前にして、中学生のころ枚方へ菊見につれて行かれたときの印象を思い出す」「ただ退屈したばかりであった。ただ、これらの句を前にする場合は、芸術的感興をほとんど感じないのは菊の場合と同じだが、そのほかに一種の苛立たしさの起ってくるのを禁じえない」

桑原は頭がいいから、俳句を否定する結論になるように高名な俳人の秀句・佳句の引用は避けていた。どんなに優秀な俳人でも、雑誌に発表する俳句がすべていいとは限らないことを知っていての評論作戦である。俳人でない人が退屈する句を選んで「退屈した」と論じたのであるが、桑原には俳句作品の選句眼がなかったようだ。虚子や草田男の秀句を多く並べていれば最初に考えていた結論には導けなかったが、桑原は俳句の多くに「苛立たしさ」を感じる学者だったから、虚子の句を秀句と凡句に分ける能力がなかった。

フランス文学小説にも同じことが言い得る。有名な小説家のつまらない短編小説を並べて桑原と同じアプローチで評価すれば、フランス小説の価値は否定できるが、そのように反論した人はいないようだ。もともと文学作品の評価には科学のような絶対的な基準はなく、すべて読者・批評家の主観に拠る。新聞俳壇の選者によって選ばれる句がすべて異なるように、佳句かどうかを判断するのは選ぶ人の主観・感情にすぎない。よりによって敗戦の翌年に、国民の多くが戦争を猛反省している時に、俳句を嫌い、理解力がなかった学者に俳句否定論を書かれてしまったのである。また掲載された雑誌「世界」の読者には俳句愛好者が少ないと思われ、「第二芸術」は俳句に関心のない多くの一般読者に読まれたのであった。現在と異なり、戦争直後は哲学や思想関係の書物がよく読まれたという。岩波書店の「世界」もよく読まれたというから、俳句には関心のない多くの日本人に喝采を浴びたようだ。

「現代俳人の作品の鑑賞あるいは解釈というような文章や書物が、俳人が自己の句を説明したものをも含めて、はなはだ多く存在する」「詩のパラフレーズという最も非芸術的な手段が取られているということは、よほど奇妙なことといわねばなるまい。芸術品としての未完結性すなわち脆弱性を示すという以外に説明がつかない」

桑原は俳句が嫌いであったから、俳句の鑑賞や解釈についての文章を読むことも当然嫌いであった。美術の批評であれ、音楽の批評であれ、およそ批評行為には、作品の鑑賞文、解説文は不可欠であるが、俳句の鑑賞を特に嫌っていた。学者だったから詩歌の鑑賞・批評においても優れているとは限らないが、学者の肩書に弱いところが今の俳壇にもある。

俳句は十七音という定型短詩であるから、鑑賞のためのパラフレーズは必須であり、それを非芸術的とはいえない。例えば山本健吉の『現代俳句』は鑑賞としてのパラフレーズだけの文章であるが、俳句作品と同等の文学的・詩的な文章に満ちていて、俳人でない健吉の解説を読んで俳句を始めたという優れた俳人も多い。「詩のパラフレーズ」は「非芸術的な手段」とはいえない。芭蕉についての多くの文章がなければ、芭蕉の俳句が今日まで広まることはなかった。詩についての批評は詩の存在のためには必須条件である。フランスの小説を好むか、俳句を好むかの違いは読者の主観の問題にすぎない。

「こういうことをいうと、お前は作句の経験がないからという人がきっとある。そして『俳句のことは自身作句して見なければわからぬものである』（水原秋櫻子、「黄蜂」二号）という」

「十分近代化しているとは思えぬ日本の小説家のうちにすら、『小説のことは小説を書いて見なければわからぬ』などといったものはない」

「俳句というものが、同好者だけが特殊世界を作り、その中で楽しむ芸事だということをよく示している」

「第二芸術」の中では同意できる文章である。俳人でない人が俳句を批評することを嫌う傾向は現在の俳人にも見かける。しかし、むしろ俳句を作らない批評家による俳句の評論や解釈・感想がもっと多く書かれることによって俳句に閉鎖性がなくなる。結社内、俳壇内の俳人同士では党派性が働き、忖度感情で評価するきらいがあり、仲間褒めになるので、桑原のいうような意見に反論はできない。

「一句だけではその作者の優劣がわかりにくく、一流大家と素人との区別がつきかねるという事実である」「俳句は一々に俳人の名を添えておかぬと区別がつかない、という特色をもっている」「現代俳句はまず署名を見て、それから作品を鑑賞するより他はないようである」

この意見もまた一見正当であるが、俳句の価値を否定する理由にはならない。一流の俳人にも秀句と凡句があるのは、一流の小説家にも秀作と凡作があるのと同様である。俳句より短歌、短歌よりも小説、と文字数が多いほど玄人と素人の差が大きくなる。作品のうち一割が秀句であれば玄人と評価される文学形式である。俳句の評価において名前だけで作品を評価する選者は少ない。

「他の芸術とちがい、俳句においては、世評が芸術的評価の上に成立しがたいのであるから、弟子の多少とか、その主宰する雑誌の発行部数とか、さらにその俳人の世間的勢力といったものに標準をおかざるを得なくなる。かくて俳壇においては、党派をつくることは必然の要請である」「虚子、亞浪という独立的芸術家があるのではなく、むしろ『ホトトギス』の家元、『石楠』の総帥があるのである」

これらの意見はもっともらしいが、本質的でない。美術や音楽においても人の評価は人によって異なることが理解されていない。芥川賞を受賞してベストセラーになっても、その小説が読者に高く評価されるかはまた別の問題である。選考委員の評価と読者の評価とが異なるケースも多い。虚子と亞浪の作品が凡作とはいえない。優れた主宰かどうかは門下生の判断に基づく。音楽も美術も優れた師に教えてもらう必要がある。一対一の師弟関係か、一対多数の師弟関係かはジャンルの違いによる。虚子が下手な俳句と文章を書いていたのであれば「ホトトギス」の会員になる人はいなかった。桑原は虚子の俳句と文章を評価できる能力がなかったのである。

「俳句に新しさを出そうとして、人生をもり込もうとする傾向があるが、人生そのものが近代化しつつある以上、いまの現実的人生は俳句には入りえない」

「菊作りを芸術ということは躊躇される。『芸』というがよい。しいて芸術の名を要求するならば、私は現代俳句を『第二芸術』と呼んで、他と区別するがよいと思う。第二芸術たる限り、もはや何のむつかしい理屈もいらぬわけである。俳句はかつての第一芸術であった芭蕉にかえれなどといわずに、むしろ率直にその慰戯性を自覚し、宗因にこそかえるべきである」

「もし文化国家建設の叫びが本気であるなら、その中身を考えねばならず、従ってこの第二芸術に対しても若干の封鎖が要請されるのではないかと思うのである」

「そこで、私の希望するところは、成年者が俳句をたしなむのはもとより自由として、国民学校、中等学校の教育からは、江戸音曲と同じように、俳諧的なものをしめ出してもらいたい、ということである」


桑原がもっとも主張したかった意見である。「第二芸術」という意味は、俳句が芸術ではないという意味であった。俳句を学校で教えてはいけない、学生は俳句を作ってはいけない、という発言が暴言であったことは、七十年以上経過した今では明瞭である。評価の個別性と特殊性を全く考慮しないで俳句全体を否定したから、敗戦直後の日本人に大きい衝撃を与えた。しかし結果として、戦後の俳壇は桑原の切望した世界とは全く正反対の歴史を歩んだことは面白い。文学はもともと桑原のいうような国家建設には無用である。芭蕉の説く夏炉冬扇であり、荘子の説く無用の用である。

今も多くの俳人は、桑原は俳句で社会性や思想性を詠めといったと誤解しているが、桑原は俳句では社会性や思想性は詠めないから止めてしまえと主調したのである。しかし、社会性や思想性は、俳句だけでなく小説でも書くことは難しい。社会性は社会学の評論で論じ、社会問題は政治運動で解決しなければならない。社会思想は哲学や思想の評論で語るべきで、文学では語れない。

反「第二芸術」論――ドナルド・キーン、小林秀雄、俳人たち

ここからは、桑原説に対して評論家・俳人がいかなる反応・反論をしたのかを検討したい。桑原は文化勲章を受章しているから、同じく文化勲章を受章したレベルの優れた文学者がどのような感想を持っていたのかをまず検討したい。文化勲章受章者の意見が必ずしもすべて優れているわけではないが、やはり文学に関する評論活動で他の人々よりも永年評価されてきた人々である。また桑原の意見は俳壇外からの意見であるから、やはり俳壇外で高く評価された評論家の意見はそれなりに理解しておく価値がある。

まずはドナルド・キーンであり、平成二十三年に日本国籍を取得し、日本文化・文学を深く研究した学者である。『ドナルド・キーン著作集』第九巻に梅棹忠夫との対談「『第二芸術』のすすめ」があり、キーンは次のようにいう。

「桑原武夫先生がむかし『第二芸術』というたいへん論議を呼び起こした論文を発表なさっていいます。書いてあることは事実だと思います。しかし、その解釈は間違っていると、私はいまでも思うんです」「一流芸術はあらゆる国にあるんです。問題は、一流芸術でない第二芸術のほう、そのほうが大切です」「日本では、俳句とか和歌を毎週の新聞の日曜版に何々先生がいちばん優れた作品を選んで発表したり、同人雑誌にしても幾種類も出ている。それはすばらしいことだと思います」「自分一人だけで楽しむというのは不可能です。それは人間だから、どうしても人に見せてほめられたいんです。だれかに見せて『なかなか上手ですね』ということを聞きたいんです」

これらの発言で、キーンはアマチュアとして日本人が俳句を詠むことには賛成している。桑原は日本人が俳句を詠むことを全面的に否定していたが、キーンは賛成であった。ただ、一級の詩歌とは異なるとしている点で質的には桑原に近い部分がある。また、桑原の意見は事実だとしていることは問題を含む。趣味的な芸術として同じ俳壇内で褒め合っていればそれでいいと思っているかのようである。

もう一つ注目すべきは小林秀雄と桑原の対談である。「第二芸術論をめぐって」というテーマで、昭和二十三年三月の「世界文学」において、伊吹武彦の司会で行われた対談であり、『現代俳句の世界』に再録されている。

「僕は保守派で、革新派でないのでね。反対はしないが、敢て賛成もしないといった論だね」
「僕の感情から言えば、俳句のような宝は、そっと保存して、愛してゆきたい気持ですね。それが一つ。それからもう一つは、あなたが、俳句を一ぱいならべて、どれがよいか、というようなことを言っていたが、あれは賛成しません。ああならべて品評されたら芭蕉は現代の一俳人に負けるかも知れない。しかし芭蕉の精神というものは、負けないし、ああいう例ではその精神をつかめない。芭蕉という人は俳句と生活とが全く一致していた人です」
「僕はただものを考えるのに、精神全体をいつも行使しようと心掛けているだけなのです。理性というものは、精神の一部だ。自然は人間理性に服従する面をもつが、服従しない面ももつ、自然の質とか多様性とかいうものは、理性にはどうしても適合しない」

これらの小林の発言で、「第二芸術」論に「反対はしない」ということの意味は、俳句を見限って小説に入る作家も現実にいるからということである。「保守派で、革新派でない」という言葉は桑原説に反対する立場を表す。小林は、俳句を宝と思い、保存すべきだと思い、俳句を愛する肯定論者であった。俳句を好きになり愛することに論理はない。桑原の説く日本文学の近代化・合理化の意見に賛成ならば、その帰結として俳句にはもう関心をもてなくなる。

桑原は短い俳句には人生観が盛り込めないといったが、小林は芭蕉の人生そのものが俳句と一致していたという。小林は短い俳句にも人生と精神を表現できるという考えを持っていたが、文学精神と人生の意味が小林と桑原で全く異なっていた。俳句で詠める人生もあれば、小説でも語れない人生がある。

小林は自然の多様性をありのままに認める思想家である。自然の多様性・異質性をすべて受け入れるには「精神の全能力」が必要であり、「全緊張」が必要であると桑原にいう。俳句や短歌といった短詩型の理解には忍耐と緊張が必要である。それは文学形式の多様性の共存・共生への理解を要する。自然の本質や多様性は理性に適合しないという。桑原は文学の多様性を理解するための忍耐と緊張を欠いていた。俳句は近代化という論理で表現できないものを持っていると小林は考えていた。桑原は知的論理で俳句不要論を説いたが、俳句の存在理由は、自然の多様性とその生命性の表現に深く関係していると小林は洞察していた。

小林のように、俳句を愛するとまでいった批評家は稀有である。俳句を否定し、面白くないという桑原は、俳句を愛することが出来なかった。

「あの論じ方は、あんまり、あたりまえすぎてものたりなかった」

「俳句を純粋に愛するしろうとというものがある。俳句というものを純真に楽しんでおる人が無数にある。専門俳人ではなく、そちらの方に俳句というものの日本のほんとうの社会事象がある。そういう社会現象をあなたがもっと論じてくれるとよかった。俳句というものは実に妙な社会的生物ですよ。第二芸術という言葉は抽象的すぎます」

桑原の論じ方は当たり前だという小林の意見は面白い。小林にとって合理的な論文は当たり前すぎて、面白くなかった。人間も俳句作品も生きて働く生命体である。俳句は生命体であるという見方は俳句の実態を適切に表している。俳句作品を一つの生命体と見れば、生命の存在を否定することは不可能であり、生命体の多様性を認めざるをえない。

俳句は「妙な社会的生物」という言葉は興味深い。俳句とは、摩訶不思議な生命体である。人間という摩訶不思議な生命体の心から発生した言葉が定型詩となって、十七音が摩訶不思議な生命体となって生きている。俳句を否定した桑原は、俳句を愛した小林を全く理解できなかったようであり、対談は平行線であった。批評の神様と呼ばれた小林ですら桑原と噛み合わなかったのである。

俳句論において多くの対立は対立したまま終わる。桑原は小林を理解できないし、小林は桑原を理解できない。人の評価は主観的であり、評価が異なると、どんなに話し合っても評価・理解が基本的に変わることはないのである。対立は最後まで続き、どちらかの評価が変わることもない。理解が広くて深い小林と、理解が狭くて浅い桑原ではなおのことである。俳句の良さが理解できない桑原に、俳句の良さを説明することは誰もできないことであった。

赤城さかえの『戦後俳句論争史』には、桑原への俳人による反論がまとめられていて参考になる。中村草田男はやや感情的な反論をしていた。桑原の意見を「現代俳句抹殺論」といい、「論じられている対象の事実とはほとんど無関係なくらいに的をはずれた言説である」「一応筋が通っているかの如くに装われている。放置すれば全体正しいものとして公認されてしまう虞れが十分にある」という。

桑原を「教授病」と名付け、「読後感としては結局、教壇的、解説的な空疎さを強く意識せざるを得なかった」と感情的になっている。草田男も教授であったから、「教授病」という教授にありがちな欠点をよく知っていたようだ。俳人同士であれ俳句評論家であれ、評価が異なるとどんなに議論しても感情的になってくることは人間としてよくあることだから、まして俳句否定論者の桑原相手では俳人は冷静さを失うであろう。

「敗戦意識から生じた卑屈さを一旦裏返しにしたものに過ぎない」というところは正しいが、説得力のある反論にはなっていない。

「私達はなにも、俳句が第一芸術として、文学界の第一位のランクに据えられるから俳句を始めたのではない。何故ともわからず、ただ斯かるものである俳句に惹かれそれを愛しそれを生むことが、苦痛であると同時に、こよなき喜びであり得るから、俳句にたずさわりつづけているに過ぎない。『故わかぬ愛情』これがすべての問題の中心点である」

多くの俳人が俳句を始めた理由としては正当な発言であるが、「故わかぬ愛情」という感情論は言葉で説明できないから、桑原が理解できる論にはなりえなかった。

「最少極限化された日本韻文としての基礎的必然性を備え、日本的象徴詩としての有機性を備えたこの詩型に身を託し、刻々のわれわれの現代生活感情をうたってゆく…それ以外に、為さんとしても為すべき業はない。退路は断たれている」と結論づけている。草田男はこれからの覚悟を述べたが、桑原が求めたのは俳人の覚悟ではなかった。

加藤楸邨は、深刻に考えて次のように述べる。

「局外から加えられた批判であるから、中には妥当でない言も認識の不足もある」「これが局外から加えられたといふところに大きな意義を認めなければならぬ」「俳句は局外から没落を予言せられる弱さをたしかに持っているのである。そして没落の不安を感ずることなしには俳句は作りつづけることは、もはや意味のないことなのである」「明治以来の俳句には生きた人間の息づく場は俳句の中にはなかった」

当時、これらの楸邨の意見は弱々しいと非難されたが、赤城さかえは「腰の強さ」と評価していた。楸邨は真面目で謙虚で、冷静に俳句の内容について考えていた。内容がだめだと俳句は没落するであろうことを俳人は自覚していなければならないという。「生きた人間の息づく」俳句は困難であるが、実践していかなければならないとした。

このままでは俳句は没落するという危機意識を俳人はいつも持っていなければならないということは、まさに現在の俳人にも言い得ることである。また、内容がないとだめだというところは、現在の俳人にも完全に理解されていない。俳句は内容ではなく、無内容でもいいと断言する俳人がいるが、無内容だと少数の特定の俳人以外には理解されない。結局は内容の良さに尽きるが、内容以前に俳句形式そのものを否定した桑原には通じない意見であった。

高屋窓秋は、別の面から突き詰めて考えていた。

「最後に物を言ふのは作品であることをよく知つてゐる。如何に可能の世界を説いたところで、それを実作で示さないことには人を納得させ得ないことをよく知つてゐる。しかしまたいくら実作を示したところで解からないものには解からないものであることもよく知つてゐる。俳人同志でさへも世界が違へば解からないのだ。このことは説得力の豊富な散文にあつても同じことに違ひない」

「俳句の表現は飽くまでも真実であり、他の形式に決して翻訳できないものであるといふことなのだ」「俳句には常に極度に完成された表現が要求されてゐる」

窓秋は作品の理解と評価の難解さについて述べていた。実作で証明するといっても、実作の評価は俳人ですら異なるから、俳人でない人には作品評価はさらに困難である。それは散文でも同じ問題があるとしている。結局は、俳人にも俳人でない人々にも秀句・佳句とは何かを理路整然と説明できる手段はあるのか、という問題に帰着する。俳句の必要性・必然性を論理的に説明することは困難である。しかし、桑原の意見通りには歴史はならず、俳句はバブルの時期を経過したが、今はむしろ俳壇の高齢化によって俳句・俳壇の未来の存続が危ない時代となっている。

俳句人口に占める六十歳以下の割合が数パーセントである現在、日本国民の多くは桑原と同じ考えであろう。俳人でない一般の人にとって俳句は、芭蕉がいったように夏炉冬扇だから無用であり、俳句を無用と思う桑原や一般の人に向かって俳句の必要性を説くことは難しい。俳句論を通じて人は俳句に関心を持つのではなく、秀句・佳句に偶然出会うことにより、俳句に感銘を受け、関心を持ち、俳句を作りたくなるのではないか。

高濱虚子が「第二芸術」論について述べた文章を引用しておきたい。後世、虚子の言葉は正確に伝えられてこなかった。八十歳の時に書いた文章「刀刄段々壊」（『定本高濱虚子全集』第十三巻）の中で、「第二芸術でも第三芸術であつても致し方ない。又仮令第十芸術であつても致し方がない。俳句の性質は更へることが出来ない。俳句は俳句として存在してゐるのである。第一芸術と云はれた処で俳句の価値が増すのでもなし、第十芸術といはれた処で俳句の価値が減ずるのでもない。俳句は俳句として存在してをり、其の価値を保つてをる」「只俳句は花鳥諷詠の詩であるといふ事に信を持つてゐる人のみが、よく私のいふことを解してゐるものと思ふ」と述べている。花鳥諷詠を詠んでいれば、戦争も「第二芸術」論も俳句には何の影響もないという強い信念を虚子は持っていたが、誤解を生みやすい言葉である。

『現代俳句の世界』には小説家・坂口安吾の俳句論も再録されていて、興味深い編集である。「むろん、俳句も短歌も芸術だ。きまってるじゃないか」「第一も第二もありやせぬ」「俳句も短歌も詩なのである」「俳人や歌人というものが、俳人や歌人であって詩人でないから奇妙なのである」「問題はただ詩魂、詩の本質を解すればよろしい」「主知派だの抒情派だのと窮屈なことは言うにおよばぬ。私小説もフィクションも、何でもいいではないか」と、やや暴論に近いが、安吾は正論を述べていた。

結局、俳人一人一人が、詩魂をもって表現していく他はないが、俳句における詩魂とは何か、詩の本質とは何かという問いが新しい問題を生む。桑原のように俳句が嫌いで無用と思い、西洋小説を重視する人に向かって、俳句の必要性を論理的に説得することは困難であった。

残念な事実であるが、俳句だけでなく文学の評価の違いはどうしようもない主観の問題であることを実感する。文学や宗教は、科学と異なり、個人の主観と好みによって評価が異なるところに問題がある。俳句とは何かを論じる以前に、なぜ文学が必要か、なぜ詩歌が必要か、なぜ俳句が必要かを論じる必要があるようだ。これらの問いが未解決なのは、本質的な意義・意味を問い、それに答えることのできる評論が書かれてこなかったからということに尽きる。

「軽み」論争

山本健吉の「重い俳句軽い俳句」論

山本健吉の「軽み」論について中村草田男が反論をするという、いわゆる「軽み」論争があった。「軽み」という言葉は芭蕉が唱えた言葉だが、結論からいえば、「軽み」という言葉についての健吉の定義と草田男の定義が異なっていたために論争が生じた。また芭蕉の「軽み」の定義も二人の定義と少し違っていたから、健吉と草田男の間で誤解が生じた。「写生」という言葉と同様に「軽み」という言葉も受け取る人によって定義と内容が異なるから、議論は平行線を辿りがちとなる。俳句史において現在のところ、本質的で論争らしい論争はこれ以後ないとされているようだ。

健吉は、昭和五十二年、七十歳の時に「重い俳句軽い俳句」という文章で「軽み」を論じた。「重い俳句はだんだんきらいになり、軽い俳句が好きになった。いや、いい俳句は軽いのだと思うようになった」と書き始めている。

戦後すぐの頃の健吉は、俳句は「もの」に執着する詩であり、和歌のように抒情に流されるのではなく、認識の刻印だとする考えであった。しかしその後、「もの」俳句はただ「もの」によりかかっていて重いだけで、「いのち」のひらめきの感じられない句が多いことに気付き、俳句の本質を逸脱していると考えるようになったという。対象を静止的・固定的に見ていて、流動的に捉える姿勢が「もの」論者に欠けているという。そして、「中世以来の、連歌師、俳諧師たちの知恵から、まったくそれたところに立っているのだ。時間の流れに従い、生々流転の相において対象を捉えるのが、俳句の本来の在り方である」と健吉は思うようになっていた。

「彼等が対象を四時の変化に応じていつも捕えようとしたことを言いたいだけである」「四時の変化の中に処するというのが、彼等の生き方であった、という根本を言いたいのである」と、健吉は連歌師・俳諧師たちの生き方への共感を述べた。また虚子が「花鳥諷詠」とか「寒来暑往秋収冬蔵」とか色々にいっていることについても、「四時の変化のそのただ中に身を置いて、自分もその生成変化する造化の一員としてものを活きているうちに見とめ聞きとめよということだった」と、その俳句観に同意していた。

一方、「もの論者はもとより、新興俳句、根源俳句、社会性俳句、造型俳句、前衛俳句など、近代俳句の主張者たちは、このことで、揃って虚子と正反対の考え方をしていたと言える。つまり、ものの変化の外に身を置いて、ものを固定、静止の相において客観化し、対象化しようとした」と、当時新しいと思われていた俳句観を健吉は批判した。これは近代俳句の主張者たちや同調者たちの猛烈な反発を引き起こす発言となった。

また健吉は、「物の見えたるひかり、いまだ心にきえざる中にいひとむべし」という芭蕉の言葉を、「俳人たちの何より忘れてならないことだ。発句の中に、この『物の見えたるひかり』が灯っているかどうか、それが一番大事なのだ。言いかえれば、そこに『いのち』が輝いているかどうか。その瞬間のおのれの『いのち』が、句の中に移されているかどうか」といって強調し、ヨーロッパの詩論にいう「ウィットまたはエスプリ」と同じで、即興的な速さをウィットの精神とした。

芭蕉が最晩年に「軽み」といったのは、「速さ」「ウィット」「いのち」のことであり、「一所に定住しない、旅の心なのだ」と健吉は論じた。「軽み」とは、単に心が浅いという意味でも、単純写生や月並写生のことでもなく、「いのち」の深みに至る精神のことである。今日、もっとも誤解されている言葉の一つが「軽み」である。命は重いとよくいわれる。その重い命を詠むことが「軽み」であった。軽いという意味は軽薄という意味ではなかったが、健吉と芭蕉の説く意味が分からなければ、「軽み」を軽薄・軽妙の意と誤解する。

健吉は、例句として、赤黄男の〈蝶墜ちて大音響の結氷期〉は「重々しく、笑いが凍りついてしまった句、ウィットを欠いた、ブッキッシュな句」と評し、それに対して耕衣の〈人ごみに蝶の生るる彼岸かな〉、鷹女の〈十方にこがらし女身錐揉に〉、三鬼の〈穀象の群を天より見るごとく〉を「かくべつウィットを体している」と評し、龍太の〈一月の川一月の谷の中〉と、澄雄の〈磧にて白桃むけば水過ぎゆく〉を「新しいウィット、はつらつとした『いのち』の嬉戯の相を見とどけた」と批評した。

健吉の「軽み」が反映されている句の例は、「ウィット」というよりもむしろ「物の見えたるひかり」「いのち」が反映されている句であった。「軽み」「ウィット」という言葉が草田男や他の俳人に誤解されてしまった。

以上の論の翌年、昭和五十三年、七十一歳の時に、健吉は「『俳』と『詩』と」を雑誌「俳句」に書いている。「先日東京新聞に、加藤郁乎氏が『俳句と俳諧』というエッセイを書いていた」「西脇順三郎氏を先達として、詩人たちのあいだに俳諧への関心が非常に昂まって来ていることは事実のようである」「私は加藤氏が『自作ノート』（『現代俳句全集』）に、『俳句の生みの親とでもいうべき俳諧、その俳諧の根本義である滑稽の風をさしおいて俳句を云々するなど、じつに、いや、じつは滑稽というものだろう』と言っているのを読んで、大いに我が意を得た思いであった」「だが、俳諧などという古めかしいことを言うと、新しい詩を目指す俳句作家たちの反感を買うのも事実らしい。三十年も前に、私はそのことを身にしみて感じたことであった」という。

七十一歳の健吉が、四十九歳の郁乎の俳句滑稽説に「我が意を得た」と思っていたことは興味深い。今までの郁乎論では語られてこなかったことである。郁乎が晩年には伝統的な滑稽句を多く詠んだことはあまり評価されてこなかったようである。郁乎といえば、今も初期の難解な前衛句が語られる。後期の分かりやすいウィットのある句を評価する人は少ないようである。

健吉が指摘したように、「新興俳句、根源俳句、社会性俳句、造型俳句、前衛俳句など、近代俳句の主張者たち」は健吉説に反論することは必然であった。現在でも健吉を非難する人がいる。

健吉は同じ年に「ウィットといのち」という文章で、「俳」はウィットであり、『ハムレット』の中の「短いということがウィットの精神だ」という一説を引用し、俳句にウィットがひらめくのは当然だという西脇順三郎の言葉を紹介している。健吉は西脇説を展開し、「俳」の本質に「生命的なものへの志向」が潜在しているとし、芭蕉の「軽み」も「平俗さへの願いの底に、生き生きとしたいのちの輝きを瞬間的にも獲得することへの熾烈な希求があった」と考えた。

その上で健吉は、「連衆に対し、故人に対して挨拶するだけでなく、自分を取り巻く山川草木鳥獣国土に対して、物を言いかわし、挨拶する心を保持することだ。それは、それらの自然のすべてに生命を感じることだろう。鳥獣草木だけでなく、地水火風も日月星辰も生命あるものとみる。だからそれは移り変る。アニミズムの信仰が底に堪えている知恵である。自然に生命の働きを認めた時、私たちはそれを造化という。『造化に従ひ、造化に還る』とは、同時にまた『造化と嬉戯する』ことでもあった」と説く。

健吉はこの頃、「いのちとかたち」の連載を始め、三年後の七十四歳の時には文化功労者に叙されている。俳諧と俳句に共通する性質の三本柱、挨拶・滑稽・即興の奥には、ウィット・エスプリがあり、突き詰めれば、造化・アニミズム・生命性にも通じる本質があり、「軽み」はこれらと複雑に絡んでいた。

草田男の反「軽み」論

健吉の「軽み」論の理解の仕方、意味の取り方によって、多くの反論が出た。もっとも激しい口調で反論したのは中村草田男であり、講演集『俳句と人生』にはその反論が収められている。「ところで最近、俳壇では、批評家が、『軽み』ということこそ、当面われわれが関心をもち、明日を開く方向を指し示すイデーであると言い出します」「昨今、この方向を取り上げることが有利であるという動きが俳壇で顕著になってまいりました」「『軽み』が非常に新しい作品の世界で生命的な明日を開く基本のイデーであると、私には思いえない」と、草田男は反論した。

「(芭蕉は) 固定化された観念的なものを打ち破ろうと思い、今度は幼児のごとくに」「真から無邪気になって明日の俳句作品を生かしてゆこうと考えるようになり、無為自然、子供のような純心な気持ちで自然発生的に生まれてくる世界を『軽み』の境地、『軽み』の文芸と名づけたわけです」と述べた上で、しかし芭蕉の実作を理解する限り、山本健吉説は「不備な論考」であり、「作者の内的生命を衰弱させ」ると草田男は批判した。「無為自然、子供のような純心な気持ち」で自然発生的に生まれてくるという思想は荘子の影響を受けた芭蕉の俳句観であり、その世界を「『軽み』の境地」として、草田男は芭蕉と荘子の思想との関係を正確に理解していた。健吉の理解も同じであったにもかかわらず、二人は対立した。

「軽みということが説かれるときには、やはりそこに一種の終末観のようなものが働いていると思います。自分はやがてこの世からおさらばするのだから、この世のためにいろいろ苦労して深いものを残そうなどと考えないで、生きているあいだだけ、他人に侵されないし自分も他人を侵さないで、そのときそのときを美しく、快く、楽しく送れればいいではないか、そういう生活を実現すればいいではないか、何も野暮なことを言うなという考えなのです」

「ほんとうの生命の深いところとか、内的ないのちに結びついている世界を追求するのだなどと気負う必要はないではないかというのです」

健吉が終末観を感じていたとは彼の文章からは考えられないが、草田男は健吉の終末観から「軽み」論が出たと誤解した。健吉の文章には終末論的考えはない。草田男は生涯を通じてキリスト教の信仰について悩んでいたから終末観を持ち出したが、健吉の念頭にキリスト教がなかったのは小林秀雄の影響である。東洋思想には終末観はない。終末観と「軽み」は無関係である。芭蕉の「無為自然、子供のような純心な気持ち」にも終末観はない。無為自然というのは芭蕉が尊敬した荘子の思想である。荘子や芭蕉に終末観はない。生命はあくまで自然に生まれ、自然に死ぬのである。無神論とキリスト教を重く考えていた草田男の主観が出てしまったのであろう。

「われわれが芸術を作るというのは、もっとも深い、もっとも永久的ないのちのあり場を探って、そして身につけ、一分一厘でもそういう世界を作品の世界の中で実現させようと考えるからです」「『軽み』などという洗練だけが目的のようなもの、手法としてだけのものは邪道です」「『軽み』の問題も、技術だけの、方法論につながる危険をもつものとして繰り返し申し上げているわけです」

「私は軽みということをどうしても肯定しがたいのはどうしてかというと、やはり、驚きたいからです」「たえず、ほんとうの、この世に潜む力の前に、その事実の前に、真から魂が震えるという感動、これこそ詩の重さ、ポエム、ポエトリの重さだと感じます」と、「軽み」論を非難し、そして虚子の発言「軽みの堕落に堕することがおっかない」を引き、「どんなに軽みがおっかないといっても、ドンドン世の中は一刻も遅れないで軽みのほうへドーッと流れてゆくというようなことを虚子先生が言っている」と述べる。しかし、虚子のいう「軽み」と健吉の「軽み」とは関係がないと思われる。虚子は芭蕉の説く「軽み」の意味とは別の意味で使っていた。

「私は軽みというものをわかりもしないで反対してみたり、わかりもしないで永遠相などということを言っているのでもないんです。馬鹿は馬鹿ですけど、それほど馬鹿でもないんです」で、草田男の反「軽み」論は終わっている。昭和五十三年から昭和五十六年までの三年間、七十七歳から八十歳までの意見であり、死の二年前の講演であった。草田男最後の俳句論であった。

『俳句の現在』の鼎談で、金子兜太・森澄雄・飯田龍太が、健吉と草田男の二人の論争について話している。兜太は、二人の違いについて述べる。草田男はクリスチャンだと思われ、唯一神の前では気軽に死ねず、「いのち」は重い。健吉は多神論者、アニミズムで、特定の宗教はない。だから健吉が「いのち」を軽いと思い、草田男は「いのち」を重く感じたのは、宗教の違いによると兜太はいう。

草田男はニーチェの無神論に惹かれ、キリスト教の一神教に惹かれ、その思想性は必ずしも一貫していないが、死の直前、半無意識の時に親族によってキリスト教の臨終洗礼を受けていた。しかし、草田男の俳句作品にはアニミズムと思われる作品があることを、拙著『ライバル俳句史』の草田男論では論じた。

アニミズムは生命を軽く考えるとしたことは兜太の誤解であり、健吉はそれを生命の軽さとは述べていない。逆である。アニミズムや「軽み」は命を大切に思う思想である。命の根源には魂（アニマ）が存在しているから「アニミズム」とタイラーは創唱したが、魂があるからこそ神々への祈りが生じるという意味で、アニミズムは軽薄な思想ではない。「軽み」を生命の軽さの意に直結させたところに、「軽み」論への大きな誤解が生まれた。生命は軽いとか重いとかいう形容詞では表現できないものである。芭蕉の「軽み」という言葉そのものが生命の軽さを連想させて、誤解させたのである。

『俳句と人生』の巻末には「萬緑編集部」名義による解説があり、健吉の論が「俳壇に『おもくれ』や思想性の軽視といった風潮を生む原因となったともいえる」と批判している。思想性の軽視の風潮とは具体的にどの俳人のことをいうのか、文献的証拠がないのでわからないが、健吉説が思想性の軽視の原因になったとは考えられず、むしろ逆である。文化功労者・文化勲章受章者といえども、ある一人の評論家の意見が思想性の軽視という風潮を生む力があるということはありえない。健吉の全集を読めば「思想性の軽視」を生む文章はないことがわかる。俳人が持ち得ない思想性を俳句論に持ち込んだからこそ、俳人でない健吉の文学思想が俳人に読まれ、評価されたのである。健吉を批判する俳人が健吉を超える文章を残し得たかを考えれば、健吉の業績は再評価されるべきである。健吉は、『いのちとかたち』の著者であるにもかかわらず、「軽み」という言葉が誤解を生じさせたところがあり、ライトヴァース的な俳句のことととられ、命と魂を重視するアニミズム的な俳句だとは理解されていなかったようだ。

健吉は、「『風の又三郎』の縁」という上田五千石論の中で、「軽み」について触れている。

「五千石が心に願うものの中に、およそ世界の宗教、キリスト教も仏教も日本の神も民俗神話も、すべて溶かしこんで、無意識の奥に潜むアニミズムと言ってもよい宗教の原型を感じ取ったからいうのである。それは、私が『俳』とか『軽み』とか言って来たものの根底にある願いに触れるものを感じ取ったということである。それがなかったら、私は現代俳句や俳句作家にとって、何か物言う情熱がありえようか。私は龍太・澄雄以後、何人かの作家の『俳』志向に、それを感じ、見守ろうとする」

健吉の説く「軽み」とは、「俳」「アニミズム」「宗教の原型」を意味していたことは、正しく理解されてこなかった。「軽み」を理解するためには健吉の全集を理解し、さらに芭蕉の全集をも理解する必要があるほど、「軽み」とは重い思想である。芭蕉と健吉の全集を読まず、二人の文学思想を理解せずに「軽み」を論じてはいけないであろう。

健吉のあげた「軽み」の例句についての草田男の解釈の違いを知りたかったが、草田男は概念の違いだけに基づき反論をしていたようだ。多くの俳句論や論争に言い得ることだが、論は論だけでなく、論より証拠としての例句を多くあげて証明してほしい。多くの俳句論争が平行線に終わるのは、論だけで論争するからであり、充分な例句が提示されていないからである。例句が多くあれば、論の違いは句の解釈の違いとなって現れ、論争が平行線となる理由が双方にとって明瞭となる。健吉のように、実作者ではなく、評論だけに対する評価で文化勲章を受章した人は実作者から非難されがちであり、論を論だけで批判されるケースが起こりがちである。草田男のいう「驚きたい」俳句作品、あるいは、「たえず、ほんとうの、この世に潜む力の前に、その事実の前に、真から魂が震えるという感動」が生じる例句を一句でもあげていてくれれば、読者にも草田男の意見が理解されやすいだろう。

健吉のいう「軽み」の俳句と、「軽み」の句には驚きがなく魂が震える句がないという草田男の「軽み」理解とは、次元が異なっていた。驚きや魂の感動は俳句を読んだ読者の主観的感情であって、俳句を作る作者の思想の問題ではない。例句があれば、二人の意見は同じであったかもしれないし、根本的な違いが理解し合えたかもしれないが、草田男は概念だけで批判していた。草田男のいう、「軽み」でなくしかも魂の震える俳句の具体的な例を知りたいが、一句も例をあげていないため、後世の読者にはこれ以上論理的な分析も公平な批評もできない。

草田男にとっては、唯一神の前では気軽に死ねず、「いのち」は重いが、健吉は多神論者であり、アニミズム的で、特定の信仰はなく、「いのち」を軽く思える、とした兜太の意見は興味深い。アニミズム的な俳句を詠んだ兜太ならではの意見である。健吉と草田男の論のどちらが正しいかとか良いかといった判断は後世の人にはできない。二人の意見は相補的である。

二人の思想の違いから、「軽み」論の賛否を論じたい。草田男は、青年時代に俳句が強度の神経衰弱から自身を回復に導いたというから、俳句の単純写生は草田男を思想的な悩みから解放してくれた。俳句は「一種の救済の道」と草田男はいう。しかし一方で、草田男はやはり思想・観念から完全に解放はされず、難解な句を詠んでいた。写生の俳句は思想性がなく、いわば「軽み」の句であり、神経衰弱を引き起こすような思想の葛藤をもたらす句は「重い」俳句である。

例えば、草田男の〈ラザロの感謝落花の下に昼熟睡み〉のようなキリスト教に関した句は、健吉の定義からいえば重い句で、有名な〈降る雪や明治は遠くなりにけり〉〈萬緑の中や吾子の歯生え初むる〉といった命のきらめきが感じられる句は、「軽み」の句であったと思われる。また、草田男のアニミズムの句〈梅雨の社何神ぞ母の命護りませ〉のように、率直に神々に祈る句は「軽み」の句であった。

健吉の「軽み」の意味は俳句の内容によるのであり、例えば草田男の句のすべてが重い句であるとは考えもしなかったであろう。草田男は、自らの句が健吉から見ればすべて重い句であって、すべて否定されたかのように誤解したのではないか。健吉は草田男を高く評価していたにもかかわらず、草田男はなぜ講演で健吉を執拗に非難したのかは、残された言葉からはわからない。

ニーチェの無神論とキリスト教の神について草田男は悩んでいたであろうが、その思想的悩みを俳句にしたことが、俳句に重さを生じさせた。一方、神社の前で母の命を祈る句には、むしろ思想的重さはなく、芭蕉の説く無為自然の造化に従っており、健吉の「軽み」の定義の範疇にある。健吉の定義によれば、造化や四時に従う句は「軽み」であり、難解で哲学的な、あれかこれかの選択をせまるような俳句は重い句であった。社会性俳句のように、政治上の選択に絡む問題を含む句も重い句であった。大須賀乙字は『乙字俳論集』の中で、「おもみ」という評語について「心の重みともいふは意味を含ませ過ぎたことをいふ」と述べている。

芭蕉の「軽み」論

『おくのほそ道』の旅を終えた翌元禄三年の芭蕉の書簡には、「俳諧・発句、おもくれず、持ってまはらざるやうに、御工案なさるべく候」とあることから、旅の途中で「軽み」への志向が芽生えたのだろうと尾形仂はいう。芭蕉は旅中の自然の中で「軽み」の思想を深めたようだ。

芭蕉の「軽み」の定義も誤解されてきた。芭蕉の「軽み」に関する多くの論文の中では、廣田二郎の『芭蕉の芸術』がもっとも優れて説得的であった。

「現実的な生活の中にありながら、あらゆる世俗的名利――それには風狂風雅の上の名利も含まれている――や物質的利害を超克し、限界状況において精神の自由・自足と清閑を得ようとするものであった」「そういう現実生活と精神状況の上に、『かるみ』の俳風の展開が意図され、晩年の俳文諸篇も創り出されたのである」「仏教的な悟得離俗の境涯に安んじていられない何ものかが芭蕉の内面を衝迫していたのであろう」

廣田は、芭蕉における荘子や漢文学の影響を文献に依拠して克明に研究した優れた学者であり、特に芭蕉の晩年に影響したのは荘子であったことを詳しく研究していた。健吉も草田男も、荘子と「軽み」の関係については何も語っていない。健吉は老荘思想についてはあまり深く理解していなかったようである。

日本の思想家は明治時代の皇国史観の影響を受けていて、朝鮮を通じて渡来した中国の思想を深く理解しようとはしなかったように思われる。日本が朝鮮や中国に侵略していた時代だから、朝鮮文化や中国文化を高く評価することは社会的に批評家の立場に悪く影響したようだ。また、日本の大王である「天皇」という名を道教の最高の神の「天皇大帝」から採っていたことから、民衆が道教を信じることを禁じたために、日本には道教は入ってこなかったと誤解されてきた。キトラ古墳や高松塚古墳の壁画は道教の世界であるが、一般の人々には道教は禁じられていた。戦後はじめて道教や老荘思想の日本文学への影響が本格的に研究され始めたようである。道教や老荘思想、それらの日本文学への影響は、戦前には深く研究されていなかったようである。

漢籍、特に『荘子』や杜甫の詩を青年時代から読んできた芭蕉自身の経験が、「晩年『かるみ』を唱えて種々の知識や教養を超越し、本来の自己に立ち帰ろうとした時、かえって明らかな形をとって意識の深層からよみがえってきた」のであろうと廣田は洞察する。健吉は、「軽み」をアニミズムと造化の問題に関係付けていたが、廣田は芭蕉の「軽み」を荘子や杜甫と関係付けた。共通するのは、荘子の造化の概念である。

荘子、芭蕉、健吉は自然を相手にしたのであって、政治的問題や難解なキリスト教的な宗教問題を解決しようとしたのではなかった。個人の精神的自由を得るために、無為自然の造化随順の精神を持つことを説いただけである。政治が悪くて社会を非難するならば、それは選挙や革命によって改革しなければならず、宗教問題は信じるか信じないかという信仰の問題になる。俳句の「軽み」は政治や宗教の団体とは無関係であった。芭蕉が江戸時代の政治問題や、江戸の大火といった社会的テーマを句や俳文では一切扱うことがなかったのは、俳諧で社会問題・政治問題を解決できるとは思っていなかったからであろう。

「軽み」の詩的情思とは、「和歌的抒情的なるものと、漢詩文的思想的なるものとの融合同化したものであった」と廣田は洞察した。「『笈の小文』『おくのほそ道』を経て、『軽み』の作風に到って、すべての現実を現実のままに肯定し、認識するに到るのである。万物のあるがままの相に造化の生々のさまを見、すべてを宇宙的大調和において見ようとする思想は、軽みの理念の中心をなすものである」と廣田はいい、具体的には杜甫の詩から学んだとする。漢詩の伝統には、醜い政治闘争や戦争の政治世界を無視した無為自然の世界がある。反戦ではなく厭戦である。戦争を起こしている政治家に反対しても戦争はなくならないことを悟っていた。

「真の造化随順は、造化の生々を信じ、それに復帰し、それと一体になるにある。作風も造化の生々のままに、作為を超えて、ありのままなる生の表現とならなければならない。このようにして、『造化にしたがひ、造化にかへれ』を究極まできわめていった時、それは作為を超え、宇宙的大調和のうちにあって、ありのままなる存在のすがたをあるがままに把握描写する『軽み』の作風に必然的に帰着することになったのである。つきつめていえば、『荘子』の思想、杜詩の文学意識が芭蕉をして『軽み』の文学の世界に眼を開かせしめたのである」と、廣田は芭蕉の「軽み」説に対する荘子と杜甫の影響が決定的であったことを繰り返し説いていた。

中国文学に触れないで「軽み」を説く人々の説が観念的であるのは、芭蕉が真剣に読んだ『荘子』と杜甫の詩と、芭蕉の句文とを関係付けられなかったからであろう。芭蕉が晩年に至るまで熱心に学習した『荘子』を同じように勉強・研究しないで、芭蕉を理解し論じることは不可能である。荘子を神のように崇め、死の直前まで尊敬し続けた芭蕉の「軽み」を理解するには、荘子の道・造化・虚心・宇宙の精神を理解しなければならない。芭蕉の句のうち、現代俳人に分かる句だけでもって芭蕉の「軽み」を語ってはいけないのである。

造化に従うということは無為自然の心になることである。「軽み」は俳句の内容である。無為ということは天為であり、人為を嫌うことである。人工的な作為を嫌うことである。自然を人工的に変更することは無為自然ではない。無為自然とは人間の作る技術的なことを嫌うことである。技術は戦争に結び付くものだと老子・荘子は強調していた。老子・荘子は戦争の時代に生きていたから、戦争や政治を嫌った思想家である。老荘の無為自然は厭戦・反戦の思想であるが、戦争反対ばかり言あげしても戦争はなくならないことを知り尽くしていた。老荘思想は世界でもっとも戦争と、戦争を起こす政治を嫌った思想である。荘子の「万物斉同（万物平等）」「造化随順」の思想と芭蕉の「軽み」の思想は深い関係があるということを理解することなく「軽み」を論じてはいけない。

思想的にはアニミズム・造化随順・四季随順は「軽み」であり、精神的には虚心・無心になって造化宇宙と一体化することが「軽み」であった。自然に逆らうことは「重い」精神であった。キリスト教では、魂を持つのは人間だけであり、その魂も人間の自由になるのではなくゴッドの作ったものであった。キリスト教のゴッドという観念と、ニーチェや釈迦仏教の無神論は人為的な思想であり、荘子的なアニミズムは無為自然の思想であった。

キリスト教は、人間以外の動物や植物に魂は認めない。インドの釈迦仏教では神や魂の存在は無記とされ、実質的には否定された。ヒンドゥー教では、動物は魂を持つが植物は魂を持っていなかった。人間・動植物・国土・全宇宙の存在物に魂・生命があるという思想を荘子が説き、中国仏教に影響して、朝鮮を通じてアニミズム的な仏教が日本に渡来してきた。「草木国土悉皆成仏」の思想は荘子の万物斉同（平等）の思想の影響を受けていた。神々にただ祈る神道、仏像にただ祈る大乗仏教には、荘子の思想の影響がある。複雑で難解な思想ではない。キリスト教や釈迦仏教から見れば、森羅万象に平等な魂があり神々があるという万物斉同の思想には、聖書も経典もなく、軽いと見られるであろう。

東洋人にとって、キリスト教の終末観・罪悪観は重い思想であり、終末観も罪悪感もないアニミズムは「軽み」の思想である。また戦争を起こす政治は重い思想であり、戦争を詠む社会性俳句は重い句である。自然の生命を写す写生・花鳥諷詠は無為自然であり、「軽み」の俳句の範疇にある。俳句に政治や戦争の問題を持ち込む社会性俳句は重い句であるが、政治や戦争の問題は政治論で解決すべきで俳句では解決ができない。俳句で解決できない問題を俳句に持ち込むと、俳句が重くなる。宗教の問題は宗教論ですべきであって、俳句に持ち込むべきでない。原発をなくすべきかどうかは俳句では決められない問題である。それらは政治論や原発問題に特化した評論で論じるべきであり、俳句や俳論で論じることはできない。健吉の「軽み」論は、俳句は花鳥諷詠であるという虚子の考えに近い。造化・自然の諷詠が俳句にはふさわしく、何か解決すべき問題を俳句に持ち込んでも俳句では解決できないのだから、俳句にふさわしくないと虚子は思っていた。

芭蕉の「軽み」の句の例として明瞭なのは、〈木のもとに汁も鱠も桜かな〉の句だけであり、「軽み」の明確な定義を芭蕉は残していないが、「高く心を悟りて俗に帰す」（『三冊子』）の言葉が「軽み」の精神を表しているとされている。句の意味は、「花盛りの木の下、並べた料理の汁にも鱠にも桜が一杯に散っていることだ」である。「高く心を悟り」というのは、仏教的悟りではなくて、荘子的な無為自然のことで、虚心に自然を見ることである。仏教的悟りであれば、俗の世界には戻れない。禅であれば悟りを得るために一生坐禅を続けなければならないし、一生坐禅を続けても悟りは保障されていない。また、不立文字だから言葉を通じて悟ることは不可能である。言葉を否定する禅と、言葉の芸術である俳句とは、まったく別次元の精神である。言葉なくして俳句は不可能だから、禅と俳句に深い関係はない。俳人はムードとして、禅を日本的に誤解してきた。荘子的な造化随順によれば、俗の現実世界に戻ることが出来る。荘子や芭蕉のいう「虚の心」を持てば、俗の世界、現実の世界をそのままに見て俳句に詠むことが出来る。

和歌的な世界であれば、桜の下の俗世界の「汁」や「鱠」は歌わない。芭蕉は虚心・無心に桜の木の下の風景を見たのである。「古池」の句の世界では、蛙に山吹の花を人為的に取り合わせるのではなく、蛙が自然に飛びこむ古池を詠んだように、無為自然の世界を純粋に詠んだのであった。人工的作為・人為を無くして、自然のままに見れば、蛙は生まれた古池に帰ったのであり、桜の木の下には花見客の汁や鱠の食べ物があったのである。

芭蕉にとって無為自然の世界は、蛙が古里・古巣の古池に飛びこむ世界であり、桜の木の下の食べ物の世界であった。どちらも仏教的悟り、禅的悟りには無関係の無為自然の世界であった。子規の説く写生、虚子の説く花鳥諷詠は、むしろ荘子や芭蕉の説く無為自然に含まれていると考えたほうが分かりやすい。人為を無くして虚心に見るのが「軽み」の心であった。

「軽み」「重み」の問題は二者択一の問題ではなく、人生観の違いによる俳句観の違いであり、どちらも相補的に共存しえる考えである。「軽み」の句と「重い」句は、どちらがいいかという問題ではなく共存することが出来る。論争して相手の意見を批判・非難すべき問題ではないのである。

芭蕉の辞世の句〈旅に病んで夢は枯野をかけ廻る〉も「軽み」の句であったが、「重い」句と解釈する俳人がいる。人生の最期において、魂が旅を続けて句を作りたいと思えば、率直に辞世として残していいというのが無為にして自然な境地であった。翁は「俳諧を子どもの遊ぶごとくせよ」と教え、その心は「荘子のごとくせよ」「俳諧をせば荘子をよくよく見て、荘子のごとく有べし」と蕉門十哲の志太野坡（しだやば）に説いたと『鉢袋』（樗路（ちょろ））は伝えている。野坡は芭蕉の「軽み」を継承していると芭蕉自らが認めた俳人であった。芭蕉の辞世句には切字がなく、六・七・五の散文のような句体であり、人生最期の句はまさに童子の心の句であった。

森澄雄の俳句論——今生きる命・想像性・俳句思想・虚と造化・無為自然

森澄雄は大正八年（一九一九）、現在の兵庫県姫路市に生まれ、平成二十二年（二〇一〇）、九十一歳で没した。二十一歳で「寒雷」に投句、五十一歳で「杉」を創刊した。五十九歳で読売文学賞、六十八歳で蛇笏賞、七十八歳で日本芸術院賞を受賞、八十六歳で文化功労者となり、俳人として社会的に高く評価された。

澄雄が俳句について語った文章は少なくないが、いわゆる方法論・技巧論的な俳句論よりは、むしろ人生観・自然観といった思想的な内容の文章が多い。平成二十一年の『俳句燦々』では、自身の俳句のルーツは戦争体験であるという。ボルネオ（現マレーシア）で戦争の修羅を体験し、長崎の惨状を知ったが、戦争俳句をやすやすと詠む気になれず、ジャングルの「死の行軍」に耐えられたのは芭蕉の『おくのほそ道』の文のおかげだったと述べている。

澄雄は戦後において、戦争の句は詠まないと深く心に決めていた。戦場での地獄の体験や、政治的に戦争反対を詠むのではなく、今生きる命への感謝を多く詠んでいた。澄雄にとって、戦地から戻り、傘寿まで生きることができた歓びが、俳句における重要なテーマであった。敗戦後、澄雄は無事に日本に帰って、亡くなった戦友たちへの思いと、日本の風土の美しさを鎮魂歌として詠んでおきたいという気持ちがあったが、戦後の窮乏と病気のため鎮魂歌どころでなかったと回想している。

森澄雄の俳句観の特徴の一つは、表面的な客観写生の否定である。澄雄は、「ぼくが一番影響を受けたのは芭蕉さんです」「芭蕉は写生などと言わない。『物の見えたるひかり』なんだ」「形而上の世界が見えなくなりました。俳句にしても、目に見える形あるものしか詠えなくなった」と語り、写生を超えた本質、つまり生命としての光を見つめてきた。

〈ぼうたんの百のゆるるは湯のやうに〉の自句について、これは写生ではなく想像であると澄雄はいう。澄雄が徳富蘇峰記念館に牡丹を見学に行った時は花が散ったあとで、したがって幻想の句であり、実際に花を見ていればできていなかったといい、「これも作家のもつ不思議な虚実の一つであろう」と述べる。実景によって詠まれてはいないが、多くの牡丹が湯のように揺れているのをいつか見た記憶があったように思えたことや、湯が揺れていることを連想したのは実感であるから、全くの空想句ではないであろう。

高濱虚子の有名な俳句、〈白牡丹といふといへども紅ほのか〉もまた想像の句であると澄雄は説く。紅の混じった白牡丹は実際には存在しないという。写生であれば「紅ほのか」という言葉は出てこないといえるのも、澄雄自身が俳句作者として、写生では〈ぼうたんの百のゆるるは湯のやうに〉という句は出来なかったとわかっていたからであった。虚子と澄雄の秀句は、写生ではなく想像に依拠していた。澄雄の「ぼうたん」の句や、虚子の「白牡丹」の句は論理的な解釈を拒否している。澄雄は虚子の句を、巧い句、すごい句と絶賛した。「虚子が客観写生を言ったのは、目に見えない世界を、目に見えるように詠え、と言ったんだとぼくは思っています」と澄雄はいうが、それは二人に共通する俳句観であった。

句歌の歴史において、写生の概念は多くの人を惑わしてきたが、その本質は澄雄の言葉によっていい当てられているのではないか。しかし、イメージを想像して秀句を詠むことは極めて難しい。想像に基づいて句を詠むことは優れた俳人にしかできない。子規や虚子がいったように凡人はスケッチ風の客観写生句しか詠めないのではないか。

澄雄のように繰り返し自らの俳句哲学を語り続けることは、他の俳人にはあまり見られない。澄雄は俳句以外の本を多く読み、俳句作品の内容と整合性のある思想を俳書以外の読書から得ていた。思想を全く持たなくとも俳句は作り得て、ほとんどの俳人は思想を意識しないで俳句を作っているが、澄雄が文化功労者に至る背景には実作と矛盾しない思想・信条があったことは、金子兜太とも共通している。二人は「寒雷」で同じ加藤楸邨門下であったが、対談をすれば喧嘩に近くなり、実作においてもライバル同士であった。

澄雄の思想の本質とは一体、何であったのか。「当の澄雄には自らの信仰がない」「なぜか澄雄自身の信仰の話は一度も聞いたことがない」と、澄雄をよく知る榎本好宏は『森澄雄とともに』の中で述べる。「結局、哲学も宗教も、人間の生死のぎりぎりのところで救いにはならなかった」と、澄雄は榎本によく語ったという。澄雄は、俳人の中ではとりわけ哲学と宗教への造詣が深かったにもかかわらず、自らの信仰に関する句文がほとんど残っていない。

「仏教は人間を生かすためにあるんであって、俳句を作るためにあるのではないんです」「仏法の教理の世界というものも、読めば読むほど、僕にはわからんし、迷路に入って行くようなもの」というように、澄雄は最終的には仏教を理解できず、仏教は信仰の対象にはならなかった。「家庭の中が絶えず宗教的な問題でもめていた」ことにより澄雄は宗教に関心をもったが、「仏教にしても、人間のある種のエゴイズムが仏教をこしらえていると思うし、キリスト教にもエゴイズムがあると思うのです」と洞察し、ついには「ぼくは無宗教だと思います」「ぼくは後生をほとんど考えませんし、ありのまま素直に生きたいという思いがあります」と断言した。澄雄は既存の宗教が抱えるエゴイズムを見抜いてしまったのであり、澄雄のそれは既存宗教の神仏への没我的信仰ではなく、芭蕉と同じく、率直にありのまま生きたいという無為自然の境地であった。

「僕は最近、自分の作品の中に荘子的な、あるいは老子的な滑稽が出れば面白いんじゃないかという気持を持っています」というように、澄雄のいう滑稽や諧謔とは老荘思想的であった。結局、澄雄の俳句観と人生観はキリスト教でも仏教でもなく、老荘思想に依拠していた。芭蕉が荘子を尊敬したように、澄雄もまた荘子に俳句の本質を直観していた。記紀万葉の時代から、文学において優れた歌人・俳人は荘子に関心をもつようである。子規・虚子・漱石・寅彦が荘子に関心をもっていたことは既に書いてきた。澄雄の〈光司死に葉書残れりわが寒に〉の句には「親友の老荘学者福永光司氏」との注がある。澄雄は陸軍予備士官学校で、のちに老荘思想の第一人者となる福永光司と親友になり、老荘思想に関する深い影響を受けた。

〈名月や吾の名づけし真人真子〉の句に見られる孫二人の名前「真人」「真子」は、『荘子』の「真」

の思想から直接取ったであろうという筆者の想像を、澄雄の死の前年に、俳句総合誌の対談で澄雄に直接確認したことがある。澄雄には仏教についての文章が多いため、澄雄句は仏教の影響を受けていると誤解する俳人がいるが、澄雄の俳句観は仏教でも神道でもなく老荘思想に依拠していることを、その対談を通じて何度も直接澄雄に確認した。澄雄は脳梗塞の後遺症で話せなかったから、筆談を通じて何度もうなずいていたことは、澄雄の最後の対談であっただけに、忘れられない思い出である。

神仏といっても、日本人には神とは何か、仏とは何かという宗教哲学がない。老荘思想は宗教ではない。澄雄が老荘思想、とりわけ虚と造化の思想を通じての生命思想を俳句の核としてきたことは、俳句観・人生観だけの問題ではなく、日本の文化、芸術、文学、宗教等の精神思想を考える際にも極めて貴重である。芭蕉・虚子・澄雄には率直にありのままに生きるという無為自然の思想があった。無為自然の思想は、大乗仏教を中国で広めるため、特に禅に影響した。日本の禅僧の語る禅には老荘思想が入っている。達磨の禅は不立文字だから言葉での説明を拒否したため、説明するためには老荘思想を使ったが、禅は宗教であり、老荘思想は宗教ではないため、根本的に異なる。陶淵明や李白をはじめ多くの漢詩人の作品や芸術にも老荘思想の影響がある。荘子は大きい生命思想を「虚」と名づけ、日常の生命を「実」と呼んだ。この荘子の虚実の思想に芭蕉が感銘を受けて、芭蕉は自らの俳句思想を形成し、それが澄雄に引き継がれた。

『俳人句話』で澄雄は、イデオロギーは我々の外部にあって、「詩魂（思想）」は我々の内部に生きると説く。澄雄のいう思想とは、イデオロギーではなく詩魂という内的なものである。内部に生きる詩魂は目に見えず、精神的なものだから、論理によってさかしらな心で理解するものではなく、心の中の直観と実感によって把握するものである。

日本最古の典籍である記紀万葉は千三百年前に書かれたが、中国の典籍は四千年以上の歴史を持ち、漢文を通じて日本の文化は中国・朝鮮の文化の深い影響を受けてきた。漢字と漢文学の移入なくして日本文化・文学は発生しなかった。

『俳句燦々』で澄雄は、思想でも宗教でも作家の主人になってしまうとダメで、俳句論や評論を書いても仏教、作品も仏教、になれば自分がなくなり借りものになるから、人間が宗教を包まないとダメだという。俳句は思想を包む。老荘思想は仏教やキリスト教のような教団宗教とは異なり、芸術観を含む人生観や宇宙観であり、物理学とも矛盾しない自然科学観を含んでいる。宇宙・物理・微分といったコンセプトは、荘子がすでに二千数百年前に考えた概念であった。

澄雄は荘子の思想に深い関心を持っていた。『俳句と遊行』に「造化放談」という金子兜太と澄雄の対談がある。兜太は、人間を含めた天然の事物全部をひっくるめた全空間を「造化」と理解し、その中で自然を摑みたいという。一方、澄雄は現代俳句で一番欠落しているのは造化の意識であるといい、福永光司の『芸術論集』（「中国文明選14」）を紹介し、中国の芸術論は荘子の思想に基づき、美術、文学、音楽の芸術全体に荘子の造化の精神があるが、東洋思想の一番大きな思想としての造化を、子規の写生が切り捨てたので、俳句は造化に代わる哲学をいまだ持っていないと説いた。

澄雄句の構造の特徴は、虚と実の世界である。澄雄の説く虚は、現代俳人が考えるような嘘や偽物や絵空事という意味ではなく、実を包む大きい造化宇宙の生命である。澄雄は、造化、宇宙、蓬萊、闇、虚空といった目に見えない大きな時空を超えた虚の生命世界の中にある、実南天、我、鳰、花といった現実の目に見える小さい生命を詠んできた。荘子の虚実と造化の思想と、澄雄の俳句の世界は一体となっている。虚はキリスト教のような自然の外にある想像の世界ではなく、あくまで自然・宇宙の世界である。大須賀乙字は『乙字俳論集』の中で、「虚実はもと一つである。虚はうそいつはりをいふのでないことは勿論である」という。

『澄雄俳話百題』では虚について説く。澄雄は「心」を大事にし、俳句の「物説」や「事説」に賛成せず、「虚実論」について、実とは実人生や実物で、その実人生を包むもっと大きな世界が虚であり、詩人が想像力という精神力を失えば、もう詩人とはいえないという。俳句は眼の所産ではなく精神力の所産であり、本当の「もの」が見えるためには、実物の眼を捨てる必要があるとまでいう。『澄雄俳話五十題』では、中国の七十二候には「獺魚を祭る」のような荒唐無稽のものがあり、日本人が考えられないような天地を包む大きなユーモアが季節の中にあり、造化と四時の思想には滑稽という虚が含まれることを澄雄は直観していた。

澄雄は、大きな自然からそのまま句をもらうから、俳句を詠む際は色々考えず、自分の命を包んでいる宇宙や虚空という大きいものによって心に光が見えた時に俳句を詠むという。芭蕉には虚に浮かぶ実人生が見えて、石田波郷にもまた虚空に浮かんだ命が見えていたが、澄雄はこの二人に学び、老荘の無為自然が一番大切で、俳諧は大きな遊び、虚空の遊びであり、我々はその自由を楽しめると述べる。人間の分別や人間の案ずる時空を超えれば、虚空燦々であり、この虚空のすべてが生き生きと面白くなると説く。虚とは虚無ではなく、生命と気が満ちている生命宇宙である。

「高く悟りて俗に帰るべし」「虚にゐて実を行ふべし」という芭蕉の思想は「軽み」につながり、粉飾を捨てて、「あるがままにあるように見える」という老荘思想を目指しており、芭蕉は無私でかつ個性を持っていたと澄雄は洞察する。ただ、大切なことは「高く悟りて」という虚を悟る状態を経て、実と俗の世界に帰ってくることである。「軽み」とは高く悟る状態を経験した後の心の働きである。「高く悟る」とは生命の根源としての虚の造化宇宙を直観することであり、「俗に帰る」とは大きい生命の虚の中にあるこの世の現実の命を感じることである。芭蕉は造化の哲学を持っていたが、現代の俳人は哲学を持っていないと澄雄は指摘して、自らは、小説と違い「虚空」が詠えて、たった十七字で大きな世界が包めるから俳句をやっているという。

『俳句のいのち』でも澄雄は虚を語る。子規の近代は、芭蕉の持つ無常も造化も切り捨てたが、現代俳句はいまだそれに代わる大きな思想も哲学も持たず、芭蕉の〈行春を近江の人とをしみける〉のおおらかで豊かな呼吸を失ったと指摘している。澄雄は時間と空間を超えた句、時空を超えた宇宙という虚を詠み得た。大きい「いのち」の流れを見なければ、本当の個性はなく、それは時空という大きい鏡に映して見る自分自身の発見であった。

澄雄の句〈億年のなかの今生実南天〉の意味は、億年の中のわずかの今生の一点のような生であっても、実南天のように赤々と輝いていたいとの願望であり、広大永劫の時空に浮かぶ人間存在の無常の思い、もののあわれこそ、俳句の命だと自註している。無常だけであれば仏教思想だが、老荘思想の虚には生命の永遠の輝きがあり、それを芭蕉は光と呼んだ。宇宙の発生から現在までの時間が「億年のなか」の時間であり、空間であり、それを澄雄は虚と考えた。芭蕉と荘子の説く虚を現代俳人は誤解してきた。虚とは宇宙的時間と空間を意味して、「嘘」という意味ではない。その虚の中の「今生」が「実」である。虚の中に実があるというのが荘子・芭蕉・虚子・澄雄の文学観であった。

句集『深泉』のあとがきには、「老子の無為自然を心とした」とあり、句集『遊心』には、「心を遊ばせて、一つのことに心を釘付けにしないこと。荘子の尊んだことばである」とあり、晩年は特に老荘思想を執拗に語っていた。

思想を嫌う俳人が見られるが、荘子・芭蕉・虚子・澄雄に一貫して流れる虚実の自然観は貴重である。東洋には自然そのものが神々であるというアニミズム的で無為自然的な造化世界観がある。荘子や芭蕉の無為自然の自由思想は、特定のイデオロギー的な思想ではない。文学史を貫道するものは一つである。大きい命の造化・宇宙・自然の中に存在する小さな命の輝きをいいとめることである。

澄雄の俳句観は論理ではなく、具体性もなく、芭蕉自身が書き残した自然観・人生観に似ている。虚の命を思い、同時に実の命を思うことは、俳句の実作の心構えに影響するのではないか。虚実の思想とは命の大切を思う思想である。澄雄の俳句観は今の俳人には正しく理解されていないようである。

金子兜太の俳句論——社会性俳句・造型俳句・創る自分・暗喩

金子兜太は、大正八年（一九一九）、埼玉県比企郡に生まれ、平成三十年（二〇一八）、九十八歳で没した。二十二歳で「寒雷」に投句、四十三歳で「海程」を創刊し、後に主宰となった。八十三歳で蛇笏賞を受賞し、八十四歳で日本芸術院会員、八十九歳で文化功労者、九十七歳で朝日賞を受賞した。

ここでは兜太の初期の頃の俳句論を論じたい。特に、俳句における社会性の問題と、兜太独自の造型俳句論である。後期の俳句観はアニミズムであり、生き物感覚を反映した俳句が評価されたが、兜太句のアニミズムについては「俳句とアニミズム」の章で述べたい。

昭和二十九年、三十五歳の時、俳誌「風」のアンケートに回答した「俳句と社会性」の文章が社会性論争を招いた。「社会性は作者の態度の問題である。創作において作者は絶えず自分の生き方に対決しているが、この対決の仕方が作者の態度を決定する。社会性があるという場合、自分を社会的関連のなかで考え、解決しようとする『社会的な姿勢』が意識的にとられている態度を指している」と、社会性を作者の態度の問題とした。「したがって、作品は当初社会的事象と自己の接点に重心をかけたかたちで創作され、やがて社会的事象を通して社会機構そのものの批判にまで到ることとなろう。ここで批判の質及び内容が問題となる」と続き、「社会機構そのものの批判にまで到る」ことが必然的であると断定する。そして、「社会性は俳句性と少しもぶつからない。俳句性より根本の事柄である。ただこの態度はいずれは独自の方法を得ることとなるが、俳句性を抹殺するかたちでは行なわれ得ない。即物は重大なテーマである」と続く。

俳句性という言葉の定義がないため、俳句性とは何かが読者には不明であるが、社会性と対立する俳句性とは、社会的な問題を詠まない俳句を意味している。社会機構の批判こそが俳句に詠むべき内容であった。社会機構を批判しない俳句は社会性ではないのである。

「以上により、次のような最近の意見の誤りは明らかである」といい、社会性を論じた意見を批判する。「社会性は『素材』なりとする意見は、社会的事象が意識的に素材として採り上げられる、その現象面だけをみたもので、根本をみていない」と、社会性は素材だけでは不十分で、「態度」の問題にならなければだめだとする。また「誰でも社会のなかに生きているのだから社会性はある」といった「自動生成説は現代的感覚欠如を示すお手本」だとする。ここには意識的な態度の確定はないが、「泥にまみれた市井生活の心情を誠実に表現することを作者の態度として自覚する人達がいる」として、それらはやがて「社会性の確定」に連なるとする。

さらに「社会性を主張する者は政治的な意味の主義者だという意見もとび出しているが、これは思想性を欠いた日本型情緒のなせる業」だとする。当時にいう主義者とは共産主義者・社会主義者のことであろう。社会性が社会機構を批判するということは、反体制的な傾向をもつと一般的には思われるが、兜太は思想性を欠いた意見だとした。兜太は社会機構を批判しない俳句は社会性でないとしているが、非難しているだけではだめで、やはり機構を変えるには政治的な運動が必要になるであろうことには触れていない。晩年には政治的な発言をしたが、初期の頃はあくまで俳句の世界からは出ようとしなかったのではないか。

兜太が回答したアンケートに対する他の俳人の回答の中で、鈴木六林男は「俳句を通じて、我等は何を為すべきかの文学精神が大切」「俳句に社会性が必要なのである」という。また、沢木欣一は「社会性のある俳句とは、社会主義的イデオロギーを根底に持った生き方、態度、意識、感覚から産まれる俳句を指す」「現代俳句において最も欠けている点は、われわれの生きている現実を把握する能力のほとんど無いことである」と回答した。

社会性論議の発端は、昭和二十八年十一月号の「俳句」の企画「俳句と社会性の吟味」だという。編集長の大野林火が企画をする契機となったのは、中村草田男の句集『銀河依然』であった。句集には社会性の濃厚な作品があり、跋に書かれていたのは「『思想性』『社会性』とでも命名すべき、本来散文的な性質の要素と純粋な詩的要素とが、第三存在の誕生の方向にむかつて、あひもつれつつも、此処に激しく流動してゐるに相違ないのである」「私は、今後、制度と人間性の中にひそむ『残忍』の一事を凝視して、眼をそらすまいと、自分に誓ふ」という文章であった。

赤城さかえは『戦後俳句論争史』の中で、「俳句と社会性」の問題は「俳句とリアリズム」の問題の一部と考えている。社会性のある俳句の内容は、体制批判、政治批判になりがちで、細谷源二がいったように「社会主義リアリズム的作品」と理解されがちである。草田男のいう「制度と人間性の中にひそむ『残忍』の一事を凝視」するという目標は理解できるが、俳句が制度の中の残忍さを詠んだだけでは、意味のないものとなる。目標は残忍さの解消であって、それは俳句文学の目的ではなく政治運動の目的となるが、まずは俳句で制度の中の残忍さを指摘することが大切だという意見であろう。

山本健吉は昭和三十年の「俳壇時評」で、「雑誌をひろげて見ると、どの論文も座談会も、『社会性』で持ちきっているのだ。それで何か問題がはっきりさせられたかというと、相も変らず左翼的、ないし疑似左翼的論議を聞かされるのが落ちである」と批判した。原子公平は、俳誌「風」で、「反動的ないし非民主的論議」であると健吉を非難したが、反動的という言葉で批判するのは左翼的である。

安保法制反対デモの中で「アベ政治を許さない」と兜太が書いた文字が印刷された紙が掲げられた。社会性の問題は俳句の問題を超えて政治問題となり、兜太は政治の問題を俳句で扱う立場を貫いた。政治に対する態度を決めていない人が社会性の俳句を詠んでも、健吉が批判したような句に陥る。政治の問題は政治で解決しなければいけないのではないか。現実の社会を肯定することは社会性ではないだろう。社会の悪い面を批判することが社会性ではないか。とすれば社会の悪い面を変えることが必要となる。社会を変えることは政治の問題、政治家を選ぶ選挙の問題ではないか。

社会性と俳句の問題は難しい。文学と政治の問題はいつも難問である。社会を良くしたいという思いは全ての俳人に変わりはない。手段の違いや俳句観の違いで争っても社会は良くならない。

兜太は、昭和三十二年、三十八歳の時に発表した論文「俳句の造型について」と、四十二歳の時の論文「造型俳句六章」で、「造型俳句論」を展開した。これらの論において、対象と自己の直接的な結合を切り離し、中間的結合者として、「創る自分」を設けた。「創る自分」が暗喩の映像を形象化する方法を明瞭にした。後の『わが戦後俳句史』でさらにわかりやすく説明している。従来の作句は「対象と自己との直接結合」だったから、「諷詠」と「観念投影」がせいぜいであったが、直接結合を切り離し、その間に「創る自分」を置いて、想像力を逞しくし、感覚を意識的に吟味しつつイメージを獲得するという方法を兜太は考えた。

「花鳥諷詠」では、何等の異物をも挿入することが許されないとする。句作の態度は、「直接の態度」すなわち「写生」の手法でなければならないとし、高野素十の〈甘草の芽のとびとびのひとならび〉を例としてあげる。水原秋櫻子、山口誓子も、基本的には「花鳥諷詠の観念」から何等の変化はなかったとした。

「諷詠」が「感情への傾斜」であるのに対して、「観念への傾斜」が「観念投影」であり、人生派の俳人、中村草田男、加藤楸邨、石田波郷たちの句に見られた。これらの俳人は「人生証言主義、特に求心的心境的生活派」「生活の実感の先行」であり、「人間の生のダイナミズム」を主題とした。兜太は例として楸邨の〈鰯雲人に告ぐべきことならず〉をあげて、諷詠に終わらず、庶民的心情の定着に成功したという。しかし、兜太は満足せず、方法上の成果ではないとした。容易に東洋的思考の域を脱け出ることが出来ておらず、「構成」や「意識操作」がなく、「観念投影」にすぎないと批判した。

「造型」では、自己と対象の直接的な結合を切り離し、間に「創る自分」を置く。例として、コップをどう描くかを取り上げる。コップを契機に、自分の中にある意識を目醒めさせ、想像力を羽ばたかせて、それらの完全表現をやる創り方を提唱する。コップは描かれなくともよく、自分の中に生まれ、掘り出される意識の壁や想像の内容も、コップと関係なくともよいという。コップを契機に自分を発掘し、表現をするものを「創る自分」と呼んだ。コップと自分の関係は間接的になるとした。直接的な写生ではなく意識の連想に基づく発想である。

具体的な句として、自身の〈銀行員等朝より蛍光す烏賊のごとく〉をあげて説明している。まず、銀行員の生活を俳句にしたいと思い、もやもやした「自分および銀行の現実」を鮮明に意識して表現したいと思う。一方、尾道で見た水族館で烏賊が青白い光を体内より発して泳ぐ様子を印象的に思い出す。銀行に出勤した朝、一人一人の前にある蛍光灯の光を見て、烏賊のような状態だと思う。「不自然な環境の感覚」で、視覚だけでない「感受」であるという。その「感覚の衝撃」を契機に「創る自分」は自分の意識の発掘、選鉱作業を開始する。堆積した意識は「時間性を持った意識」であり、それを歴史的意識、社会的意識と呼び、うぶな意識を「非時間的な、つまり空間的な意識」と呼ぶ。感覚の衝撃を契機として「創る自分」は双方の意識の襞を分け、発掘し、意識の活動を喚起するという。そこに形成される「一つのイメージ」を、「詩影」「影象」「影像」と呼んでいる。例句での「蛍光する烏賊」である。これが「造型」俳句の作句プロセスの具体的な説明であった。

そして兜太は概念的に要約する。まず作句の時の感覚が先行し、感覚の衝撃内容を意識で吟味する。発掘作業は認識作業となる。この「創る自分」の作業過程を「造型」と呼ぶ。意識によって確かめ、意識を発掘する作業のあとに「創る自分」はイメージを獲得する。従って、イメージは「暗喩」を求めることが大半だという。自分と対象という関係を捨てて作業するから、イメージは暗喩を求める。「暗喩こそ造型にとって必然的」であるという。直喩は造型にはふさわしくない。また造型にとって現実か超現実かは問題とならないという。超現実も意識した現実にすぎないとする。

造型とは「現実」の表現のための方法であり、素朴な現実論とは違って、感覚を通して、自分の環境・社会と客観的存在としての自分の両方に接触し、「自分固有の空間的状態にある意識をも大事」にすると兜太は述べる。造型は音楽性を廃し、「絵画的（むしろ彫刻的）要素」を持ちやすいという。俳人固有のイメージの連想である。

兜太は、「造型」が「生命」という概念とは馴染まないと強調したように、山本健吉や森澄雄のように「生命」の光を自然から直接摑もうとした人たちとは異なっていた。しかし兜太は、二十年後、還暦を超えて、アニミズムに傾き、「いのち」を直接詠み始めた。「造型俳句六章」の中で、兜太はそれ以前の俳句の趨勢を、諷詠的傾向、象徴的傾向、主体的傾向に分け、諷詠的傾向は描写的傾向であり、象徴的傾向、主体的傾向は表現的傾向と呼び、最終的に自らの「造型」を説明する。兜太の造型論は論だけを読めば難解であるが、具体例の説明はわかりやすい。

〈華麗な墓原女陰あらわに村眠り〉の自作についても、その作句背景を詳しく解説する。長崎県の野母半島の突端での句という。海辺近くに小山があり、小山は全部墓地であり、磨かれた大きな墓石が並び、テカテカ光った黒い城のようだったという。「華麗な墓原」は現実に見たイメージである。兜太はその村の印象を説明する。ごみごみした家があり、魚臭とも精液の匂いともつかぬ異様な悪臭がただよい、昼間なのに眠っているようだったという。「村眠り」のイメージである。奇妙な気分にとらわれ、この世のものでないおとぎ話の小悪魔の村に踏み込んだ感じをもち、陰鬱であると感じる。その陰鬱で善良な感じを逃すまいと思考の経路をたどり、もっとも楽天的でもっとも悲惨なものは、この村で行われている性行為だと思う。それは貧困と汚濁の無目的な生活における無上の快楽で、底なしの虚脱と思う。陰鬱と性の関連にはささやかな思考の働きがあり、性行為を前面化し、汐の音を聞くところに想像力が働くとする。やがて、性のなかに死滅してゆく人々にとって、死は最大の恐怖であるから墓を飾るのだということに気付く。「女陰あらわ」は性行為を示唆する具体的イメージであり、エロスの情緒を表現する。以上が例句における具体的な造型のプロセスであった。

兜太は「造型」の過程を、作者の心と脳の中の意識のスローモーション的な分析によって説明する。しかし、出来た俳句から読者は作者の造型のプロセスを知ることが出来ず、想像によって俳句を理解せざるを得ない。また、俳人はそれぞれ俳句作品ごとに異なる作成のプロセスを持っているため、兜太固有の俳句造型のプロセスは他人には真似ができず、普遍的で客観的な俳句理論にはなり得ないと思われるが、ユニークな作句方法である。しかしながら、造型俳句に関心を持っても、造型俳句を詠むことは容易でない。

「造型」は、作者固有の経験に基づく想像的なイメージの連想であった。作者がどのような想像をしたかは、作品を読むことによってしか読者にはわからない。頭の中で連想したイメージがかけ離れたものであれば、句は難解になるという欠点がある。

晩年に唱えたアニミズムと命の俳句は、兜太自らが批判した従来の俳句の構造を持つ。アニミズム俳句もまた、「対象と自己との直接結合」により、「諷詠」と「観念投影」に基づいて詠まれるところがある。兜太の俳句論には、初期の造型説と後期のアニミズム的俳句論という二面性がある。

中村草田男の俳句論——季題肯定・造型批判・前衛批判・新興俳句批判

中村草田男は多くの論争をした。戦後の主たる俳句論争には草田男が関係していて、いくつかは本書でも取り上げた。自分自身の俳句論だけを一貫して論じるというよりも、他の俳句論を批判・非難することによって自分の俳句論を語っていたのではないか。草田男がきつく非難した俳人の俳句が好きな人からは良くは思われないところがあり、草田男の俳句観が誤解される可能性がある。

昭和三十七年、月刊誌「俳句」に、「現代俳句の問題」というテーマで金子兜太と交わしていた往復書簡が『中村草田男全集9』に掲載されている。基本的には「前衛と伝統の対立」の問題である。

兜太は基本的に定型を固持するが、「季語・季題の約束からは解放されたい」という意見である。前衛俳句の発生は当然かつ必然であり、それに反発することに対しては「根性が狭い」という。草田男の返信は手厳しい。兜太の意見について「何という単なるディレッタントであることか」という「おどろきと嘆き」を述べる。抽象派や造型派の実作による運動は、アヴァンギャルド的存在として認知するが、伝統の克服のための方向づけとしては絶対に承認しないとする。新興俳句運動は「短詩性」をもって「俳句性」に代置して、実作では無季俳句に逸脱したと非難する。造型派と抽象派は、「メタファー」も「造型」も最近の一般詩壇の詩論からのお手軽極まる転用に過ぎず、季題をご都合主義的にいとも無反省に捨て去ったと批判する。前衛派には、「俳壇へ対するいわれなき優越感と、一般詩壇への漠然たるコムプレックス」があり、喜悲劇を引き起こし混乱させているとする。

兜太の造型論について草田男は非難する。

「純正俳句に於ては『季題』が、日本人的暗示と連想の作用を発揮さして、作品全体に、おのずから具体的な構成と立体的充実とを附与します。しかも、『季題』のその有機的能力を作者自らが追放してしまって、芭蕉が『造化』と命名した、この世の基本的実在の涯しなく豊かな共力を喪失して、『創る作者』などという全体から切離されたはかない個体意識の物理的な機械的な操作によるのでは、しかも言葉の使用上、ある程度まで暗喩の間接方法に依存しているのでは――一種のデカダンス的な混乱混迷とをひき起さざるを得ないわけです」

季題の存在理由を追放した「創る作者」を批判する。難解句のテーマに関して、草田男は自らの句と兜太の難解句とは本質が違うといい、兜太の代表作を、難解性を緩和するためといい改作する。〈彎曲し火傷し爆心地のマラソン〉の句を〈爛(ただ)れて撚(ねじ)れて爆心当なきマラソン群〉とし、〈華麗な墓原女陰あらわに村眠り〉の句を〈墓地(ぼち)のみ栄(は)え陰漏(ほと)れ勝ちに惰眠の村〉に改作する。難解さを緩和するための改作とはいうものの、やはり改作後も難解であり、改作された俳人は改作に満足しないだろう。本人が自分で納得して句を直さない限り、他人による改作はあまり意味がないように思える。

他方で草田男は、「彎曲し」の句が「出色」であるのは、原爆投下の事件そのものが、「われわれ一般の読者に共通の連想を誘発し共通の感銘を与える原動力となっているからです」といい、「爆心」という言葉が偶然にも「季題」のそれに近い暗示の機能を発揮しているという。原爆投下の事件が季題に相当する暗示機能を持つと認めていることは、俳句のテーマを戦争や震災といった不幸な事件とすることに反対していないようにも思える。

「華麗な」の句は、「作品としては何の曲もなく、社会性俳句の発展的段階にあるといい得るほどの立体的奥行は備わっていません。一つの詩作品として完成していないのです」と批判する。兜太の句が良いと思う俳人がいる一方、草田男のように口を極めて非難する俳人がいる。

それらを述べた後で草田男が、「本来俳句は季題を中心とすべき文芸として三百年存続してきたものであり、この文芸陣の中に這入ってくるものは、多かれ少なかれ『自然愛』の素質を備えていたはずです」と主張し、「自然愛」が迷惑至極であれば、「即刻この域内から立去らないのですか」というところは、虚子と同じ論法である。虚子が掲げた「客観写生」も「花鳥諷詠」もともに、草田男自身の詩観からして「根本条件としては飽くまで正しいと信じています」と断言する。草田男は有季定型の立場、とくに季題の重要性を説き、兜太の無季説とは根本的に嚙み合わず平行線であった。「永久に『生きもの』としての俳句をうみつづけてゆく伝統の『母胎』。それを私は終生を賭けて護りつづけてゆくでありましょう。さようなら」と返信を結ぶ。兜太の考えに「さようなら」と述べたようである。

論争は平行線であったが、兜太はむしろ草田男の説く「生きもの」感覚を、この昭和三十七年に学んだのではないか。「俳句は生きもの」といったのは小林秀雄であり、小林や健吉がアニミズム説に依拠した詩歌文学論を展開したことからも兜太は学び、前衛や造型論とは別に、アニミズム的な生命感覚の俳句を作るようになっていったのではないかと思う。草田男はしかし、アニミズムには全面的に同意していなくて、キリスト教の絶対的な唯一神とともにニーチェの無神論をも考えていたところに、草田男の複雑性がある。「軽み」を非難した理由でもあろう。

すこし時代は遡るが、草田男は新興俳句を批判していたことを述べておきたい。

「実作者として」という文章で、「俳句の新化を、作者自身の生活の裡に需めず、徒に外界の新時代的素材に漁りもとめている新興俳句の如きは、又一種の蕪村派であると断言し得る」と、新興俳句に蕪村の感覚趣味と叙事的素材本位の作品傾向があるといい、「偉大な天才芭蕉」を称賛する。「歩み寄る二つの新方向」という文章では、新興俳句の運動は「起るべき所以があって起った」といいつつ、伝統そのものの正しき吟味を怠ったという。「彼等はあらゆる革新は伝統の革新であり伝統の革新は伝統の体得なしには存在し得ないことに心づかなかったのである」とする。

戦争の句については、「彼等が従来手なれたフィクション俳句の手法を以て、戦場の想像的絵画面を、より刺戟強く、より迫真らしく描き出せば描き出すほど、それは自他の眼に益々空疎な『つくりもの』『まやかしもの』にしか映ってこなかった」と非難する。

「現代俳句」という文章では、「新興俳壇の作者」はことごとく山口誓子の「エピゴーネン」であったという。しかし、「新時代的素材によって新味を計るという消極的立場が、もはや、若い新興俳句人達を充分に満足せしめないようになり、遂に彼等は、新時代的素材のみでなく、新時代的生活、新時代的生活感情其物を唱うことを直接唯一の目的とするにいたったのである」と分析する。誓子の「新時代的素材によって新味を計る」俳句が、すでに草田男に非難されていたことは興味深い。誓子の俳句観が新興俳句の俳人とは同じではなかったことはすでに書いたが、草田男からも非難されていた。

草田男の文章に体系的に一貫して肯定的な俳句論を見つけることは難しく、むしろ俳句作品に限って作品論を展開することによって、草田男の俳句観を求めたほうがわかりやすいのではないかと思う。

飯田龍太の俳句論――叙情性・反写生・品位と風格

飯田龍太は大正九年（一九二〇）、蛇笏の子として、現在の山梨県笛吹市に生まれ、平成十九年（二〇〇七）、八十六歳で没した。昭和三十七年、四十二歳の時に「雲母」主宰を継承し、平成四年、七十二歳の時に終刊した。終刊後十五年間、没するまで句を発表せず、俳壇と関係を絶っていた。

龍太も蛇笏と同じく、いわゆる論理的な俳句論を残さなかった。むしろ具体的な俳句作品の鑑賞と随筆的な文章を通じて俳句のあり様を説いたが、初期の頃はやや硬い論を書いていた。

昭和二十七年、三十二歳の時に「古きものへの訣別」という文で、「第二芸術」論について触れている。「相変らず俳人にとっては不愉快な文字である」「しかし、いくら不愉快でも、俳句の歩んだ数年間を顧みるとき、俳句に関することで、ささやかながら文芸史上に残る出来事といえば、根源俳句論でも、鶏頭論議でもなく、ただこの一つだけだ……ということは否定出来ないようだ」といい、「戦後だけに止まらず、明治以後の真剣な俳人の負うてきた苦悶のすべては、ここに収約され、結論されている」という。そして、「俳句は、あるがままのこの姿で、未来永劫、輝く文学として生きつづけるだろう、と暢気に考えるわけにはゆかない」と、やや桑原説に賛同しているところも見られる。龍太が、「雲母」を閉じた理由とも無関係とはいえない。しかし、若き三十二歳の時には新しい俳句を目指していた。「正直に白状すると、私は、自分自身の内部に宿るこころの古さに、自分ながら呆れかえっている。その古くさいものが、的確にとらえることさえ出来ないで、何の新しさだろう……と考えている。それどころか、その古さをつかまえること自体に、文学の新しさを宿す可能性を信じている」と述べる。古さの中に新しさを表現したいとする態度であった。

昭和三十年、三十五歳の時の「表現技術と典型」では社会性俳句について述べる。「巧いけれども古い、新しいが下手だ——今日の作品批評は大体このどちらかである。サッパリしたものだ。だが、サッパリしているのは評語だけであって評価の基準の混乱はその極に達した観がある」と厳しい評価基準を持っていた。当時における俳句の評価の基準の混乱は、約六十年後の現在にも通じる。「大体、社会性俳句（奇妙な言葉だ）が花鳥諷詠より難解なのは止むを得ないと考えられている限りにおいては無駄なことだ。同じ時代の、社会の共通な息吹を正しくとらえようとする社会性俳句が、大部分は極く当り前の社会人に過ぎない俳人に、何の意味やら解らないというのは、表現技術の未熟と考えるより仕方がないのではないか」と、社会性俳句に厳しい評価をしていた。「新しい俳人の社会性が、意識の低い社会人であると考えられる大部分の俳人に理解出来ないのは止むを得ないというなら、同じ社会意識を持った一般の社会人に何故もっと訴えないのか。もっと理解されていい筈である。一般の社会人さえ理解できない程、新しい俳人の意識は高過ぎるとでも言うのだろうか。ここにも新しい俳句の袋小路がある。俳句性の過信がある。そして技術の未熟がある」「それもこれも観衆の居ない舞台のせいだろう」と、当時の社会性俳句を非難している。今日の社会性俳句・難解俳句にも適用される言葉である。

やさしい社会性俳句はスローガン的、標語的俳句になりがちであり、評価が低い。社会性俳句は社会一般の多くの人々に理解されるべきにもかかわらず、現実の俳句は難解になりがちであり、その欠点を龍太が突いていた。難解であることに作者は満足し、意識して難解さを狙うところがある。

昭和三十一年、三十六歳の時の文章「俳句と抒情主義」では、写生と抒情の関係について述べている。「正岡子規が俳句革新を唱え、その方途として芭蕉よりもむしろ蕪村を称賛しながら、こうした抒情性を重視することなく、もっぱらその絵画的な写実性、客観性をとり上げて近代俳句の出発点としたことは、一面、従来の月並俳句を絶ち、和歌的な主情を排することによって俳句独自の造形力を培う上に多くの貢献をなしたことは事実であるが、反面また、詩性の涸渇した写生の瑣末主義に陥らしめた原因となったことも否定できない」と、写生主義が抒情性を失わせ、瑣末主義をもたらしたと批判していた。芭蕉句が抒情性を持っていたこと、蕪村の句も抒情性豊かであったこと、抒情性が詩性の重要な要素であることを龍太は説いた。

「子規から虚子へと引継がれたこの写生主義は、花鳥諷詠と名を改めて一層鞏固な主張となって俳壇に君臨した。しかし、虚子自らは、必ずしもこれを遵奉し、忠実に実践していたわけではない」と、虚子の俳論と実作のギャップについて論じている。子規も虚子も写生を唱えたが、二人の秀句・佳句は必ずしも写生句ではないことを龍太も指摘していた。一般的な俳句論において使われる「写生」とは「客観写生」であるために、俳句論史において混乱が生じた。写生を説いた俳人が、実作では写生でない秀句を残していることは、実作では「主観写生」を実践していたからである。

昭和五十九年、六十四歳の時の「個性について」の文でも、写生について批判している。「虚子時代に入って、大正末から昭和初期の、いわゆる写生俳句の全盛期になると、ホトトギス王国確立と共に俳句の質は落ちた」という。この文章では具体的に例をあげて証明していないため、質の落ちた俳句というのはどういう句か具体的にはわからないが、写生句は月並句になるという、大須賀乙字がつとに指摘していたことと重なる。

「個性的な俳句に一流のものは存在しない」「一代の名句と称する作品は、ことごとく個性を超えたところに位置している」といい、一茶は個性的だが作品の質は低く、芭蕉の晩年の句は個性を超えた普遍的な句だと評価する。個性をなくして造化と一体化するという芭蕉に通う俳句観である。「真の名句とは、俳人が感銘すると同時に、俳人以外のひとびとのこころにひびいて共感を得た場合である」「俳句は、俳句を作らないひとに真の理解はあり得ない、という迷妄が根強く存在する限り、時代を超えた秀作は生まれないだろう」という。これも具体的な俳句の例がなく、龍太が名句と思う句と、それが個性的であったかどうかは、龍太の具体的な一句一句の俳句鑑賞を読まないとわからないため、ここでは龍太の説だけを紹介しておきたい。

昭和六十年、六十五歳の頃には、「俳句にしても詩にしても、それが名品として永い生命を持つものは、すべて俳人、あるいは詩歌人以外のひと達に、多くの共感を与えた場合である」という。この文では虚子の〈遠山に日の当りたる枯野かな〉、蛇笏の〈芋の露連山影を正しうす〉をあげて、「この句の枯野は虚子だけのものであり、蛇笏だけが見た芋の露であることを頑固に主張している」といい、季語が「歳時記にあるときよりはるかにいきいきとした生命を持ち、その作品だけに許された季語という印象を与える」と評価していた。

昭和六十年の同じ頃、「平凡をおそれぬこと。これは決して平凡なことではない。かつまた、その決断には、深い人生の体験がなによりも大事な要件」であると述べる。

平成元年の「句集の条件」では、句集の在り方について書くところが興味深い。俳句作品について書く俳人は多いが、句集について語る文は稀有である。「私はまず、書名を見る。ついで、略歴を眺めて、あとがきを通読する」「書名もまっとう、そしてあとがきもよろしい、となると、ざっと本文に目を通す」といい、序文と帯の推薦文には「信を置かない」と厳しい。しかし、龍太自身は多くの序文や推薦文を書いているから、「信を置かない」というのは誇張であろう。良い句集の特徴としては、「まず通読して、どこかに品位がある。風格といってもいい」「一集全体に著者の指向するものが明確に示されて、そこはかとなく呼びかけるものを内包する」「平明な句に、意外な迫力を感じさせる」「語感の確かさ」等をあげており、印象的で主観的だが、今日も参考となる。

一句一句の鑑賞は大切だが、句集の評価には全体を読み通した印象が重要である。あとがきが良い印象を与えること、俳句全体に品位と風格があること、著者が指向するところが明確であることが句集評価に影響を与えると龍太はいう。俳句の品位とは何か、風格とは何か、具体的な例をあげて論を展開してほしかったが、そのようなものが書ければ苦労しないといわれそうである。石田波郷と同じく、論を通じて俳句の質と評価の在り方を語ることはしなかったが、優れた俳人であった。

現在は句集の時代であり、作品一句だけで評価を得ることはあまりない。句集全体のテーマとそのテーマを表現した佳句の評価によって、句集やその著者が評価される時代であろう。

全ての俳句に普遍的な俳句論というわけではないが、俳句のテーマである自然に関係した論の例として、本章と次章では永田耕衣と佐藤鬼房の俳句観を取り上げたい。耕衣も鬼房も芭蕉の俳句観を評価していることは興味深い。

永田耕衣の俳句論——山林的人間

永田耕衣は、明治三十三年（一九〇〇）、現在の兵庫県加古川市に生まれ、平成九年（一九九七）、九十七歳で没した。

耕衣は多くの俳句結社の同人となり、自分に合う師や結社を求め続けたが、「これでなきゃという人に会っていない」という。昭和二十四年、四十九歳の時に「琴座（りらざ）」を創刊・主宰し、九十七歳の時に終刊した。九十歳の時に現代俳句協会大賞、九十一歳の時に詩歌文学館賞を受賞した。

昭和四十五年、「俳句評論」に書かれた「山林的人間」と題する文章（『現代俳句集成　別巻二』）において、耕衣は「山林という一語が好き」だといい、「俳句にとって自然とは何か」という問いを浴びたとたんにその一語がよみがえってきたという。「俳句はあくまで隠士的な、その意味で、端的無類な強い文学であると思う。山林的人間にもっともふさわしい文学」という。

「みずからの芸術を、夏炉冬扇のたぐいとした芭蕉の俳諧や遺語が、今日いよいよ人間の生をふかいところで慰めてくれるのは、山林的人間の業だったからだと肯かれる」「寒山詩や陶淵明の詩が永遠の底光りを放射しているのも、かれらが山林的人間であったからだ」「秀れて超時代的な永遠の俳句が生れるのではないかと思う。陶淵明の『帰りなんいざ』に象徴させたい俳句の道が、そのあたりに見えかくれしてくるかとも思う」

「今日『公害』ということばによって、人間の生のドタンバ的焦燥と苦悩が、いよいよ濃厚に露現されてきた。まちがった欲望の現実化、精神の腐蝕を来たしてしまった。時代的認識からいえば、今日ほど人間各自に山林的人間であることを要求したい時代はない。宇宙的自然が開発という美名のもとに破壊され、人間精神のうちなる自然（原始感覚といいたい）が荒らされること、今日以上なるはないと思われる」

「『山林に隠れる、隠遁生活』が、うとんじられ、否定視される傾きを生じたのは極めて近代のことであろうか」

「種田山頭火の『鉄鉢の中にも霰』、尾崎放哉の『入れものが無い両手で受ける』などの傑作が、超時代的に飽きず吟誦記憶され、一種救われの快感を持続させてくれる。その背後には、両者の山林的生活があったのだ。そして、今日そのゆえに両者が特殊な尊敬と憧憬を世人からうけつづけているのは、誰でもが望んでいるにもかかわらず思い切ってやれぬ山林的生活を、かれらが勇敢に実行してみせたからにほかならない」

耕衣は芭蕉の「造化に還れ」「私心を去れ」という俳句観を評価し、現代の「原始的感覚」の喪失を嘆き、皮相な合理主義や物質文明の荒涼ぶりを非難する。しかし、「高濱虚子の花鳥諷詠という安易な政治的提唱によって、その筋では皮相にも堕落してしまった」という見方には賛同できない人もいよう。そこには虚子の花鳥諷詠に対しての誤解があると思うが、山林的自然観は虚子の花鳥諷詠とは異なる世界であると耕衣は思っていた。

「俳句はあくまで隠士的」と耕衣がいう「隠士」のルーツは道教の仙人であろう。俗世と交わりを避けて山にこもり修行する姿が中国の仏教に影響を与えて、寺院が山に建てられるようになったと思われる。インドでは仏教寺院は平地にあったようだ。耕衣は特に禅的な世界に憧れていたようだが、古代中国の禅や隠遁世界は老荘思想の大きい影響を受けていたことについては触れておらず、近代の西洋化された社会とは異なる山林的生活を説いたことは興味深い。

耕衣の句には、無常・空・禅等の仏教観の深い影響がみられるが、神や魂といった道教的神道に影響を受けた句もある。「俳句が定型をないがしろに出来ぬのは、定型や季語が、もはや神がかりの偶然によって面白く受用され切っている必然の証しであろう」「季語は宇宙の営みを指す語り草であるゆえに、このタネを霊的に受用三昧するとき、人間の自己は宇宙的自己となる」「定型は庶民的呪文の一つの形であり、季語は祈りの端緒だといえる」と耕衣は『非仏』の後記にいう。

釈迦の仏教は祈りという行為を否定する。耕衣は仏教・禅と祈りを結びつけているが、仏教の本質は人間の欲の否定であるから、ただ祈っても幸福にはなれないという自力の宗教である。祈りや鎮魂は他力である。また釈迦仏教や自力による達磨の禅は、基本的には神や霊や魂の概念を否定する。耕衣は神や霊に対する考えを俳句に表していた。

有季定型は神品であるという立場であった。耕衣は有季定型を神の偶然といったが、有季定型は東洋思想にみる神の観念からの必然的結果である。千三百年以上続いてきたにもかかわらず、定型と有季のルールの本当の起源が謎に包まれていて、歴史的な結果という根拠だけに守られて、無季非定型派からは、絶対的な論理のなさを欠点とされてきた。

耕衣が「季語は祈り」「季霊」といったことは他のいかなる有季論よりも貴重である。俳句史において有季定型を思想的に洞察し得たのは耕衣であるが、論理的でなく直観的であるため普遍性を持つことは難しい。宇宙と森羅万象は神々に満ちていて、定型はその神的なるものへの魂の呪文であり、季語は神々への祈りと関係していて、魂と自然と共生するがゆえに、夏炉冬扇の俳句が今日の経済社会に残っている。定型も季語も道教神道的な祈りの宗教観と関係していることは「俳句はなぜ有季定型なのか」の章で触れたい。

佐藤鬼房の俳句論――俳句の風土性

佐藤鬼房は大正八年（一九一九）、岩手県釜石に生まれ、平成十四年（二〇〇二）、八十二歳で没した。十六歳で「句と評論」に投句し、渡辺白泉の通信指導を受けていた。二十一歳から二十六歳まで戦地を経験している。「風」「天狼」「海程」等を経て、六十六歳で「小熊座」を創刊・主宰した。三十五歳で現代俳句協会賞、七十一歳で詩歌文学館賞、七十四歳で蛇笏賞を受賞している。

昭和三十八年、「俳句」に書かれた「俳句の風土性にふれて」と題する文章では、単なる地理的な風土を超えた俳句観を述べている（『現代俳句集成　別巻二』）。

「私たちは人間の生活（社会・経済・思想 etc.）をいうとき、風土というものを切りはなしては考えられない」「日本ということ、日本的という場合、それは風土と同義に用いられる」「風土というものは、人間のある限り歴史的な時間性が関わってあるものだ」という。芭蕉の〈夏草や兵どもがゆめの跡〉について、「平泉という土地が単に空間的実態としてそこにあるのではなくて、さまざまな歴史的性質がそれに交錯（というより融合）し影響しあっていることだ」と説明する。

鬼房にとって「風土」は「人間の生成する地盤のあらゆるもの」を指すとしているから、「精神風土」も入るという。中尾寿美子の句〈冬森は風のこもり場昏るるべし〉を取り上げて、「個人を越えたところでこの句は人間共通の精神構造を持っている」「日本の伝統のなかで培われ濾過されて来た思想・観念を感じるのだ」「暗い抱擁感と肯定の度合がひどく日本的」と解釈する。

鬼房は終戦一年を経て日本に帰り、日本は植民地のようだったが「強烈に風土というものを身にしみて感じた」「芭蕉の『夏草や』と同様、喪われたもの、喪われゆくものに対する強い感情というのが妥当であろう」と述べる。

「俳句の形式の特性として時間的な叙述性を拒否する」が、鬼房は地理的な風土に加えて「もっと歴史的、人間的地盤のからみあう風土が詠われていい」と思う。子規以来の写生論はスケッチ風の目の前の描写に限ったが、鬼房はそこに風土と歴史とを結びつける必要性を説いた。

「ごく少数の国籍喪失の前衛俳句を除いては、殆んど、風土俳句と無縁ではないと思っている」といい、風土性はその土地に住むものだけの特権ではないので、俳人の取材旅行は大いに良いとする。吉野に東北から出かけて行っても、「吉野という風土（歴史的に、そして自然的に）が私のなかでどのように再現されたかによってなさるべきだろう」と、俳句の「発想契機」を強調する。「風土を歴史的にとらえるということは、人間の悲願である」とし、「現象描写に止って人間悲願の陰翳を描き得ない」取材旅行はだめだとするところは、鬼房にユニークな俳句観である。「私の心のなかには常に山河が住んでいる。私は『私の風土記』を綴ってゆこう」と結び、自然観照的ばかりでない風土俳句を説いた。

鬼房が風土性の重要さを強調していたことは大切なことであり、風土性が地理的な空間性だけでなく歴史性を持つことを俳句において再認識させた。鬼房は意識的に風土の中に歴史を詠んでいた。特に東北を意識した句は、歴史に虐げられてきた民族への鎮魂であった。

「社会性のある俳句は、時代の反映をもたねばならぬのは勿論だが、それが時事的な尾ひれをもっていると、その時点での力が時とともに発散してしまうということである」「私は詩の永遠性といったものに、大きなウェートを置きたいと思う」と、鬼房は「社会性俳句の行方」にいう。

『俳句を訊く』では、村上護の「単に風土を詠むだけじゃ飽き足りない。大切なのは権威に対する抵抗、いわば反骨精神を貫いてエネルギッシュに句作されてきたというのが鬼房俳句の真骨頂ですね」という感想に、鬼房は「ほんとうの反抗なんて出来ないから、俳句で夢を追っているんですね。現実はうまくいかないから癇癪おこしてるんですけど、多少でも共感されるとうれしいです」と答えている。風土性に反骨精神を反映させて、時事的なものではなく、詩に永遠性を持たせるということを実作の目標としていた。

高柳重信の多行形式

表面上の形式についていえば、五七五の定型は歴史的に多くの俳人に詠まれてきたものであり、その後、自由律が考え出されたが、高柳重信は多行形式の句を多く詠んだ。同時に、山川蟬夫の名前で一行形式の句も詠んでいた。

高柳重信は大正十二年（一九二三）、現在の東京都文京区に生まれ、昭和五十八年（一九八三）、六十歳で没した。十三歳で大場白水郎らの「春蘭」に俳句を投じ、十七歳の時に「早大俳句研究会」に入会し「睦月」に所属、その後いくつかの俳句誌に所属している。昭和二十二年、二十四歳の時に多行形式の作品を発表した。三十五歳の時に同人俳誌「俳句評論」を創刊し、編集兼発行人になった。四十五歳で「俳句研究」編集長となる。

重信は多行形式の句に関心を持ち、実験を試みたが、その文学史のルーツはいずこにあるのだろうか。岩野泡鳴は明治二十七年頃に「十音詩」という一行十音の四行詩を作っていて、これが多行詩のルーツの一つと思える。また泡鳴には〈白骨　も　花咲く　春　の　墓場　かな〉といった

「十七字詩」という俳句があり、新傾向俳句や新興俳句の実験形式の先駆と見られる。重信が多行形式の句を詠んだ背景としての俳句論に関心があるが、重信はあまり多くは語っていない。

「実のところ、何故、何によって僕の手が俳句を書いてしまうのか、僕にはよく解らないのである。おそらくは、俳句に対する関心が、他の一切のものへの関心に優先したとき、そんな時間の中で、僕の手はひとりでに俳句を書くために動いてしまうのであろう」と四十歳の時に語る。俳人が俳句を詠む契機は、両親・友人から勧められたとか俳句誌を偶然見たとか、ささいなことであろう。また上手になってからも、何故俳句を詠むのか聞かれても重信のように答えざるを得ないようである。

「既成の俳句と少しでも違った一句に出会うためには、たとえ猫の手であろうが悪魔の手であろうが、あらゆるものの助けを借りることを辞さないと、しきりに思いつづけていた時代であった」とは重信五十四歳の時の回顧である。既成の俳句、伝統的な俳句とはとにかく異なった俳句を詠みたいと思っていたことは確かである。

「僕の考える俳句の特殊性は、現在の伝習派の人たちとは、まったく別個のものにならざるを得ない」「新興俳句運動には、思想の裏付けがなかったのである。ただ俳壇化され形骸となった言葉だけが、そこにあったのである。『人間の解放』が花鳥諷詠の否定にとどまり、それ以上の発展を示さぬのも、こうした事情によるのである」と、昭和二十三年、二十五歳の時に述べている。新興俳句については、重信がいうように「思想の裏付け」がなかったという俳人が多い。

「端的にいうならば、多行表記は、俳句形式の本質が多行発想にあることを、身にしみて自覚しようとする決意の現われである。したがって、俳句表現を、一本の垂直の棒の如きもの、として認識しようとする人たちには、もちろん、多行表記が存在し得るはずはないのである」と、四十六歳の時に述べる。「俳句形式の本質が多行発想にある」ということの詳しい意味を知りたいが、書かれていない。俳句は切れによって意味が切れるから、表面的には一行であっても内容的には二行、三行の句と考えられるという意味であろうか。切れがあることの絶対的な必然性は俳句論史では語られていない。切れの有無による良し悪しは相補的な問題であって、どちらかが優れた方法であるとは限らないことはすでに芭蕉が論じていたことである。

なぜ短い俳句において、途中で切って意味を分断するのか。四行詩ならなぜ四行に切らなければいけないのか。重信はすべての作品を四行に切るとしているが、すべて同じにする必要があるのか。作品の内容ごとに行数を変えてもいいのではないか。内容にかかわらず、なぜ多行形式を採用するのかということ、なぜ多くの切れを意図的に作るのかということ、こうした普遍的な俳句論が残されてこなかった。鑑賞する側である読者の観点からの説明は書かれたが、作者側からの普遍的な論がない。結果として、重信は多行形式の句を詠んだ理由と背景については詳しく語っていないように思える。

「高柳は、自身のテーマについて饒舌に語ることはあっても、多行形式の方法論については殆ど語ることがない。提示された作品からその意味を読み解く他はないのである」と、林桂は「高柳重信の位置」という文章で指摘する。作品からその意味を読み解くことは、読者・批評家自身の主観的感想になってしまうのであって、作者・重信本人が多行形式を選んだ理由にはならないであろう。

ここでは重信本人の意図はわからないとせざるを得ない。句の内容・中味によって多行形式の書き方もまた異なっていたということであろうか。一句一句における多行の意味を解釈する他はないようだ。

林桂は「多行表記は『切れ』を顕在化する方法であり、四行表記への逢着は、従前の三句体の『切れ』を異化する最小の単位だったからだと思われる。また行を渡りながら書くことは、よりイメージを飛躍させるための方法でもあったろう。それは一行目を書き始めたときには思いもしなかった言葉に四行目で出会う方法とでも言うべきものである。多行表記についての批判の中に、一行でも表記可能だというような視点からしか論ずることができない稚拙なものもあるが、作品の成否はともかく、多行表記によって書くという意味を本質的に理解できていないと言わざるを得ない」という。

林桂の理解する多行表記は、切れの顕在化、従来の一行形式の切れを異化すること、イメージを飛躍させるための方法だという。一行でも表記可能と考えることは稚拙であるというが、一行表記と多行表記との違いを普遍的な俳句論として理解することは難解である。一句一句において、多行表記を一行表記にして比べ、切れとイメージの違いを考える他はないように思われる。また別の観点からいえば、多行形式は現代詩の中の多行詩の問題として考えた方がむしろ適切ではないか。自由律の行数や音数が無制限であり、多行形式の行数や音数が無制限であっても、それらを俳句形式と呼ぶのか。形式論における問題は、最後には主観論となろう。

乳房や　ああ身をそらす　春の虹　　赤黄男

身をそらす虹の
絶巓
　処刑台　　重信

富澤赤黄男の句が高柳重信の多行表記に影響したことはこの二句の比較で明らかであろう。赤黄男はエロティシズムの句を多く残している。春に女性が性愛の悦びに身をそらし絶頂に至るという姿を、重信は死に至る処刑に喩えた。

「根源論も俳人論も、無季俳句論、社会性論議も、僕には無用である。僕はただ、ひとりの人間が、憤りの果てから、虚妄の座から、涙を通し、哀歓を越えて、つひにひろびろとした大気の中で思い切り呼吸することが出来ればと、それのみを悲願するだけだ」と赤黄男は「クロノスの舌」にいう。赤黄男は俳句においてレッテル的な括りを無用だと思い、純粋に詩的なるものを追求した。赤黄男の俳句論は詩的直観に基づく。赤黄男と重信の俳句観には共通点がある。

五七五の定型をなぜ詠み続けたのか、その根拠となる俳句論を多くの俳人は語っていない。それは歴史的習慣としかいえず、誰もその理由がわからない。自由律や多行形式を採用した理由を問うのはなおさら難しい。個々の俳人の優れた作品の解釈・鑑賞を通じて、定型・非定型の必然性について論じる他はないようだ。

俳句とアニミズム——魂と神々の存在・祈り・鎮魂、生命の根源

俳句におけるアニミズムの問題を取り上げたい。

客観写生としてのスケッチの対象となり得ない魂と神々の存在を問題化した概念は、今までの俳句論史では取り上げられてこなかったが、重要な俳句思想である。アニミズムとは英語であり、明治の始め頃に西洋で創唱された概念であるが、その内容は東洋圏においては新しい思想ではなく、東洋文化・日本文化の始まりから存在していた思想である。縄文文化・弥生文化に共通する宗教思想であり、道教神道、日本の神道、大乗仏教等における祈りに共通する普遍的な思想であり、日本人の多くはアニミズム的な考えを無意識に持っている。

アニミズムは形式論や写生論ではまったく取り上げられない概念である。形式論としての定型か自由律か、内容論としての有季か無季か、あるいは写生か想像かといった問題が過去に繰り返し論じられてきた。俳句の精神性に関わる議論は俳人・批評家から嫌われるか、避けられてきた。しかし、優れた俳句の特徴の一つとして、アニミズムという精神性がある。小林秀雄・山本健吉・梅猛等、優れた思想家・評論家は、文化・文学の本質的な精神の概念としてアニミズムを論じてきた。

アニミズムの定義・意味は、写生の定義・意味と同じく語る人の数だけある。イギリスの人類学者エドワード・タイラーは『原始文化』（一八七二）の中で、宗教の起源としてアニミズムという概念を創唱し、多くの例をあげている。タイラーの名付けた概念は英単語として広く使われているにもかかわらず、俳人は誰も『原始文化』を読まずに、アニミズムという言葉に勝手な意味を与えているようだ。ここでは混乱を避けるため、タイラーが定義した、あるいは例をあげた意味に限りたい。

手元の英々辞典で、アニミズムという単語の意味を翻訳すると、「自然の事物が魂または意識を持つという信仰」とあり、タイラーの定義を短くまとめている。タイラー以前にはアニミズムに相当する言葉はなかったという。日本文学では、魂あるいは意識をもった生命として理解されることが多いが、アニミズムとはもともと多くの古代民族に共通した宗教的信仰であった。タイラーの定義では、アニミズムの特徴は、動植物の生命を神と思い、太陽や月という生命のない物質をも神として崇めることである。また中国と日本の祖霊信仰や仏像信仰も含まれている。

ここではアニミズムという言葉の定義を、自然の生命の根源としての神々と魂を認めることの意に限りたい。自然・造化の万物に人間の命と同様の命を感じ、その命の根源としての神々や魂の存在への認識と信仰という概念に限って俳句を考えたい。写生や社会性や前衛性等の概念と絡めない、純粋な魂と神々の存在を認めることとしてのアニミズムである。何もアニミズムというイギリス人の創唱した英語による概念を使わなくともいいのであり、命の根源としての神々と魂の存在に関する俳句観を語りたいだけであるが、タイラーはアニミズムという宗教概念を通じて、東洋・日本文化の特徴を詳しく解説している。日本人のそれを含め、古代の魂と神々の存在の認識と信仰についての概念を抽象化したのがタイラーの創唱したアニミズムである。アニミズムという言葉を知らない人でも、魂と神々を俳句に詠む俳人は多い。

魂と神々の存在を疑う人の中にも、寺社や墓前で何かを祈る人は多くいる。魂と神々への信仰は祈りの問題に深く関係する。鎮魂は祈りの一種である。鎮魂という語はもともと道教神道の言葉である。魂と神々の存在を思うことは人の心の中の問題であり、祈りに関係する。タイラーがアニミズムを創唱した当時は、古代の人々の具体的で宗教的な行動・儀式が考えられていた。宗教的儀式を通じて神仏に祈る姿が、アニミズムの見える形である。人の心の中に魂があって、その魂が神仏に祈る。

魂と神々の存在と信仰の問題に関心のない人にはアニミズムの問題は関係がない。何かに祈ったことのない人には無縁の考えである。物の写生だけに関心がある唯物思想の俳人は、心と命と魂の俳句には関心をもたない。魂と神々の存在を疑う人がアニミズムについて語ると議論は混乱する。魂と神々の存在を否定するのであれば、魂や神々を俳句に詠む意味も、そのような句を読む意味も、論じる意義もない。科学的理性では存在の証明ができない魂と神々を実感して俳句に詠む行為だけをここで論じたい。

主要な思想と神・魂の存在との関係をまとめると次のようになる。

共産主義・唯物論は無神論・無魂論であり、神と魂の存在を否定し、反アニミズムである。

インドの釈迦仏教は、神と魂の存在については一切語らず（無記と呼ばれた）、むしろ存在の否定に近く、欲望を抑える倫理と実践を説く。神々や仏像を拝むという思想はなかったから、釈迦仏教はアニミズムではなかった。インドのバラモン教とヒンドゥー教は、神々を信じ、人と動物には魂を認めるのでアニミズム的であるが、植物と無機物には魂を認めない。

キリスト教では、ゴッドが人を作ったとされ、人にのみ魂を認め、動植物には魂を認めない。人間の魂すらゴッドが作ったものだから、人間が独自に持っていたものではない。ゴッドと魂の存在についてはアニミズムと共通するところがあるが、タイラーは一神教をアニミズムの定義には含めなかった。他方でアインシュタインは、ゴッド、イエス・キリスト、聖霊の三位一体をアニミズムと呼んだ。

中国の荘子は、人・動物・植物・無機物の森羅万象に、命の根源としての魂の存在を認めた。その影響を大きく受けた中国・日本の大乗仏教と日本の神道は、万物すべてに命・魂の存在を認めているから、道教神道と大乗仏教はアニミズムに含まれる。「俳句はなぜ有季定型なのか」の章で述べるが、有季定型の季感も五七五の定型のルーツも神々の信仰に関していたから、俳句・短歌のルーツはアニミズムに深く関係している。

アニミズムは西洋の思想ではなくて、世界中の古代人の宗教に共通する神・魂に対する考えを普遍化して概念化したものであり、中国や日本の古代文学にも当てはまる概念であった。西洋人のほとんどはキリスト教の唯一神のゴッドを信じ、神々や自然の魂の存在を認めていないから、アニミズムは下等な宗教だと否定されていて、議論の対象にはなっていない。タイラーがキリスト教を高級な宗教とし、アニミズムを低級な宗教とした上で、アニミズムは最終的にはキリスト教のようになるとした結論は、歴史的には否定されているが、アニミズムは今も多神教・多仏教の国々では適用できる概念である。

日本文化の本質がアニミズムであることは文化論・宗教論で論じられてきた。日本文学は日本文化の影響下にある。アニミズムの文化が、文学の一部である俳句に影響を与えていないということは考えられない。基本的には日本人の多くはアニミストである。自然の神々や多くの仏像を拝むこと、墓の前で先祖の霊を拝むことがアニミズムであり、タイラーが説くところである。自然の神々の霊、祖先の霊の存在を実感として心の中に思うことがアニミズムの本質である。祈り・祈願・鎮魂の本質はアニミズムである。神社・寺院・仏像・墓の存在を無用と思う人はアニミストではない。物と金銭だけをすべてと思う人はアニミストではない。

子規も虚子も客観写生を説いたが、二人は魂と神々の句を詠んでいるからアニミストである。アニミストでないと誤解する俳人は、二人の俳句の中の魂と神々の句を読んで理解しない人である。近世・近代・現代と、時代を超えて俳人は魂と神々を詠んできたが、その現象は俳句論ではあまり語られてこなかった。アニミズムの概念を創唱したタイラーが、魂(アニマ)と神々の俳句が科学の時代に存在するということは、現代の詩歌にアニミズムが残存していることを発見した。

アニミズムは俳句のみならず、世界文学の主要な精神として極めて重要な概念である。タイラーが多神教としてのアニミズムは最終的にはキリスト教のような一神教になっていくと結論したところは間違いであった。アニミズムそのものの概念は、今も東洋では道教神道、日本でも神道、大乗仏教を通じて存在しているからである。

唯物主義者・共産主義者・唯一神信仰者以外はすべてアニミストである。キリスト教の三位一体説はアニミズムだと断言したのは、人類史上最高の叡智といわれたアインシュタインである。ニュートンも三位一体を偶像崇拝と考えていた。タイラーは、東洋人が墓で祖先の霊に祈り、仏像に祈り、神社で祈り、星・太陽・月に祈ることはアニミズムだと定義する。日本人の多くはアニミストであるから、俳句で自然の魂や神々を詠むことはアニミズムである。

金子兜太は自句を説明する際にアニミズムという言葉を多く使ったが、「生命感覚」という意味をこめて使っている。俳人論をまとめた拙著『句品の輝き』では、現代俳句に見られるアニミズムを論じ、兜太から感想をもらった。兜太とアニミズムの関係について大切な言葉と考えられるため、ここで引用しておきたい。

「貴著に出会う。嬉しかった。前登志夫が『歌品』について言っていることが、そのままこの本について当てはまり、そして小生の評価にも当てはまります。『無心の旅』の句から現在まで一貫している世界をこんなにズバリ言い切られるといささか面映いものがあったが大満足であることも事実です。とくに貴台が選出している拙句がユニークで、こんな選出に出会ったことがありません。小生自身眼のさめる感じでした」

兜太が触れた前登志夫の言葉は、拙文への批評で述べられたものである。「思わず引き込まれる一書であった。あまりにも歌壇的な視野の中での歌論にうんざりして久しいわたしなどには、魅力があった。特質は、現代短歌におけるタオイズムやアニミズムの考察だが、読書人としての豊穣な批評精神のすこやかさと伸びやかさは無類である」と、筆者の短歌論について、前登志夫が主宰していた歌誌「ヤママユ」に書いた評である。

タオイズムという概念は日本人には馴染みがない言葉であろうが、「道」を「タオ」と発音するから、老荘思想の道家と、道教神道と、陰陽五行説・風水といった思想は総称してタオイズムと呼ばれている。紀元前から文献として実際に存在している思想であり、古代日本に大きく影響したが、一般の人々には広まっていない。東洋のアニミズムはタオイズムの中に含まれる。

命の根源としての魂と神々の存在を疑う人や、その存在を胡散臭いと思う人は、兜太の句や前登志夫の歌を理解しない人である。戦争反対や社会性の句歌も、命を守るためであり、命の根源としての魂や自然の神々の存在を守ることに他ならない。

個人的なことだが、筆者は現代俳句と現代短歌に流れているアニミズムについて、長い間関心を持ち続けてきた。学生時代は理科系であったが、犬養孝先生から『万葉集』の講義を受けて以来、『万葉集』と民俗学や宗教との関係について学び、記紀万葉から現代文学まで日本文学を貫道するのはアニミズムであるとの確信を持った。また、英会話を勉強するために神戸や軽井沢の教会の牧師から『聖書』を学んでいる間に、西洋のゴッドと東洋の道教・神道の神々との根本的な違いについて教えられ、東洋の宗教的精神には今もアニミズムが存在しているという確信を持った。日本の神道も大乗仏教もアニミズムであり、日本人の『聖書』の理解もアニミズム的である。物理学者のニュートンやアインシュタインが、キリスト教の三位一体やマリア信仰を偶像崇拝やアニミズムと考えたことがよく理解できる。中国・韓国・日本の大乗仏教には、神・魂・仏像・墓の存在を肯定しなかった釈迦の仏教は根付いていないということもよく理解できる。神仏混淆はアニミズムの宗教である。

平成時代には俳句におけるアニミズム説が出てきた。万物に魂と神々の存在を感じることは、それを肯定するか否定するかのどちらかであり、カントが説くように、どちらも科学的理性では証明が不可能である。文学・宗教・哲学では魂の存在が肯定され、科学では魂の存在は否定される。日本文学では、アニミズムは生命感覚として理解されてきたが、あくまで生命の根源に魂があるという理解に限らないと議論が混乱する。生命の根源に魂があるのかどうか、動植物にはＤＮＡが存在しているがＤＮＡの構造分析だけで生命のすべてが解明できるのかが問題である。科学全盛の時代においてもアニミズムが残っている理由である。神と魂の存在は科学とは矛盾しない。科学で解明できない神秘的なことがこの世には多くあり、それを神と魂の働きと考えているだけである。

アニミズムに関して最も注目すべきは、金子兜太と稲畑汀子の説である。二人は、例えば有季と無季に関して対立した意見を持つと思われてきた。二人は対立したライバル関係としての代表であったが、共にアニミズムという言葉を使っている。ここでは、二人の対立点よりも、作品における共通点と、それぞれのアニミズム観を取り上げたい。

アニミズムは『原始文化』の中で創唱・定義された概念であり、原始文化において信じられた宗教観であり、原始民族に普遍的な概念であったから、兜太のアニミズムとか虚子のアニミズムとかいったような個人個人によって異なる定義ではなく、兜太と虚子に共通した魂と神々の概念をアニミズムと理解して論じなければ論が混乱する。アニミズムは古代から続く、人類に共通なコンセプトであるから、個々の俳人に固有のアニミズムがあるのではない。兜太が虚子を批判した論点とは全く異なる次元で考えるべき問題である。多くの俳人に共通する普遍的な俳句観を求めれば、アニミズムとなる。兜太と汀子の句のどちらにも感銘を受けるが、その共通点を求めれば魂と神々の句となる。

梅咲いて庭中に青鮫が来ている　　兜太
霧の夢寐青鮫の精魂が刺さる
樹より気を岩より精を旅にあり
花に精宿る故人を偲びつつ　　汀子
亡き魂を呼ぶ薪能雨を呼ぶ

二人は、魂・霊・精・神・命をテーマとする俳句を多く詠んでいて、次項からはこういった霊性の句において、何がどう詠まれたかということだけを論じたい。兜太と汀子の句は、タイラーの定義から見れば共通してアニミズムに含まれる。汀子の句には祈りがある。有季・無季・定型・自由律・伝統性・社会性・前衛性等々の俳句の概念に関係なく、霊性の存在を詠むことだけにおいて二人は共通している。汀子には、虚子の句をアニミズムの観点から論じた優れた著作があることは後に説明する。魂・霊・精・神・命の存在が感じられ、信じられ、俳句作品に詠まれたということだけを論じたい。兜太に固有の問題、虚子と兜太の俳句観の違いについては本書の個人別の俳句論の章で論じている。

金子兜太のアニミズム観

『金子兜太自選自解99句』の中では、〈梅咲いて庭中に青鮫が来ている〉の句について、「白梅が咲くと春と知る」「庭は海底のような青い空気に包まれていた。春が来たな、いのち満つ、と思ったとき、海の生き物でいちばん好きな鮫、なかでも精悍な青鮫が、庭のあちこちに泳いでいたのである」と自解し、「青鮫」は魂であると述べる。これは魂をテーマとする有季の句である。

「日本人には、農耕民族の歴史もあるから、アニミズムに恵まれている民族だともいえる」「アニミズムを無視して俳句を作るなといいたいくらいです。アニミズムによって物に触れていける、季節にも触れていける人間でなきゃ、こんなに短い形式の中では言葉も物も生かされないと思う」「言葉の質をとらえる能力の一番芯にあるものがアニミズムだと思うくらいなんです。これがあると、物の自然にも触れてゆきやすい。肉体の本能といったけど、この本能とアニミズムが重なるのかな」と兜太は強調しており、青鮫の句については、「自分の中にアニミズムといえるものが働いていたのかもしれない。だから、青鮫を、こだわりなく自分の魂と思うことができたのかもしれない」という。これらは、兜太が昭和五十五年、六十一歳の時の、アニミズムが俳句の本質だとした佐佐木幸綱との対談（『俳諧有情』掲載）での言葉である。

「俳句は本質はアニミズムではないですか」と、幸綱は兜太に応えていた。兜太は還暦の前後からアニミズムに深く思いを凝らし始め、アニミズム観を俳句に反映してきた。兜太自身は特に社会性とアニミズムを直接的に関連付けては論じていないから、ここでは触れない。読者としての主観的解釈は避けたい。普遍的な宗教的概念としての本来のアニミズムは、社会性や政治性や造型俳句とは無関係である。

アニミズムは本来、宗教論から発生している。森羅万象に霊魂が存在して、古代人はそれを信じていたが、近代化するにしたがって一神教に移行するであろうとタイラーは結論した。欧州でもキリスト教以前はギリシャ神話やローマ神話に見られるように多神教であり、神々や魂を信じるアニミズムの宗教が信仰されていたが、政治力と武力によってキリスト教に改宗させられた。アニミズムの国々では、今もなお、キリスト教より古い宗教が残存している。インドのヒンドゥー教、中国の道教神道、韓国・日本の民俗宗教や大乗仏教はアニミズムのままであり、一神教には移行しなかった。

「一茶の句を読んで、不思議な感じ、何かぬめぬめした、生き物のような感じ、それがあるっていう感じがしてね、何だろうと思っているうちにアニミズムという言葉にたどり着いて納得したんです」「虚子のテーゼによって、今話してきたようなアニミズムというのが薄れてしまっていた」「私なりにアニミズム的俳句の系譜を考えると、一茶の次には、子規の中におぼろげにあるように思うんですがね。その後は村上鬼城、川端茅舎、中村草田男なんていう作者」「渡辺白泉という新興俳句の作者」「宮沢賢治なんかもね、アニミズムに支えられている」「西行という人がね、アニミズムの世界にいたような気がしてしようがないんだ、仏教とともにね」と、兜太は八十二歳の時に、いとうせいこうとの対談集『他流試合』で語る。一茶、草田男、白泉、西行に共通するアニミズムとは何か、具体的な作品例がないので分かり難いが、兜太の大らかな発想によるアニミズムであろう。兜太がアニミズムという言葉を中心に使っているので、タイラーが創唱したアニミズムの定義に限定したい。アニミズムという言葉を使う限り、兜太固有の主観ではなく、タイラーの定義によらなければいけない。

『原始文化』におけるタイラーの定義によれば、無神論者・無魂論者・唯物論者、一神教の信者でない限り、日本人の多くはアニミストである。タイラーは大乗仏教が多くの仏像を信じること、墓の前で祖先の霊に鎮魂の祈りを捧げること、多くの神々を信じる道教神道や民俗宗教をアニミズムと定義したのである。逆にいえば、無神論者・無魂論者・唯物論者、一神教の信者でないということにおいて、虚子・兜太をはじめ多くの優れた俳人・歌人・詩人が共通していたということが不思議であり、筆者も関心のあることである。兜太はどちらかというと動物のなまなましい生命感覚をアニミズムとしていた。虚子は花鳥風月に魂と神々の存在を詠んでいた。兜太は虚子を批判したが、虚子もまたアニミストであった。

おおかみに螢が一つ付いていた　兜太
おおかみを龍神と呼ぶ山の民
魂きわまる蛍火おれに眠りあり

これらの句には四十歳頃に説いた「創る自分」が消えている。一句目は兜太の代表句の一つであり、平成時代の代表句という人もいるが、表面的な言葉に依るだけではアニミズムの句とはいえない。俳句は一句そのままで解釈・鑑賞しなければいけない。この一句には「造型」も「社会性」もない。極めて分かりやすい単純な俳句だから秀句になったといえる。狼という動物に蛍がついているという表面的な意味だけでは、生き物に生き物がついているという以上の意味はなく、タイラー創唱のアニミズムとはいえない。この句がアニミズムであるといえるのは、兜太の二句目と三句目を読者は同時に読んで知っているからである。日本文化の伝統において狼と蛍が何であったかを知ると、アニミズムとの関連が理解できて、兜太の句が伝統的なアニミズムの句であるとわかる。二句目と三句目は、一句目の精神の背景を詠んでいる。狼が龍神であり、蛍が魂の象徴であったという日本文化・日本文学の伝統が詠まれているから、タイラー定義のアニミズムであると理解できる。日本において狼が龍神となったのは、龍や狼が神であった中国の神々が渡来したからであろう。龍は中国で想像された動物であり、日本で龍がつく言葉はすべて中国の龍神信仰の影響を受けているであろう。紀元前の中国には天狼という星の神がある。

『日本書紀』には、「多に蛍火の光く神、及び蠅声なす邪しき神あり。復草木咸に能く言語有り」とあり、蛍火が輝くような多くの神がおり、蠅のように小うるさい邪神がたくさんおり、草木さえものをいって人を脅かすような国であったという。動物・植物が話すという擬人化は、タイラー定義のアニミズムである。『日本書紀』では蛍は悪い神のように書かれている。兜太の蛍は神というよりもむしろ魂の象徴である。

蛍は、飯田蛇笏の〈たましひのたとへば秋のほたるかな〉や、西行の〈おぼえぬをたがたましひの来たるらむと思へばのきに蛍とびかう〉の例のように、人の魂の象徴であった。兜太は日本文化の伝統として、神や魂の存在を動物に感じていた。ここで見る兜太の句には政治の問題、社会性の問題、造型の問題は詠まれていない。純粋に生命の根源として、魂と神々の存在の問題だけがある。兜太が、この世に魂や神々は無いと説く無神論者・無魂論者でないということが大切なのである。

高濱虚子のアニミズム

アニミズムを薄れさせたと兜太がいった高濱虚子の句に、山本健吉と稲畑汀子が逆にアニミズムを見ていたことは面白い。同じ虚子の句について対立する意見が存在するのは、兜太のアニミズムの定義が狭く限定されていたからである。アニミズムというのは個人個人の信仰を超えて多くの日本人に共通する普遍的な概念であるから、兜太のアニミズムは虚子のアニミズムと異なるという考え方では、アニミズムという言葉は使えない。兜太と虚子に共通する概念において、魂と神々を感じる俳句であれば、アニミズムという概念が適用され得るということが、この章でいいたいことである。宗教や哲学では、魂はあるのか、神々は存在しているのかという問題が長く討論されてきた。魂と神々の存在の問題は、心の中の主観的な宗教観の違いに拠るから他人は批判できない。社会・政治・経済の問題は個人の心の中の宗教性の問題とは無関係に、国民が政治家や官僚と真剣に討論すべき問題である。アニミズムを否定し無神論を説いた共産主義は、ソビエトと中国で失敗した政治システムであり、現在のロシアや中国では資本主義や宗教が復活している。

子規逝くや十七日の月明に　　虚子
凍蝶の己が魂追うて飛ぶ
石庭に魂入りし時雨かな
その中にちいさき神や壺すみれ
神にませばまこと美はし那智の滝
何事も神にまかせて只涼し

タイラーの定義によれば、死後に天に昇る霊、蝶の魂、石の魂、花の神、瀧の神等々、虚子の句の内容はアニミズムそのものである。日本語で五七五を作る限り、虚子も兜太も自然に共通する魂と神々の存在を感じないわけにはいかない。兜太と虚子の俳句観の違いを持ち出して、アニミズムの見解が異なるとすることは誤解である。魂と神々の存在を俳句に詠んでいるという意味において二人には共通点があったのであり、その普遍性がアニミズムと呼ばれるのである。魂と神々の概念は今までの俳句論では無視されてきたようだが、虚子は若い頃から俳句論ですでに魂と神々の問題を深く考えていたことは虚子の章で述べた。

「『存問』は、私の言う『挨拶』というのと同じことである」「山川草木鳥獣虫魚など森羅万象に対して挨拶の言葉を交わしていることである。これは草木や虫魚のような生きものだけでなく、山や川や海や森や、無機物な自然に対しても、あたかもそれが生きているかのように言葉をかける。『存問』とは、作者と自然との問答なのだ。新しいアニミズムの世界と言ってもよい」と、健吉は『子規と虚子』の中で、虚子の説く「存問」を「新しいアニミズム」だと断定した。健吉のいう挨拶とは、森羅万象がもつ魂・命・神々への挨拶である。アニミズムのアニマ（魂）とはオカルト的な亡霊ではなく、目に見えない命の気や命のエネルギーのようなものである。科学者には見えないものを宗教者と詩人は見る。魂と神々は目に見えないものであり、理性では魂と神々の存在は証明できない。

「子規逝くや」の句は表面的には客観写生の句である。事実を冷静に述べているだけであるが、句の背景を説明した文では感情のこもった追悼の気持ちを表現している。「子規居士の霊が今空中に騰りつつあるのでは無いかといふやうな心持ちがした」「余は居士の霊を見上げるやうな心持ちで月明の空を見上げた」と、虚子は「子規居士と余」で句の真の意味を書く。子規の死後に見たものは、子規の霊であった。虚子が月を見たのは、子規の霊が月に昇っていったからであった。散文では虚子は子規の霊を忠実に写したのである。魂の真実の姿を写生したのであった。句の本質は主観的写生であり、目に見えない霊を感じることはアニミズムである。

「凍蝶」の句について、汀子は『虚子百句』の中で「資質にアニミズム的な眼を持っていた虚子」と洞察した。また講演集『俳句と生きる』の中でも、「虚子は『天地有情』という言葉を好んで発言しましたが、『天地有情』という言葉は、図らずも『アニミズム』の日本語訳といってもよいほど、符合していることに驚きます」「アニミズムとは万物が『いのち』を持っており、感情を持っているという意味です」「虚子の客観写生は、対象が持っている『いのち』とか『感情』に触れることだったのですね」「虚子は生来アニミズム的な目を持った人でありました。さらに虚子は子供の頃から『草木がよく、ものを言う』お能の世界に親しんで成人した人なのです」「アニミズムとは世界のすべての物が、アニマ（生命、霊、感情）を持っていると感じることです。これは原始的な多神教と言ってもよいでしょう」と述べ、同意・同感する。虚子といえば写生としか論じられない研究者とは違い、汀子は虚子の俳句観の本質を洞察した優れた批評家である。

　虚子自身は「存問」について、「心感ずる処、神通ずる処。そこに俳句がある」という。「理学者博物学者が驚嘆する霊妙の神霊に融化し其形を補へ来つて詩魂をうつすものこれ我俳人のつとめとすべきところなるべし」と、虚子は二十一歳の時にすでにアニミズムと俳句の関係の本質を洞察していた。虚子は俳句と科学の共通点に言及したが、ニュートンやアインシュタインも、宇宙・自然の真理を成り立たせているのは神だとした信仰深い科学者であった。虚子の詠む「ちいさき神」「神」「造化」「詩魂」は、タイラー定義のアニミズム的存在である。

「吾等は一茎の薔薇にぢつと目をやつて、其処に我等と薔薇との間に如何なる神霊の交通があるか、自然――神――は如何なる不思議を我等に見せてくれしか。我等は精神を一所に集中して、ぢつと其薔薇とにらめつくらをしてゐることによつて文学上の新発見をすることができる」という虚子の俳句観は、「草花の一枝を枕元に置いて、それを正直に写生して居ると、造化の秘密が段々分つて来るやうな気がする」という子規の俳句観に通う。子規が長生きしていれば虚子のアニミズム的な俳句に共感するようになっていたであろう。子規のいう「造化」とは、虚子のいう「神霊」である。

虚子七十八歳の頃には、花鳥諷詠の対象である森羅万象の命は「宇宙生命の現れ」だといっていたが、虚子の俳句観は、宇宙の生命とは何かといったような宇宙の神秘を捉えていた。写生を説く虚子は一方で、造化神の謎を心に秘めていた。「造化」「宇宙」という言葉は、荘子が初めて考えた概念である。今から二千数百年前に、荘子は微分や宇宙・造化という科学的な概念を考えていた。宇宙・造化や神・霊・魂・命といった荘子の思想は、芭蕉を通じて、子規・虚子に継承された。

アニマは日本語の魂と同義であり、命の本質・根源である。魂がなくなると生物は死ぬ。魂は、人間・動物・植物といった生物に存在しているから、命の根源である。この世の万物に魂（アニマ）が存在するというアニミズムは、国の政治や経済には関係のない普遍的で本質的な宗教思想である。森羅万象に人間と同じ魂を感じるアニミズムは、俳句の本質的な思想の一つとなっている。

アニミズムを否定する俳人も、神々や霊や魂の俳句を詠む限り、アニミストである。アニミズムを否定することは古代文化の思想を否定することになる。またアニミズムを日本の天皇制と結びつける人がいるが、タイラーが創唱したアニミズムは、日本の政治体制とは無関係である。日本の憲法上の天皇制は憲法論議によって決められるべきことであって、アニミズムは東洋文化に共通の宗教的概念である。アニミズムは、この宇宙をどう捉えるかという世界中の人々に共通する認識の問題であり、日本の天皇制は日本の政治体制の問題であるから、別々の問題である。ただし、日本の「天皇」という言葉の本来の意味は、古代道教の北極星の星神であり、古代の神々はアニミズムであるから、道教神道の星神としての天皇はタイラー定義のアニミズムの思想に含まれている。

山本健吉のアニミズム観

山本健吉は「『風の又三郎』の縁」の文章で、「五千石が心に願うものの中に、およそ世界の宗教、キリスト教も仏教も日本の神も民俗神話も、すべて溶かしこんで、無意識の奥に潜むアニミズムと言ってもよい宗教の原型を感じ取ったからというのである。それは、私が『俳』とか『軽み』とか言って来たものの根底にある願いに触れるものを感じ取ったということである。それがなかったら、私は現代俳句や俳句作家にとって、何か物言う情熱がありえようか。私は龍太・澄雄以後、何人かの作家の『俳』志向に、それを感じ、見守ろうとする」とやや激しくいう。上田五千石の俳句がアニミズムに含まれると健吉は洞察する。健吉は折口信夫に学んで影響を受けていたから、その文芸評論には魂と神々の思想が濃厚に反映されている。健吉の「軽み」はアニミズムと深く関係する。

他方で芭蕉の「軽み」はタオイズム（道家思想と道教神道）に深く関係していた。
アニミズムについて健吉は、昭和四十八年、六十六歳の頃、『行きて帰る』の文章「『縁』の思想」で、「草木虫魚も、国土や火や水や空気のような無機物も、すべて生きたものとして心を通わせ、畏れかつ親しんだアニミズムの世界があった」と説明し、その背景には「草木国土悉皆成仏」の考えがあると説く。

健吉はアニミズムを柳田國男と折口信夫から学び、日本人にとって神または神々とは何かを問うことが二人の学問の中核だったという。『遊糸繚乱』の「アニミスト？」という文章で健吉は、新聞の書評委員会で文化人類学者・岩田慶治の『草木虫魚の人類学』を、「私はアニミストなんでね」といって推薦したと述べる。昭和四十八年頃、岩田慶治のアニミズムの研究に深く共感した。岩田は、教祖も経典も教団も寺院も天国も地獄もないアニミズム思想を礼讃し、アニミズムの神とは自然そのものであり、アニミズムは原始宗教ではなく高度な思想だと説く。健吉は『遊びといのち』の中で、歌は意味でも思想でもなく、その中にこもる「いのち」「魂」「生気」「スピリット」「神のようなもの」が大切だと語り、「私は自分をアニミストといっている」と述べる。詩歌関係の文章で自らをアニミストと断言したのは健吉がはじめてであろう。その後は健吉の影響を受けて、アニミストという言葉を使う俳人が出てきた。兜太も健吉のアニミズム論を理解して学んでいたと思われる。兜太は、初期の頃はアニミズムという言葉や概念を使っていない。

筆者の読み得た限りでは、アニミズムという言葉が文学者によって使われた最も古い文章は、小林秀雄が五十七歳の頃に書いた「漫画」と題するもので、ディズニーの映画『砂漠は生きている』

についての批評文である。

「野鼠は、決してミッキー・マウスのような芸当をするものではない、原始人のアニミズムの世界観に、たぶらかされている文明人の方がよっぽど滑稽である、そういう批評を読んだ事を思い出す。これは、浅薄な見解というよりも、批評的嘲笑の、極くありふれた現代風な型を示す。アニミズムは、もう過去になった世界観ではない。現在、世界中の人々の誰の中にも厳存している心理的事実である。唯物論的教養などで抹殺出来るようなものではない、というのが真相だと私は思っている」と小林は強調した。擬人的な漫画はタイラー定義のアニミズムに含まれる。擬人法はアニミズムではないという俳人がいたが、個人の主観によってアニミズムの定義は決められない。『原始文化』の定義に従うべきである。タイラーによれば擬人法はアニミズムである。アニメの漫画は擬人法であり、小林はタイラーの定義に従って擬人法を用いるアニメをアニミズムとした。

日本詩歌史を貫道するものは、記紀万葉から続くアニミズムの生命観であり、造化と四時（しいじ）と無為自然の生命観に従う老荘思想（タオイズム）の生命思想に共通していた。

アニミズムの思想は、日本や中国の政治体制や権力とは無関係であり、体制におもねる思想ではなく、東洋では荘子のいう「万物斉同（平等）」の精神と等しかった。森羅万象の自然・宇宙に命と魂を感じられなくなった時に詩歌文学の歴史は終わると、小林と健吉は一生を通じて考えていたようだ。山・川・海・雷・動植物・星・太陽等に、神々・生命・魂を感じることが文化・文学のエッセンスであったが、それを否定した唯物論・無神論に対して、小林と健吉は生涯、文芸評論を通じて戦い、高く評価されている。

梅原猛のアニミズム観

梅原猛は「日本文化の原理」を五十年間かけて考え続け、それを「草木国土悉皆成仏」だと結論した。以下、梅原説を紹介したい。

「草木国土悉皆成仏」とは天台本覚思想の言葉であり、最澄が創始した天台宗の思想であった。すべての人間・生物には仏になり得る性質があり、誰もが救われるという思想である。空海が創始した真言宗にも、一木一草のなかに大日如来が宿り、草木も仏性を持ち成仏できるという思想がある。天台宗と真言宗が合体したものが、天台密教の「草木国土悉皆成仏」の思想であり、これが鎌倉仏教の浄土教・禅・法華宗に共通となり、日本仏教の根本思想となった。インド哲学では、植物と無機物は命を持たず、「無情」とされる。「草木国土悉皆成仏」は中国の天台宗の思想であるが、老荘思想の学者・福永光司によると、それは荘子の影響を受けていた。この思想は日本仏教の中心思想となったが、日本の神道の思想と共通点がある。短歌・俳諧・俳句・能といった日本文芸も、「草木国土悉皆成仏」の思想で説明ができ、この日本独特の思想はすでに縄文文化の中に見られると梅原はいう。

仏教学者・鈴木大拙の『禅と日本文化』については、禅で日本文化の全体を説明しようとしたが、とても説明できていないと梅原は批判する。例えば、能の『山姥』に出てくる山の妖怪や山の精を禅で説明することはできない。鈴木大拙の著作の影響によって、日本文化への禅の影響を信じる人が多いが、その考えは狭く、一面的である。日本文化・文学には、禅よりもむしろ神と霊の存在を信じるアニミズムの影響が大きいと梅原は説く。あらゆるものに霊が宿り、神がいたるところにいて、いたるところに自然が命を持って生きているという思想は、アニミズムである。狩猟採集時代の世界共通の文化であり、タイラーが述べた原始社会の宗教としてのアニミズム説と日本の神道に違いはない。禅は魂と神々について全く語らない。一生、壁に向かって坐禅を続けることが禅の本質であった。不立文字が禅の思想であり、言葉では説明をしない大乗仏教であった。言葉で一切語れないから、人は禅を言葉では理解できないのである。釈迦は民衆に言葉で仏教を説いたから、禅とは異なっていた。達磨のように坐禅をしないと禅は悟れないのだから、坐禅をしないで禅を語る学者は禅を理解していないようだ。

　梅原は生きとし生けるものすべてと共存する哲学が、人類の哲学の根本になければならないとし、その人類哲学が「草木国土悉皆成仏」の思想であるとする。例えば世阿弥は、能『楽天』の中に登場する住吉明神に、日本では人間ばかりか鶯や蛙も歌を詠むといわせている。

　日本では古来より太陽神の天照大御神と稲作農業の神の豊受大御神が伊勢神宮に祀られ、日本の仏教でもっとも位が高いのは密教の曼荼羅の中心にいる大日如来であり、太陽の仏と水の仏と稲作農業の仏である観音が厚く信仰されている。「草木国土悉皆成仏」の思想は縄文時代以来の思想であり、太陽と水の神仏の崇拝は弥生時代以降の信仰である。詩人の宮沢賢治と江戸時代の画家の伊藤若冲は、「草木国土悉皆成仏」の思想を持ち、若冲には「花鳥草虫各霊有り」という言葉があると梅原は指摘する。大乗仏教的仏性と神道的霊性には同質性がある。「花鳥草虫」に「各霊有り」と、タイラーのアニミズム説と同じことを、タイラー以前に江戸時代の画家が述べていた。

愛欲否定の釈迦仏教は日本人に受け入れられず、崇拝されたのは釈迦その人ではなく、自然神としての「大日」という太陽を神格化したものであった。そのため日本の僧侶は釈迦の教えに反して、妻子を持ち、肉を食べ、酒を飲み、俗人と変わらない生活をする。日本の大乗仏教の思想は釈迦仏教とは全く異なる思想であった。同じ仏教という言葉を使用するのがおかしいほど異なった思想であると梅原は断言する。

ヒンドゥー教と神道は多神教という点で共通していて、大乗仏教は土着の思想である中国の道教、韓国のシャーマニズム、日本の神道という自然崇拝のアニミズムと結びついたため、日本の仏教はアニミズムになった。

曹洞宗の開祖・道元の禅は、日本化した仏教であり、山川草木と一体になって仏になり、身心脱落によって身体が溶けて宇宙と一体になる思想であった。これは荘子のタオイズムとタイラーのアニミズムの考えに一致する。梅原の八十五歳の時の著作『日本の伝統とは何か』では、神仏習合について、能の中にその思想が展開されているという。能では「草木国土悉皆成仏」という思想が語られる。謡曲『鵺（ぬえ）』では幼獣・鵺が怨霊として鎮魂対象となり、謡曲『芭蕉』は、植物の芭蕉の精が若い女性に化けて僧を訪ね、草木はあるがままで悟りの状態であるという、僧が語る本覚思想に感動する話である。

荘子の「万物斉同」とアニミズム

梅原猛の思想の根本をなす「草木国土悉皆成仏」の思想について補足したい。

福永光司は『中国の哲学・宗教・芸術』の中で、『涅槃経』の「一切衆生、悉有仏性」と、中国仏教の天台学における「草木国土、悉皆成仏」という思想は、荘子の思想に基づくと文献によって証明した。「衆生」とは「生きとし生けるもの」という意味であり、一切の生物、意識を持った存在という意味である。インド仏教・哲学では、「衆生」に植物や無機物は含まず動物だけであったのが、中国の天台教学において、情なきもの・無情の存在にも仏性があるとして、土塀や瓦石のような物も仏性を持つと説かれた。

「天台」とはもともと道教の言葉で天上の神仙世界を意味し、天台宗にはタオイズムが影響した。無情の物も仏性を持つという考えは、荘子の「道は在らざるところなし」という思想に基づいていた。「道はどこにありや」という問いに、道はけら虫にあり、道はひえ草にあり、道は瓦壁にあり、道は屎尿（大便小便）の中にあり、と荘子は答える。禅には屎尿をはじめ荘子の言葉が多く使われている。大乗仏教を中国で広めるために老荘思想が使われたのである。

「道」という、生命の根源は草木や土石にあるという荘子の思想が中国仏教に影響して日本に渡来した。神道・茶道・華道・歌道・連歌道・俳諧道・柔道・剣道にいう「道」は、老子・荘子の道家思想（タオイズム）に基づく。福永によれば、荘子にはアニミズムの思想があり、それが大乗仏教に影響していた。一方、梅原によれば、縄文の思想にもアニミズムがあり、大乗仏教に取り込まれたアニミズムと共通している。つまり、縄文文化、弥生文化、道家・道教思想、大乗仏教、日本の神道に共通する精神文化の本質は、アニミズムすなわち「草木国土悉皆成仏」だということになる。東洋の道教神道・大乗仏教・儒教・ヒンドゥー教に共通する普遍的な考えはアニミズムであるとタイラーは説いた。

石器時代の文化・宗教、縄文時代の文化・宗教、弥生時代の多数の移民と農業・鉱業等の産業の渡来に基づいた文化と宗教、その後の高度に近代化した隋・唐の道教・儒教・仏教に基づいた文化と宗教の渡来が、重層的・多層的に日本文化の精神を構成した。何か一つの文化だけをもって日本の文化・宗教・思想を代表させることは出来ない。そのような文化史の中で、初期の縄文文化は文字が何も残っていないため文献的に遡ることはできず、縄文文化と現在までの日本文化を関係付けることは難しい。文献的には、記紀万葉以来の日本文化・日本文学のほとんどの思想は古代中国に遡ることが出来る。荘子的アニミズムは宗教の対立を超えて共通する。大乗仏教・儒教・道教神道・縄文文化・弥生文化等々の日本文化の諸層に共通する生命観が、短歌・連歌・俳諧・俳句に影響したといっても過言ではない。

日本人は二つの種族、弥生人と縄文人から成り立つ。弥生人の渡来は紀元前三世紀から一世紀で、その後七世紀までの間にアジア大陸、特に朝鮮半島から多くの人が渡来した。自然人類学者・埴原和郎編の『日本人の起源』における骨の研究によれば、縄文時代から弥生時代・古墳時代にかけて多数の渡来者があり、日本人口が急激に増加した。遺伝子の分析からも日本人全体の八割が渡来系であることがわかるという。縄文人の割合は二割から三割と推定される。その縄文人もルーツは日本原産ではなく、大陸からの渡来人である。縄文文化もアジア大陸の文化の影響を受けている。日本人はルーツを遡れば、アジア大陸からの渡来人なのである。

宮坂静生のアニミズム観

現在、アニミズムに深い関心を持っている俳人の一人は宮坂静生であり、『沈黙から立ち上がったことば』から、アニミズムに触れた言葉を引用したい。

「虚子先生が追求してきたのは俳句の枠を広げることです。これは自然や宇宙を考えますから、行きつくところはアニミズム、全てのものに霊魂があるという大きな考え方です。近年同じようなことを言っているのは金子兜太さんです。金子兜太さんは、虚子先生のアニミズムは植物的アニミズムで、自分は動物的アニミズムだと言っています」

すでに述べたように、虚子・汀子・兜太に共通する精神は、万物に命の根源としての魂と神々を感じる心である。アニミズムは古代の民族に共通する普遍的な宗教観であったが、現代の俳句観にも通じる精神である。

宮坂は大学の卒業論文に「蕉風俳諧発想法序説――荘子との関わり」を書いたという。本書で述べたように、荘子はタイラーのアニミズム説に通う万物斉同の精神を二千数百年前にすでに述べていた。宮坂もまた、万物の生命の根源としての道（タオ）を説く荘子を研究したことがアニミズムへの関心に結びついたのではないか。虚子の俳句の道と富安風生の生き方について、宮坂は「それを合わせて大きく包んでいるのは、すべてのものを大らかに愛するという大愛の心です。老子や荘子といった東洋の聖人たちがかつて考えたような大きな心です」といい、同意する。兜太句のアニミズムについて「造型俳句というのはある意味で方法論です。方法論というのはどんなに精緻でも限界がある。けれども、自分も含めて人間全身、自然にぶつけなければ、アニミズムという考え方はできない」と強調する。

すでに述べたように、多くの俳句論は方法論であるが、方法論には絶対性・普遍性はなく、俳人の主観によって異なる。兜太の造型論も主観的創造性に依拠しているから、論を論として理解しても兜太と同じようには句作できない。俳人の表層的な違いだけを見る批評家と、俳人に共通の普遍的な真理を見る批評家がいる。表層的な違いとは政治観・社会観の違いであるが、共通するものは俳句観の違いを超えた普遍的な自然観・宗教観である。アニミズムは俳句の内容の問題であり、俳人の心と精神について触れているため、汎用性と普遍性がある。宮坂がいうようにアニミズムは森羅万象の生命を愛することにつながり、俳句論を超えた考えである。

新興俳句俳人たちの伝統的アニミズム

新興俳句に関係した俳人は、戦争俳句や治安維持法違反の嫌疑で検挙・投獄された事件の面からのみ語られ、伝統的精神としてのアニミズムの句を詠んでいたことは無視されてきた。

月光におのれの魂と死をかたる　渡辺白泉
魂迎ひそかに待てる魂ありて　西東三鬼
千羽鶴青蓬萊の夢を見し　平畑静塔
虹は神の弓なり我等手にとり難く　細谷源二

これらは投獄された俳人が詠んだアニミズムの句である。純粋に魂と神々の世界を詠んだ俳人がアニミストであることは今までほとんど語られてこなかった。

白泉は自らの魂と来るべき死について考えていた。月に魅せられることは死を思わせる。魂は生命の根源であるがゆえに、魂が体から離れると死に至ると古代から思われている。三鬼は魂迎をする人の魂を思う。魂の存在を思わなければ詠めない句である。死後に魂がこの世に戻る盆の風習は、大乗仏教に中国の道教神道が影響したもので、祖霊信仰の一つの姿である。釈迦は死後の魂や葬式を否定していた。魂や霊、鎮魂といった考えはもともと老荘思想や道教神道の概念である。

静塔は鶴が蓬萊の国に飛び立つ夢を見ることを想像する。人の魂が死後に鶴に乗って蓬萊の世界に飛ぶとは、紀元前の古代中国の道教神道の信仰である。源二は虹を神の弓と喩えるが、虹という自然現象の不思議を思うと神が心に表れる。

これらの俳人にアニミズムの句があることは驚くことではないが、彼らは魂や神々の存在と俳句の関係についてはあまり語っていない。静塔は晩年、アニミズムの俳句を多く詠んだことは拙著『ライバル俳句史』で述べた。新興俳句と括られた俳人たちが魂と神々を否定した唯物論者や共産主義者でなかったことは、信仰の面から見て明瞭である。

火の神を拝んできたる山の神　高屋窓秋
たましひのまはりの山の蒼さかな　三橋敏雄
この宵の月や祈禱（いのり）に似たる月　富澤赤黄男
浜木綿に佇ちて入り日を拝みけり　篠原鳳作
田の中の神にこぼれし落穂かな　芝　不器男
桃史紫雲英野に神をまぶしみ疑はず　片山桃史
草城神々もかかる姿にましましき　日野草城

これらの俳人は新興俳句事件で検挙されなかったけれども、新興俳句的な世界で俳句を詠んでいた人たちである。新興俳句であれ何であれ、突き詰めれば日本人は万物の生命の根源としての魂と神々の存在を思わざるを得ない。伝統俳句、新興俳句、社会性俳句、前衛俳句にかかわらず、多くの俳人は、魂と神々の存在を思うアニミストである。魂と神々の存在は目に見えないが、祈り・祈禱として見える形となる。彼らの祈りは虚子や子規の祈りと違いはない。祈りを捧げるのは俳人が生まれながら持っている魂である。窓秋は山の神と火の神を思う。神のルーツの一つに火山に対する恐怖があり、噴火は神の怒りであると古代人は考えた。敏雄は山の蒼さに囲まれた自らの詩的魂を思う。赤黄男は月に祈る。「似たる」とぼかしているが、祈りを捧げるのは赤黄男の魂であり、月は月神である。不器男は、田の神がこぼした落穂を思う。桃史は紫雲英野の中で神を思い、神の存在を疑わない。草城は、どのような神か俳句からはわからないが、神々の姿を想像する。草城は新興宗教を深く信じていた。

アニミズムは体系的な俳句論でそれまで語ることができなかったから、俳句論として論じたのは山本健吉がはじめてであろう。俳人は、魂と神々の存在を肯定するか否定するかのどちらかである。目に見える物の写生は誰にでも容易であるが、目に見えない魂や神々の存在を描写することは容易でない。描写する以前に、それらの存在を信じていなければ心に見えないからである。新興俳句であれ伝統俳句であれ、優れた俳人は魂と神々の存在を描写できたのである。

アニミズムの創唱者、エドワード・タイラーの『原始文化』

唯物論者や共産主義者はアニミズムにおける魂の存在やキリスト教におけるゴッドの存在を否定したが、同じように魂の存在を胡散臭いと考える俳人・批評家がいる。アニミズムを理解し共感できない俳人は、多くの人に共感される優れた俳句を詠めないだろう。アニミズムを理解し共感できない批評家は、公正・公平な俳句評論ができないだろう。共感・同感という心と心の親近性は、万物の生命の根源に魂や神々といった目に見えないものが存在するという万物斉同の精神からやってくる。

アニミズムの学問的概念を創唱したタイラーは、神と魂の信仰を考えていたから、神の存在、魂の存在を疑う人は、アニミズムの俳句を疑うようだ。無神論者・唯物論者・共産主義者はアニミズムを否定する。紀元前の古代中国にも魂を否定する考えがあり、「無鬼論」と呼ばれた。有魂論は「有鬼論」と呼ばれた。科学でわからない世界は、信じるか信じないかのどちらかである。一人の人間の心の中でも魂や神の存在に対しては肯定・否定の二面的な考えが共存する。理性・知性においては、神と魂の存在は証明されないと哲学者のカントは『純粋理性批判』で論じていて、神と魂の存在を疑う俳人もいる。神と魂の存在は霊性の信仰によって支えられている。科学的論理として証明されるものではなく、古代から人間が心の中で信じてきたものである。

『原始文化』でタイラーが創唱したアニミズムの定義を誤解した発言に最近出会った。中沢新一は『俳句の海に潜る』の中で、高濱虚子の句〈凍蝶の己が魂追うて飛ぶ〉は「近代的なアニミズム」であり「私としては面白くない」と述べた。魂の定義は時代を貫くもので、近代も古代もなく、中沢が主観的好みで「面白くない」といっても正確にはタイラーの定義に従わざるを得ない。

身体から離れた魂の存在があるとすることは、すでに荘子の時代から語られた伝統的・古代的な思想である。魂は物体・肉体とは別だとする二元論であろうと、魂と物体・肉体が同一であるという中沢の一元論であろうと、魂の存在を詠むことをアニミズムだと定義しないと混乱する。古代日本や古代中国でも物や肉体から遊離した魂の存在が信じられていたから、古代から魂と物の二元論は存在していた。魂が物体・肉体と同じだとする一元論なら、魂という概念は不要である。一元論は唯物論に近い。古代の霊魂観は渾沌として多様で、中沢のように論理的一元説ではわりきれない。

中沢の魂説は、「気」が凝り様々な物に化すというタオイズムの考えに近い。ただ、タイラーは人の魂が狼や蛇に化身する転生をアニミズムと定義していたから、中沢説をも包摂していた。古代の霊魂・神々についての考え方は、一元論的か二元論的か明瞭ではない。理性によれば魂の存在は証明できない。理性では魂の存在が証明できないことが真理であれば、魂と肉体が異なるという二元論も、魂と肉体が同じだという一元論も、どちらも真理でなくなる。宗教と文学においてのみ魂の存在があるかのように表現されている。魂の存在を疑うならば、魂という言葉は詩歌で使えない。したがって虚子の句はタイラー定義のアニミズムである。

また、ある俳人は「アニミズムに一番遠い」のは鷹羽狩行であると断言したが、〈すれちがひ魂かとおもふ高野の蛾〉〈雪渓の大破は神の意のままに〉等、狩行の魂と神の句はタイラー創唱のアニミズムの句だから、その俳人も誤解していた。神・霊・魂を詠む詩歌はアニミズムであると説く『原始文化』を読む人は少なく、アニミズムを勝手に解釈する人が多い。

神にませばまこと美はし那智の滝　　虚子

タイラーによれば、川・海・滝の水を神と信じることはアニミズムである。滝に魂があると思うというよりは、むしろ滝そのものが神であると思うことが古代のアニミズムである。生命の根源に魂の存在を思うことは哲学的な認識であるが、古代のアニミズムは滝や狼を神と思い、崇め、祀り、祈りを捧げていた。アニミズムは実践・行為を伴う。極論すればアニミズムとは祈りを捧げることである。自然に魂を感じ、自然を神と思うことは、自然に祈りを捧げることである。日神や月神に祈りを捧げることがアニミズムの本質であり、祈禱の儀式を伴う。人は自らの生命のため、他人の生命のために祈る。人は何か不可知な神的なものに祈らざるをえない。自然に神を思うのはアニミズムであるが、神々に祈るのは人の魂である。祈りは世界中の宗教と文学に共通する普遍的な営為である。祈ってもその実効力はないけれども、人は祈らざるをえないことが多い。アニミズムの本質は、人間・動植物の生命を大切に思うだけでなく、無機物を含む宇宙すべての存在物を大切に思う心である。

以下、タイラーの『原始文化』から日本文化・文学に関係している文章を引用したい。

「アニミズムとは、魂と一般にいう他の霊的存在者とに関する教義である」「霊的存在者を一般に信ずること」「魂が生命の機能を起す」「アニミズムという用語は、魂の教義という狭い意味に解しない。アニミズムとは、広くいうて霊の教義を示し、魂・魔・神々・霊的存在を含み、魂という概念がこの種類の本原である」

以上はアニミズムの基本的な定義である。霊的存在者としての魂の信仰である。

「生気説は、二大教義に分れ、一は、死後も連続して生存する個々の生物の霊魂に関し、二は、有力な神々の階級へと向かう諸霊に関している」「生気説は十分に発達すると、霊魂・来世を信じ、支配する神々・従属する諸霊を信じ、これら教義が実際には崇拝を生ずる」「魂とは、人を生かし、人から離れ、人に残存する実体であり、個人の存在を運ぶものである。魂に関する説は宗教哲学体系の主要部であって、未開時代の呪物崇拝者と文明時代のキリスト教徒との間を繋ぐ、破れない連鎖である」「祈禱は、魂の言葉か、言葉なき真面目な願望である」「国家的宗教の場合でも、祈禱の多くは、未開種族の宗教と相通ずるものが、少なくない」

アニミズム（生気説）は多くの複雑な概念を含み、ほとんどの宗教の基本をなす。死後の霊魂、神々に成る霊魂も含んでいる。アニミズムの理論が信仰、その実際が崇拝という。アニミズムの本質は、命の祈りである。日本人が寺社・自然の前で祈る行為はアニミズムの本質である。タイラーの間違いは、アニミズムは最後にはキリスト教のような一神教になるとしたことである。

「世界の文明がたどる途上に、『残存』という種類の事実がある」「古代の真面目な信仰が、童話に残っているかも知れない」「小鳥がわたしに話した、と何げなくいう言葉は、鳥や獣に言葉があるという古代信仰を知らずしては、説明できない」「神話は、人と自然との無限な類比から生じ、神話はすべての詩の魂である」「自然界の生命と人の生命との間の深い類似は、詩人と哲学者とが多年のあいだ考えたところ」「獣・鳥・蛇に魂が存することは、人に魂があるのと異ならない」「動物の魂が、人間の中に輪廻転生すると信ぜられるから、動物が人類の祖先であったり、友であった」
「植物の魂が動物の魂と同視される」「人と動物とに魂があるだけでなく、無生物にも魂があると信じている」

動植物が人間と同じように話し、行動するという童話・詩歌文学にはアニミズムが残存しているとタイラーはいう。人が狼になるという俗信は、人の魂が身体より脱け出て、獣や鳥の中に入るという生気説と一致し、人が動物に転生するという考えと一致する。人の魂が動物に化身するのはアニミズムである。神話・童話・漫画には擬人法というアニミズムが見られる。

「星卜は、人類を多く迷わしたが、わりに近代まで重んぜられ、哲学の一部門として残存し、神秘学において最高の位地を主張していた。星卜は、天体に魂があり、あるいは天体を生かす理知があると考え、未開生活に深く根を下している」と、現代人も関心がある星占いにはアニミズムが働いているとタイラーはいう。

「死者との交通は、宗教であって、中国の死霊崇拝者は、この古代の信条に同感している」「人の霊は人の心であって、これは死後も全き人の形態をして生存し、この霊は、ここかしこへ移動する」「中国人は、神意を伺おうとする時、専門の霊媒を迎える。神像の前に、燭台を建て香を焚き、茶や擬銭を供える」「天と地とを父と母と見なす伝説は広く行われる」「地を母とする考え方は、天を父とする方よりも、単純また明白であって、もっと広く行われている」

「人が病気に罹るのは、霊がとり憑いたからであるという信仰」「神話を信ずる人々は、日・月・星が人格的生存者であると考え、これらを崇拝して、祈禱を捧げるようになる」「供物の目的は、その物の霊を来世へと赴かせんがため」「肉体と魂との結合を破るものは、死である。葬式が行われない死霊は、特に怨霊になって歩きまわる」「死霊が神聖な祖霊として廟に住む」「死霊が食物を食す」「魂は食物の発散する気や香気、あるいはその精か霊を食す」「仏教の涅槃にも、おのおの来世信仰を見出すことができる」「中国では、祖先崇拝が主要な宗教である」「聖なる祖霊が動物に化身して崇拝される例は、死霊崇拝と動物崇拝と祖先崇拝との間の連結を形成している」「中国では、天を上帝と称し、その下に自然神や祖霊を位させた」

タイラーの述べる多くのアニミズムの定義と例を読むと、釈迦仏教以外の宗教、つまり大乗仏教・道教神道・日本の神道もアニミズムだから、無神論者・無魂論者でない限り、日本人の多くは、すでにアニミストである。虚子や兜太だけがアニミストではなく、俳人・歌人の多くはアニミストであるため、誰々がアニミストだということは無意味である。無神論者・無魂論者の俳人を探すことのほうが難しい。墓に手を合わせる人はアニミストである。墓に眠る人の魂をどこかで信じているのである。神社や寺院や教会や墓が不要であると思う人だけが非アニミストである。

動物が好き、植物が好き、花が好き、自然が好きと思うことは、森羅万象に人間の命と同じ命を感じ、命の根源としての共通の魂の存在を無意識に感じているということである。自然が好きということは、平和を愛することである。自然を愛することが出来ず、花鳥風月に心がひかれない俳人は、平和を愛することが出来ない人である。戦争反対は平和を愛するがゆえである。戦争が終われば平和がやってくる。戦争の後の平和な時代の、花鳥風月の森羅万象を愛することが俳句の本来の目的である。

「万物斉同」と荘子が説くように、万物は平等で、共通した魂があり、生命の根源としての魂の存在を無意識に思っているからこそ動植物の生命を愛し、日・月・星に祈りを捧げるのであろう。自然を愛することは、自然の命を愛することであり、命の根源としての魂を愛することである。愛することの本質は、魂が自然や人間を愛することである。魂が他者や自然と精神的に一体となることが愛するということである。自然を愛することが戦争を嫌うということである。花鳥風月を詠むことと戦争反対とは矛盾しない。

小林秀雄の俳句観

――反第二芸術論・自然と伝統・写生と伝神

小林秀雄は批評の神様と呼ばれた評論家である。日本文学史において、柿本人麻呂は歌聖、和歌の神と呼ばれ、松尾芭蕉は俳聖、俳諧の霊神と呼ばれ、人麻呂と芭蕉は神社に祀られている。日本では優れた人・物を神とする文化がある。小説家・坂口安吾は「教祖の文学」の文章で、やや皮肉をこめて小林を教祖と呼んだ。昭和二十四年の座談会では、当時六十歳の劇作家で俳人の久保田万太郎が、十三歳下の四十七歳の小林に向かって、「小林秀雄が、いかにして教祖なりしか」という座談会をしようと話しかけているから、小林が四十代後半で優れた小説家たちに教祖扱いされていたことがわかる。

小林はなぜ「批評の神」と呼ばれたのか、また「批評の神」はいかなる俳句観を持っていたのか。小林の死後は文学の純粋な評論家はいないといわれ、山本健吉の死後は詩歌俳句の純粋な評論家はいないとされてきた。二人は評論活動だけで文化勲章を受章した。健吉は小林の評論を読んで、一生の仕事として評論家になる価値があると思い、生涯小林を尊敬した。実作者でなく、評論だけで文化勲章を受章した人は死後批判されることがあるが、二人の全集を繰り返し読めば、実作者でも書けないような文学観・文化観を洞察していたことがわかる。今は評論家がいない、評論がないといわれているが、小林と健吉は、記紀万葉からの日本文化の伝統を深く理解した上で近代・現代文学を論じることができた稀有な評論家である。短歌・俳句を深く理解した評論家であった。

小林秀雄は、明治三十五年（一九〇二）、現在の東京都千代田区に生まれ、昭和五十八年（一九八三）に八十歳で没した。二十七歳の時に「様々なる意匠」が「改造」懸賞評論の二席に入選し、翌年から「文芸時評」を「文藝春秋」に発表、批評家としてのキャリアを開始した。四十八歳で『小林秀雄全集』により日本芸術院賞、五十七歳で日本芸術院会員、六十一歳で文化功労者、昭和四十二年、六十五歳の若さで文化勲章を受章した。

小林は文学者の中ではとりわけ科学に関心を持った評論家であり、湯川秀樹とは物理学を、岡潔とは数学について対談をしている。科学・数学を学ぶことによって神と魂の存在と信仰についての思想を深めている。科学でわかることとわからないことを湯川秀樹と話すことは、小林以外の文学者には不可能なことであろう。小林の父はレコードのダイヤモンドの針を発明した人とされるから、科学への理解は父譲りであろうか。母は神道系の教団の信者であり、小林も母の存命中は同じ信仰を持っていたという。

小林を生前も死後も非難する文学者は多いが、小林はすでにそういう人たちよりも深い洞察力を持っていた。また小林の文章を引用する人も多いが、必ずしも正確な理解がされていない。

小林は俳句についてのまとまった評論は残していないが、俳句には関心を持っていた。桑原武夫の「第二芸術」論についての小林の意見は前章で紹介した。桑原と対談して桑原説に反論できたのは小林だけであった。五十歳の時の文章「雑談」で、俳句について語っている。

「俳句とか短歌などを作る人が多くいる。そして絶えない。ああいう形式は実に古くて、今の生活感情をうたうのには適さないことは、わかりきっている。多くの人がそれを指摘してもいるのだが、決して絶えない。それには楽しみがあるからでしょう。幸福があるからでしょう。どんなまずい短歌でも俳句でも、それを作るというのは嬉しいことなのである」「短歌も俳句も、だいたい自然を相手にしている。自然というものが、一番大きなテーマになっている。自然というものは変らない。自然を見ることは心を鎮める。だから、短歌や俳句をつくる人が絶えないのである。変らぬ喜びがそこにあるからだと思う」

小林は一般的な俳人・歌人の態度に共感している。短い文章であるが、本質をついている。句歌が自然をテーマにしているから伝統となりえているという。さらに、文学も芸術も、昔は楽しいものであったが、十九世紀からは状況が違ってきて、楽しいものではなくなってきたという。「人生とはどういうものだろう、どういうふうに人生を生きたらよいか、どういう所に人生の意義を求めたらよいか」といった、まじめで苦しい意識的な仕事に変化したと述べる。近代の文学・芸術は、「変らぬ自然を相手にせず、刻々に変って行く人間を追う傾向」が強くなったとする。そして現代の小説には人間と自然との応和がないと批判する。小林は文学の近代性について共感できなかったため、戦後は、現代小説について論じることはほとんどなく、「西行」や「実朝」といった古典に向かい、『本居宣長』の世界に深く入っていった。小林は世界中の文学・哲学・宗教を研究し尽くした後に『本居宣長』に到達した。短歌・俳句の背景に貫道する日本文化・日本文学の精神をはっきりと洞察した思想の書である。本居宣長が信じた神々の世界を小林も信じていたことを理解せずに、小林の言葉を引用しても意味がない。小林の本質的な思想は、初期の文章にではなく『本居宣長』にある。

小林は日本人にとっての神々を一生かかって説き続けたがゆえに、批評の神様と呼ばれたのである。自然そのものが神々であること、太陽がアマテラスオオミカミそのものであることが信じられない読者は、小林の全集を読んでも小林の思想が分からない。太陽がなければ地球上の生命は死ぬ。人間の生命があるのは太陽の光のエネルギーのおかげである。命の根源が光であることが、太陽を神と信じることとの本質である。

小林は、河上徹太郎と今日出海との鼎談で、文芸雑誌から短歌や俳句、詩が消えたのは昭和初年であり、左翼が文壇に入った時と同じ時期だと発見していた。「短歌、俳句はどこへ行ったのか、ちゃんとジャーナリズムを黙殺して生活しているんだよ」という。社会的な唯物史観や唯物論が文学の場に登場して以来、文芸雑誌から俳句・短歌の記事が消えたといい、ジャーナリズムは左翼的であり、俳人はそれを無視していたと述べる。ジャーナリズムは今でも社会性を求め、伝統性に批判的であり、不易を忘れ、新しく見える流行だけを求めがちである。小林は政治嫌い、政治家嫌いで有名であった。

四十七歳の時の「私の人生観」には、写生についての文章がある。

「正岡子規の万葉復興運動以来、西行より実朝の方が、余程評判がよろしい歌人となった様ですが、貫道するところは一つなのだ。子規の感動したのは、万葉歌人の現実尊重であり、子規は写生と言う言葉を好んで使った。斎藤茂吉氏の『短歌写生の説』によると、子規は、写生の真意は直覚していたが、写生という言葉は、ごく無造作に使っていた。写生とはsketchという意味ではない、生を写す、神を伝えるという意味だ」「斎藤氏は写生を説いて実相観入という様な言葉を使っている」

「西行」論を書いた小林は、子規には必ずしも全面的に同意できず、西行と実朝に「貫道」するものは同じだと考えた。また小林は、子規は自ら主張した写生という言葉を無造作に使っていたと批判した茂吉に同意する。茂吉が実相観入といった写生の定義として、生命を写し、神的なものを写す「写神」であるとした意見にも同意する。小林は自然の中に造化の神があることや、神々を信じることの大切さを死ぬまで論じ続けた。

五十九歳の時の文章「忠臣蔵」で元禄文化について触れている。

「文芸の世界では、近松、西鶴、芭蕉の三人が、この時代に現れて了うと、極端に言えば、後はもう何にもない」「近松の詠歎にも、西鶴の観察にも、自分の活力の限りを尽して進み、もはやこれまで、といった性質があり、これは、円熟完成というより、徹底性の魅力である」

元禄は徳川文化の頂点を示したが、頂点には頂点の危うさがあり、後世の人はそろりそろりとその頂点から下ってみせただけだという。小林はいつも一流の文学者だけを相手にした。芭蕉を高く評価して、芭蕉の句と文章をよく読み理解していた。

『近代絵画』の「モネ」の章でも芭蕉に触れる。

「あらゆる生物は、太陽の光のエネルギーなしには生きられぬ。葉緑粒は、太陽エネルギーの生物への入口であって、若し、葉緑粒の分子のなかで鳴っている不思議な音楽が止んだら、太陽は、沙漠や魚もいない海の上を照るだけであろう。まことに芭蕉が歌った通り、『青葉若葉の日の光』には美しい以上のものがある」「どんな芸術も、根本では、自然に順応し、自然を模倣するより他はないのである」

芭蕉の句、〈あらたうと青葉若葉の日の光〉の句に表れた光の働きによる美しい生命を称賛した。小林は、最先端の科学をいつも学び、文芸評論の中で論じることが出来た稀有な思想家である。写生を論じても自然の奥にある造化の働きを見つめていた。自然を大切に思い、造化随順において、芭蕉や荘子の精神に通っていた。科学は自然にさからえないように、文学もまた自然・造化にさからえない。

「青山君の句稿」と題する文章で、生涯で一回限りの序文を書いた遺句集『青山義高句集』についての随筆がある。「舌を鳴らして一句、『あれはああいふおもむきのもの海鼠（なまこ）かな』。これは駄句と言えない。つづいて『二日月河豚（ふぐ）啖（くら）はんと急ぐなり』『来る妓（をんな）皆河豚に似てたのもしく』。やがて辞世めいたものが現れる。『木枯は高鳴り人の骨あつし』、焼かれた彼の肋（あばら）を思えば、私には、月並み調とは言い難い」とユニークな俳句論を語る。岡潔との対談でも青山の句に関して発言する。「私は俳句というものを少し考えちゃったのですよ。芭蕉とかなんとかいったって、おもしろいということになると、このほうが駄句だけれど、私にはおもしろいのですよ」「結局そういう俳句がおもしろいというのはおれだけだ。その人間を知っていますからね」「芭蕉という人を、もしも知っていたら、どんなにおもしろいかと思うのだ。あの弟子たちはさぞよくわかったでしょうな」「名句というものは、そこのところに、芭蕉に附き合った人だけにわかっている何か微妙なものがあるのじゃないかと私は思うのです」という小林に対して、芭蕉を尊敬していた岡潔は「なるほど。そうですね」「わかります。いやいや、おもしろいですな」と答える。

俳句は背景に関係なく、詠まれた十七音だけで理解すべきだという人がいるが、短いだけに、その作者を知り、詠まれた句の背景を知っていると理解が深まることは否定できない。芭蕉句の本質的な理解は、『おくのほそ道』の文章や門弟の散文に支えられてきた。散文なくして韻文を理解することは難しい。これが批評・評論の必要性である。

小林は評論家であったから、俳句評論にも通じる批評精神を語っていた。小林は、批評とは何かについての文章を多く書いている。評論・批評としての理想を語ることは、俳句や俳句論の批評に通じる。

「分析し説明し判断する、直観し感動し創造する、この二つの精神の方向を結んで、強力な批評表現を実現する大才は今日ない」「文学の無くならない限り、批評精神中のこれらの対立は無くなる時はない」

分析・説明・判断という知性・理性の働きによる文章と、直観・感動・創造という感性・霊性・生命性の働きによる文章の、二つの働きを批評は必要とすると強調する。批評は、困難な道である。小林は、あまりにも本質的な批評でない時評が多すぎることを非難していた。理性・知性と感性・霊性の二つの働きをもって作品批評ができる人がいないという。「ある対象を批判するとは、それを正しく評価する事であり、正しく評価するとは、その在るがままの性質を、積極的に肯定する事であり、そのためには、対象の他のものとは違う特質を明瞭化しなければならず、また、そのためには、分析あるいは限定という手段は必至のものだ。カントの批判は、そういう働きをしている」と洞察する。

対して、俳壇での批評とは自説と自己の好みに基づいて対象作品を批判・非難することだと誤解されている。また盲目的で表層的な仲間褒めが多い。批評精神は批判精神ではないと小林は断言した。批評は勿論、単なる評伝や紹介文や書評や時評ではない。対象の作品をカントのように理性で分析・理解した上で、虚心に正しく評価するという批評は難しい。現在の文壇や俳壇でも、非難・批判あるいは伝記・評伝が批評だと思われがちである。

「批評文を書いた経験のある人たちならだれでも、悪口を言う退屈を、非難否定の働きの非生産性を、よく承知しているはずなのだ。承知していながら、一向やめないのは、自分の主張というものがあるからだろう」「そこに、批評的作品が現れ、批評的生産が行われるのは、主張の断念という果敢な精神の活動によるのである」「批評は、非難でも主張でもないが、また決して学問でも研究でもないだろう。それは、むしろ生活的教養に属するものだ」

小林は繰り返し評論の本質について書く。評論とは研究者・学者による調査・研究ではなく、まして批判・非難ではなく、優れた作品だけを選び、なぜ優れているかを分析して論じることだが、それを実行できる俳人・批評家は少ない。子規の言葉、「同一の歌にて極めてほめる処と他の人の極めてそしる処とは同じ点に在る者に候」について、小林は「いかにもそういうものである。こういう嘆きを知らぬ人はまた何事も語る事は出来ぬものである」という。これは虚子の「選は創作」という言葉に通じる。良い作品を選び、なぜその作品が良いかを述べることは、作品価値を創ることであり、評論の使命である。

小林に「作家志願者への助言」という文章がある。「つねに第一流作品のみを読め」「一流作品は例外なく難解なものと知れ」「一流作品の影響を恐れるな」「若し或る名作家を択んだら彼の全集を読め」「彼の書簡、彼の日記の隅々までさぐる」といった言葉は俳人や評論家にも適用できる言葉である。優れた俳人・批評家の優れた俳句・文章だけを読んで自得するべしということであろう。評論集の他に新聞・総合誌・結社誌で俳句の評論や書評・時評を書く人は多く、毎月読み切れないほどだが、秀句・佳句だけを選ぶ人は極めて少ない。さらに秀句・佳句を選び、それがなぜ秀句・佳句であるかという理由を散文化できる人はさらに少ない。

「おっかさんは、今は蛍になっている」　小林秀雄

たましひのたとへば秋のほたるかな　蛇笏
おおかみに螢が一つ付いていた　兜太

一節目は俳句ではなく、小林のベルクソン論「感想」の一節であるが、この言葉を読んだ人は、小林は気が狂ったと批判したそうである。しかし、小林の評論を一言で表している。文学が科学でもなく宗教でもないことを一言でいいきっている。飯田蛇笏の秀句に通う。人と蛍には共通の魂があり、蛍の光が亡き人の魂を象徴する。自然に宿る神々への祈り、亡き人の霊への鎮魂の祈りは、文学を貫道する詩的精神の伝統である。文学の伝統を理解することは自然に宿る霊性を直観することである。金子兜太の蛍も、魂の蛍の伝統の中にある。ここには社会性も造型俳句もない。

森羅万象の魂を無為自然に理解する情緒・心が評論にも必要であることを小林は教えた。

松尾芭蕉の俳句論——造化随順・四時随順・無為自然・虚則実・軽み・物と葆光

本書は近代・現代の主要な俳句論と論争に限る予定であったが、俳句論においては、近世の松尾芭蕉を無視できないため、芭蕉の俳句論を取り上げたい（近世においては正確には「俳論」であるが、本書では「俳句論」で統一する）。技術論においても本質論においても、芭蕉は深く考えていて、優れていた。実作だけでなく俳句論においても俳聖と呼ぶにふさわしい。俳句論と実作の間にはギャップがなく、一貫していた。俳諧・俳句史においてただ一人、俳聖と呼ばれるだけのことはある、その業績への評価は妥当であることが芭蕉の全集を深く読めば理解できる。子規が芭蕉を貶したのは、三十代の若さからくる人生観の浅さと世に出るための作戦ゆえであった。

芭蕉は、寛永二十一年（一六四四）、現在の三重県伊賀市に生まれ、元禄七年（一六九四）、大坂において五十一歳で没した。芭蕉は没後の寛政三年、神祇伯白川家より「桃青霊神」の神号を授けられ、筑後高良山の神社に祀られた。文化三年、朝廷は「飛音明神」の称号を下賜し、天保十四年には、二条家が「花の本大明神」の神号を与えた。

芭蕉が神と崇められたことへの反発が近代に出てきたが、世俗の人は聖人を俗人・凡人に陥れようとする。日本人が思う神とは、一神教の絶対的なゴッドではなく、極めて優れた人々・動植物・物を対象としたから、俳人が神格化されたからといって芭蕉を批判する必要はない。

芭蕉はなぜ若い頃から翁と呼ばれたのか、このことは今まで解明されてこなかったようだ。近世といえども、四十代から五十代の人間に対して翁のイメージはなかったはずだ。能の演目の『翁』と関係あるのではないかと思い、調べてみた。

金春禅竹は室町時代の猿楽師・能作者で、能『芭蕉』『定家』の作者であり、世阿弥の娘婿であった。禅竹は能楽論『明宿集』で、能の演目でもっとも重要な「翁」は、宿神の顕現の姿であるという。宿神とは芸能の守護神であった。星宿神は北極星であり、星神の光が地上に降り注いだ。翁は星宿の光が心に宿った人であった。翁のイメージには老子の姿が連想されるが、星を神としたのは道教神道であった。翁という言葉は老荘思想や星の神を連想させる。能においては翁が芸術の神を意味したから、芭蕉は生存中から翁と呼ばれたのではないか。芭蕉は荘子を最も尊敬していたから、光の神の顕現の姿としての「翁」の名が考えられたのではないかと思われる。現代人が考えがちな翁のイメージとは異なっていたであろう。翁も神も、芸術において優れた人という意味であって、年齢に関係がなかった。芭蕉が文芸の神として求める理想の俳諧が「軽み」であったから、翁の名と「軽み」の理想とは矛盾していない。翁が光の神であったということと、『三冊子』に伝えられる芭蕉の言葉「物の見えたる光、いまだ心に消えざる中にいひとむべし」とは通じている。星が神であり、太陽が神であることは、光が神であるということであり、命の根源としての光を思うことである。

芭蕉の俳句論を述べたいが、芭蕉は自らまとまった俳句論を残していない。芭蕉が直接書き残した句文には芭蕉の文学観・人生観が窺えるだけである。門人が芭蕉の技術論を伝えてきた。

取り合わせか一物仕立てか、あるいは二句一章か一句一章かといった問題は今も論じられるが、芭蕉の意見が参考になる。『去来抄』で、「ほ（発）句は物を合すれば出来せり。その能く取合するを上手といひ、悪しきを下手といふなり」と芭蕉は配合を勧めるが、一方、同じ『去来抄』で、「ホ句は頭よりすら〳〵と謂くだし来るを上品とす」「ほ句は汝が如く二つ三つ取集めする物にあらず。こがねを打のべたる如く成べし」と、取り合わせとは真逆の方法を主張した。芭蕉は釈迦のように相手によって矛盾することを教えていた。弟子の俳諧の特徴を見て、どちらがいいか奨めていた。取り合わせを深く考えずに取り合わせの句を作る人には注意していた。

切字についても芭蕉の言葉は単純ではない。「ほ句は十七字にて切る」と『去来抄』にいうように、切字というのはもともと句の最後で切れることをいった。また「切字に用る時は、四十八字皆切字也」ともいう。「切字ありてもよし、なくてもよし、といふ句あり。これは法のごとく、切字を入れ侍るをよしとす。ただ切字を入れ侍れば悪しくなり、切字を除き侍ればよろしくなる句に、切字を入るるは見ぐるしかるべし」という『旅寝論』の言葉に至っては、切字を入れる方がいいのですか、入れない方がいいのですか、と聞き返したいほどである。これは、芭蕉は切字をあまり入れなかったので門人が理由を聞いたのであるが、芭蕉は切字のありなしを問題にするというよりも、切字がなくとも句が切れていればいいという考えであった。「や・かな・けり」を入れさえすれば良い俳句になると思いこんでいる俳人は注意すべきである。

さらに芭蕉は、経験を通じて自然に悟らなくてはならないと門人に説く。個々の句作のケースに応じて真剣に考えよということであり、取り合わせや切字について絶対的な方法はないと教えた。「俳諧は教てならざる処有、能通るに有」と芭蕉は教えたと『三冊子』は伝える。実作の経験を通じて、苦労して自得しろということであろう。

芭蕉の精神論的な言葉で有名なものには、『三冊子』の「松の事は松に習へ、竹の事は竹に習へと師の詞のありしも、私意をはなれよといふ事也」という言葉があり、「ものあらわにいひ出ても、そのものより自然に出る情にあらざれば、物我二つに成りて、その情誠に不至。私意のなす作意也」という。私意を離れるということは自己を捨てて無我になることであり、そうしなければ、物と我は離れると警告する。句を詠む時には、対象の中に自分の心を入れて一体となる必要があるとする。

芭蕉の俳句論は、荘子のいう「天地万物も我と一たり」や「無為自然」の考えに依拠している。人間の場合は親愛の情となる。自然や対象と心の働きを一つにすることである。耳で聞き、眼で見るのではなく、心で聞くことである。心を虚にして受け入れることが大切だと荘子は説く。俳聖・芭蕉にとって、俳句の見かけ上の技巧的な問題よりも、むしろ俳諧を通じて自然をどう見るか、人生をどう生きるかが大切であった。門人が伝えて意義があるのは芭蕉の人生観・精神的な思想である。

『赤冊子』で土芳は、「高く心を悟りて俗に帰るべし」「つねに風雅の誠を責悟りて、今なすところの俳諧にかへるべし」と芭蕉の教えを伝える。「高悟帰俗とは、いわば俳諧の永遠のテーゼにほかならない」と尾形仂は『俳句・俳論』にいい、「老荘からの影響の跡がいちじるしい」「芭蕉は、かれの芸術思想を、老荘思想を媒介として構築し、表明したものということができる」「すべての道は、造化に帰一するという意味において一なのである」ともいう。優れた俳人・学者・評論家の芭蕉論は共通して荘子の思想に触れている。翻って、芭蕉を論じて荘子に触れない研究者・俳人は何か大切なものを理解できていないようだ。

「高く悟りて俗に帰るべし」「虚に居て実を行ふべし」という芭蕉の俳諧思想は「軽み」につながり、粉飾を捨てて「あるがままにある」という老荘思想に通う。「あるがままにある」という思想は、日本の禅宗の僧侶が説くことが多いが、荘子の思想の影響である。「あるがままにある」でいいのであれば、坐禅を一生する理由がなく、大乗仏教の難解な思想を理解し信じる必要はない。道元をはじめ多くの僧侶が悩んだところである。

「高く悟る」とは生命の根源としての虚の造化宇宙を直観することであり、「俗に帰る」とは大きな生命の虚の中でこの世の現実の命を感じることである。芭蕉は造化という宇宙的な哲学を持ち、現実の俗の世界を軽蔑せずに生きていた。「軽み」につながる精神である。

「虚に居て実を行ふべし」という言葉は、荘子の「虚則実」「虚而往、実而帰」「向也虚而今也実」等々の虚と実の思想に依拠する。また『笈の小文』の「其貫道する物は一なり」という芭蕉の言葉は、荘子の「道通為一」に基づく。虚という言葉は俳人に誤解されている。荘子と芭蕉の説く虚は、嘘・非現実・妄想という意味ではなかった。芭蕉は「拝荘周尊像」といい、荘子を神のように尊敬した。荘周とは荘子の名前であり、尊像とは神像と同じ意味であるのだが、この言葉を引用する芭蕉研究家はほとんどいないようである。

芭蕉の句文を貫くのは、荘子の説く虚・造化・宇宙・無為自然であり、仏教的・禅的悟りではない。また虚実の思想は仏教や禅とは無縁である。俳人には、芭蕉の虚実を禅と誤解する人がいる。虚実とは、「嘘と本当」という現在の日本語の意味ではなかった。「虚」とは高く悟ることで、大きい宇宙的な世界の存在を直観することであり、「実」とは「俗に帰る」ことであり、花や鳥や小さい日常の現実の生命のことである。「悟る」というと仏教的な意味にとられがちであるが、そうではなくて、この世の構造を理解するという意味である。これらは科学的な考えとは矛盾していない。ビッグバンやＤＮＡや電子・光子のような、目に見えないが確かにこの世にある奥の世界が「虚」である。「実」は目に見える具体的な世界である。純粋な心を持てば虚実の存在が理解できると芭蕉は説く。実や俗の世界という俳句で詠む世界は、宇宙的虚の大きい世界の中にあるという意味である。

童子のような気持で俳諧を詠めという、芭蕉の「俳諧は三尺の童にさせよ」という言葉は、「純粋に生きる人間は、何の邪心もない純真さによって、人々は童子という」「(童子は) 他人が褒めようが、けなそうがどうでもよくなる」という荘子の言葉に基づく。芭蕉は「俳諧を子どもの遊ぶごとくせよ」とも教え、その心は「荘子のごとくせよ」「俳諧をせば荘子をよくよく見て、荘子のごとく有べし」と蕉門十哲の志太野坡に説いたと『鉢袋』は伝える。芭蕉の「軽み」とは無為自然であり、童子のような純粋な心でこの世を見なさいという単純な教えである。

芭蕉は、「俳諧は気に乗せてすべし」と門人に教え、自ら〈渾沌翠に乗て気に遊ぶ〉と詠んだ。

「翠に乗て気に遊ぶ」という言葉は、荘子の「天地の一気に遊ばんとす」という言葉に依拠する。すべての万物が根源的な原質（気）に乗って自由に遊んでいるという無為自然の精神である。気に遊ぶ、気に乗ることが「軽み」であった。

〈閑さや岩にしみ入蟬の声〉の句は、目に見えない気が具象化された作品である。しずかさの中に気が満ちていて、気が凝って岩や蟬となり、蟬の声もまた気のようなエネルギーとなって岩の中にしみいる。これをアニミズムという人がいるが、芭蕉の「声」は魂そのものというよりも荘子のいう「気」である。

「気を乗せる」というのは俳諧に気を入れるという意味であるが、気とは宇宙に遍満し、万物を成り立たせる原質であり、虚は我という主体を離れて宇宙の気と一体になりきった純粋な状態である。気と虚は深い関係にある。荘子は「気が変化して形を生じ、形が変化して生命を生じ、そしてまた変化して死に到った」という。気が集まれば生命を生み、気が散れば死となると説く。また四季（四時）も気の働きという。気は物理学におけるエネルギーの考え方に近い。日本人にもっとも深い影響をおよぼした荘子の精神は気の精神であろう。気は生命の源であり、日本人は現在でも毎日、「元気」かどうか聞くのが挨拶となっている。虚子の唱えた「存問」も、山本健吉の唱えた「挨拶」も、相手の気を問うことであった。自然の気はアニマ・魂の根源である。

元気・精気・神気・天気・四気・物気・気色・気性・気質・気風・気分・気配等々、多くのタオイズムの気の精神を学び、日本人は日本語に取り入れた。日本人にとっての霊や魂というアニミズムの概念は、むしろエネルギー的な気であると理解した方がわかりやすい。気の世界が虚であり、気が凝って目に見える物の姿が実である。

芭蕉の「物の見えたる光、いまだ心に消えざる中にいひとむべし」は、荘子の「葆光」という思想に基づくと詩人の西脇順三郎は洞察した。芭蕉の見た「光」とは客観写生に見る外的な光ではなく、心・詩魂の中から湧いてくる精神的な光であり、汲んでも汲んでも汲みつくせない魂の中に洞察し、直観し得た光であった。

芭蕉の「光」は精神的で生命的な光であり、目に見えないものであり、気に通うものであった。「風雅におけるもの、造化にしたがひて四時を友とす。見る処花にあらずといふ事なし。おもふ所月にあらずといふ事なし。像花にあらざる時は夷狄にひとし。心花にあらざる時は鳥獣に類す。夷狄を出、鳥獣を離れて、造化にしたがひ、造化にかへれとなり」という芭蕉の言葉はよく引用される。

俳諧の道とは、万物生成の造化の神に抵抗せず、四季の移り変わりを友とし、自然と調和することであった。「見る処花にあらずといふ事なし」という文は、荘子の「見る所、牛にあらずといふことなし」に基づく。牛を包丁でさばく時に、初めは牛だけが見えていて何をすればよいか分からなかったが、三年たって、心で牛を捉えるようになってからは、目では見ないでも牛をさばけるようになったという寓話である。荘子は技術ではなく精神・心で道を求めることの大切さを説き、芭蕉はそれを風雅・俳諧に応用した。

荘子の思想が反映された芭蕉の句は、〈草いろ〱おの〱花の手柄かな〉である。色々な花が咲いてそれぞれの手柄を見せている。色々の花には差はなく、価値に違いはないという万物平等の荘子の思想が反映されている。人間を含む森羅万象に存在するものは、存在するだけの必然的な理由をもって平等に存在しているという、荘子の無為自然と万物斉同の精神に基づく。「草」は門人たちの作品の比喩である。どんな花でも、どんな動物でも、どんな俳句でも、もともと良いとか悪いとかの評価を持って存在しているわけではない。人は好き嫌いの感情的・主観的な好みによってものを評価しているにすぎない。選者として金銭を得る点者の生活を芭蕉が嫌った理由である。

これらは俳諧だけでなく、俳句・短歌の文学作品に応用可能な考えである。作品が作られた時点では作品には評価はなく平等である。駄句か佳句かを決めるのは選者・批評家であるが、特に評価の絶対的で普遍的な基準があるわけではなく、個人的な主観と感情によって決められている。佳句・秀句・名句についてその理由を散文化して述べることができ、その文章がさらに多くの読者によって納得されるときに、その句は優れた句となる。芭蕉は創作と評価の基準の普遍性を求めて荘子に辿り着いたのではないか。そして俳諧精神の自由を得た。

対立する俳句論の相補性と両行性──俳句論と作品評価

ここで俳句論史における対立する概念をまとめておきたい。

時が過ぎ、人が移り変わると概念の問題が蒸し返される。歴史は繰り返す。注意すべきは俳句論と作品の具体的な評価は別であることだ。論と作品の間にはギャップがあり、俳句論をそのまま作品に適用することは難しい。概念だけで作品の評価は決まらないが、俳句論というと個々の具体的な作品を忘れて概念だけが問題視されることが多い。

文学論上の対立は本質的な対立ではなくて、相補的である。相補性とは物理学者のニールス・ボーアがアインシュタインを説得する時に使った考えであり、岩波文庫の『ニールス・ボーア論文集』が参考になる。絶対的な真理・真実は一つだけではなく、矛盾する考えが同時に存在する。光は粒子という物であると同時に波であるという、矛盾するような現象が起こるのが自然の真理である。俳壇全体でいえば、主観的な俳句と客観的な俳句があり、どちらも認められる。同じ俳人の句においても主観的な句と客観的な句がある。絶対的にどちらかが正しいとはいえず、相補的である。ボーアは相補性を東洋のタオイズム、特に荘子の「両行」の思想から学んだ。陰陽五行説の陰と陽の概念である。自然がプラスとマイナスからでき、ほとんどの生物が両性からできて、対立しておらず、どちらか一方だけでは自然が成立しない。経済や政治では対立が多く、二者択一のため論争となる。国や宗教が違えば戦争となる。キリスト教を広める過程では、異なる宗教を信じる人は魔女狩りの対象になった。文学には本質的な対立はない。佳句か駄句かは評者の主観に依る。主観的な作品にも客観的な作品にも、どちらにも感動する場合がある。対立的な概念だけで論争しても文学的には意味のないことが多い。対立的な概念を超えたところに詩的な感銘・感動がある。

以下は各々の概念の正確な定義や正当性の記述が目的なのではなく、作品の良し悪しから俳句論の対立を考えた意見である。個々の概念はどちらかが間違っているのではなくて、長所と短所の両方を持っている。長所を生かして秀句・佳句を詠むべきであって、どちらかを非難するべきでない。

定型 VS 自由律（非定型）

俳句は定型（五七五）か自由律（非定型）かという議論がある。歴史的に、俳句は俳諧の発句が独立したものであり、発句は五七五の定型であったから、俳句は定型であるという意見が基本であった。しかし、定型でなければいけないという万人を説得できる絶対的な理由がないということで、五七五以外の自由律（非定型）の句が存在する。どちらかが絶対である理由はない。俳人自らの主観的信念において選択すべきである。定型句に秀句と駄句があるように、自由律句にも秀句と駄句がある。問題は、定型か自由律かということではなく、何をいかに詠むかという中味である。読者が感銘するかどうかは作品が詠まれてから決まる。定型か自由律かの問題には無関係である。対立させて議論する価値のある問題ではなく、定型であれ、自由律であれ、読者が感銘できる句を詠むことが俳人の使命であり、感銘する理由を述べるのが批評の使命である。定型俳句を非難したからといって良い句が詠めるわけではない。自由律を批判したからといって良い句が詠めるわけでもない。森澄雄が尾崎放哉を評価し、金子兜太が種田山頭火を評価したように、自由律の句を詠みたい俳人は定型俳人が感銘を受ける句を多く詠む必要がある。作品の中味が全てであり、意味のない論争・批判をしないで、ひたすら秀句・佳句を残すことに時間を使うべきである。

有季　VS　無季

有季か無季かという議論がある。「発句も四季のみならず、恋・旅・名所・離別等、無季の句ありたきものなり」と芭蕉は『去来抄』にいう。芭蕉にも虚子にも数は極めて少ないが無季句があり、無季派が無季容認論に引用する。有季といっても、季語・季題・季感の定義により意見が異なる。歴史的には俳諧の発句は季を含まなければいけなかったから、俳句は有季であるという意見が基本である。しかし、有季でなければいけないという万人を説得できる絶対的な理由がないということで、無季の俳句が存在する。どちらかが絶対という論理的理由はない。俳人自らの主観的信念において選択すべきである。問題は、有季か無季かという理屈ではなく、何をどう詠むかという中味である。有季句に秀句も駄句もあるように、無季句にも秀句と駄句がある。有季であれ無季であれ、選者・批評家が感動できる句を俳人が詠むことが大切である。

写生　VS　非写生

写生か非写生（想像・空想・妄想）かという議論がある。この問題が複雑であるのは、写生という言葉の定義が人により異なり定まっていないからである。写生を説く俳人は写生の定義を明瞭にして、定義に合致した秀句を提示することで読者・批評家を納得させることができる。さらに、写生を分類すると、客観写生と主観写生が存在しているが、この分け方が複雑なのは、客観と主観の言葉の定義が曖昧だからである。作品の良し悪しとその句が写生かどうかは直接関係が無い。作品の個々の中味によって良い作品かどうかが決まる。写生句には秀句と駄句がある。今まで詠まれた無数の俳句の多くは、子規の説いたスケッチ風の写生句である。写生句には秀句と駄句がある。想像句にも秀句と駄句がある。大須賀乙字が写生も月並となるとつとに洞察していた。良い写生と悪い写生があるということである。

客観的写生　VS　主観的写生

作者の内部の心を無視して、目に見えた外部の物を忠実に描写する客観的写生と、作者の心の内部を描写する主観的写生がある。写生を論じる人は客観的写生なのか主観的写生なのか明確にする必要がある。客観を写生する、あるいは主観を写生するということにおいて、写生するという言葉は、描写する、詠む、作ると同じ意味になるから、写生という言葉は何をどのように写生するのかを明瞭にして使わなくてはいけない。この問題もまた作品の評価とは本質的には無関係である。作品の評価は個々の具体的な中味による。作者の思う主観・客観と選者・批評家のそれとは定義が異なる。評価の観点からいえば、良い主観と悪い主観、良い客観と悪い客観があるということになる。

自然の真　VS　文芸上の真

水原秋櫻子が「ホトトギス」を離れ、「馬酔木」を創立する契機となった論争である。「自然の真」の描写は「客観写生」、「文芸上の真」は「主観写生」に近いため、この概念の対立は客観的写生vs主観的写生の対立に近い。主観的想像を加えた俳句が「文芸上」の表現になる。この対立は人によって異なるのではなく、一人の中でも混在する。厳密にいえば「自然の真」を観察できるのは科学者だけであり、言葉だけで表現する俳人は、純粋に「自然の真」だけを描写することは不可能である。ＤＮＡや電子の存在は「自然の真」であるが、写生句では表すことができない存在である。秋櫻子にも「自然の真」の句があり、虚子にも「文芸上の真」の句があることは本書で論じた。

ものの俳句　VS　こころ・ことの俳句

この対立概念もまた、客観的写生vs主観的写生の概念の違いに近い。物だけを詠む立場と心を詠む立場の中間に、「事」を詠む立場がある。物と心の両方によって生じる世界である。この世は事件・物語・思想等々で成り立つ複雑な世界である。物だけを見て心を無視することは、心を持っている人間として言葉を使う限り、厳密には不可能である。人の見るという行為は心の働きに依存する。人の眼はカメラのレンズのように見ているわけではない。同じ俳人の俳句の中にも、物だけを描写したものと、物についての心の思いを描写したものという二つの傾向の作品が混在する。

花鳥諷詠俳句　VS　社会性俳句

花鳥諷詠は俳句の内容である。自然も人間も含むと高濱虚子はいう。同じく人間を詠む立場においても、人間探求と社会性とでは内容が異なる。花鳥諷詠は花鳥風月を愛する立場であり、芭蕉の尊敬した荘子の説く造化随順・四季随順の立場であり、宇宙・自然・造化との一体感を大切にする。虚子は、花鳥諷詠を「極楽の文学」と考えた。花鳥風月を愛することをこの世の浄土とした。戦争の地獄を句に詠むだけではこの世に平和は来ない。花鳥風月を愛することの本質は、平和を愛し戦争を憎むことである。

社会性俳句は、昭和二十八年頃、総合誌の企画から議論が活発になったが、自然や造化宇宙を愛する立場ではなく、現在の社会の悪い点に不満を持ち非難する態度を有することが多い。素材主義になりがちであり、単に社会の事件を報告する俳句が多い。最近の反原発や反憲法改正の態度を表した句は社会性俳句である。新興俳句は、社会批判を含み、反戦・反政府・共産主義の思想を含むと危険を感じた政府・官僚により弾圧された。投獄された俳人は政府を転覆しようとか、革命を目的として句を詠んだのではなかった。新興俳句、社会性俳句、花鳥諷詠句等の概念的な区分けをせずに、個々の作品の具体的な中味の分析・批評が必要である。花鳥諷詠を非難しても、良い句を詠めるとは限らない。社会性俳句を詠んでも、それだけでその句が良いとは限らない。花鳥諷詠の句を非難せずに、選者・批評家を感動させる社会性俳句の秀句を多く残す必要がある。

取り合わせ VS 一物仕立て ／ 切れのある句 VS 切れのない句

取り合わせか一物仕立てか、あるいは、二句一章か一句一章か、切れのある句か切れのない句か、といった議論に対しては芭蕉の意見が参考になる。『去来抄』で、「発句は物を合すれば出来せり。その能く取合するを上手といひ、悪しきを下手といふなり」と、芭蕉は配合を勧めたが、一方、同じ『去来抄』で、「発句は頭よりすら〳〵と謂くだし来るを上品とす」「発句は汝が如く二つ三つ取集めする物にあらず。こがねを打のべたる如く成べし」と、取り合わせとは真逆の方法を主張した。芭蕉は相手によって矛盾することを教えた。矛盾した意見を聞いた門下生が聞き書きした文章からでしか芭蕉の技巧的な教えはわからない。

良い句か悪い句かは、取り合わせか一物仕立てか、二句一章か一句一章か、切れがある句かない句かという技術論・形式論には無関係である。切字や切れがあるから、二句一章だから、取り合わせだからといって、良い句だとは決まらない。それらの句は、表面的にはいかにも俳句っぽい俳句のようであるが、中味をきちんと読めば、良い句かどうかは表層的な形式・技巧には無関係であることが理解できる。

「軽み」の句　VS　重くれの句

「軽み」は芭蕉が荘子の無為自然・造化随順の思想に依拠して唱えた考えである。ライトヴァースのような心の軽薄さのことではない。重い句とは人為的、社会的といった、自然でない考えが入った句である。社会性俳句や新興俳句が重くれ俳句に近いのは、政治的・経済的立場が混在しているからである。社会性俳句は態度の問題とされたように、政治問題への態度を要求される。アメリカとの安保体制をどうするのかといった問題を俳句で詠むことが出来るのか。そこでは俳人の政治的判断が要求され、俳句が重くなる。また、言葉だけでなく政治的運動が要求される問題であるため、座って俳句を作るだけ、あるいは表面上の反骨精神だけでは済まず、政治的覚悟が必要とされる問題である。社会性俳句は文学的評価以前に、政治的意見が論争を起こす問題を含む。

前衛俳句　VS　伝統俳句

前衛という概念の普遍的な定義は難しい。反伝統という立場では変わらないが、伝統という言葉の定義もまた難解である。芸術的な意味における「アヴァンギャルド」は、革新的な試みや実験的な試みを意味するが、かつて前衛俳句と呼ばれたのは、例えば金子兜太・富澤赤黄男・高柳重信・加藤郁乎といった人たちの作品の総称としてであり、すべての前衛俳人に共通する定義ではない。社会性から発展した俳人と、社会的現象には関心がないが言葉による芸術性を追求したグループとに分けられる。しかし、例えば兜太も郁乎も初期の頃の前衛性は晩年には薄れ、伝統的な作品も見られるようになり、それらが評価されたから、概念による区分けで俳人を評価することは間違いである。概念で人を評価するのではなく、個々の具体的な作品で評価すべきである。伝統俳句を非難しても、非難した当人は良い句を作れるとは限らず、また前衛俳句を批判しても、その人が良い句を作れるとは限らない。

アニミズム（魂・神々・命の根源）の句　VS　非アニミズム（無神論・唯一神信仰）の句

アニミズムは本書で重きをおく概念である。俳句論による俳句の区分は技術的・形式的な違いによるものが多く、句の中味を規定するものではないが、アニミズム俳句は内容そのものの問題であり、俳句の内容を大きく分ける。アニミズムと呼ばれる魂・命の句か、唯物論的な俳句か、である。つまり、神・魂・仏といった目に見えないものを自然に感じるか、神仏霊魂を一切認めない唯物論的な立場かの違いである。この違いは、「もの vs こころ」の概念の対立とも重なる。ただし、アニミズムの句だから良い句とは限らない。

意味のある句　VS　意味のない句

俳句は読んで意味がわかる作品でないと、良し悪しの判断が出来ない。意味がわからないと作品が理解できず、良いか悪いか判断ができない。意味がないというだけでは人は判断できない。俳人の中には、意味がわからないからこそ面白いと思う人がいる。意味のない俳句が無条件にいいと読む前から決めている人がいて、評価の論議が不可能となっている。ただし、意味を理解するといっても、選者・批評家の経験・理解能力によって理解のレベルが異なる。理解は主観的である。

意味のない配合の句を詠んでいる俳人がいるが、意味のない句はＡＩが無数に作句可能である。言葉の単純な配合や取り合わせはＡＩが得意とするところである。コンピューターの記憶能力が人間に比べ無限に近いということは、言葉の配合・組み合わせが無限にあるということである。人間が俳句を作る時にも言葉の組み合わせを無意識に試行錯誤している。配合・組み合わせの妙味があるだけの意味のない句はＡＩにまかせて、人間は人間にとって意味がある句を詠めばいい。

平易な句　VS　難解な句

この対立概念は意味のある句 vs 意味のない句の問題に近い。平易な作品は読んで意味がすぐわかるが、難解な作品は何度読んでも意味がわからない。難解であるかどうかは、選者・批評家の主観的な理解によるから、個々の具体的な作品を検討しなければいけない。一般的には、人が感銘を受けるのは平易で深い作品であり、難解で意味のわからない作品だからという理由だけで評価する人は少ない。一句一句の作品の中味の批評を通じて評価するべきである。

形式 VS 内容

俳句作品の形式に関しては、内容・中味以上に論争の対象となることがある。例えば、一行句 vs 多行句、文語体 vs 口語体、縦書き vs 横書きといった表記の表面上の違いである。十七音を一行で表記するのが一般的だが、行を分けて二行や三行で書く場合もある。高柳重信は多行句だけで一冊の句集を作るほど熱心に試みた。今も少数の人が多行句を作っている。現代短歌では俵万智以来、口語体が広まった。俳句ではまだ多くは文語体である。一行句、文語体、縦書きが多いのは歴史的な慣習とされているが、多行句、口語体、横書きはなくならないであろう。どちらがいいかという問題に絶対的で客観的な理由はない。文学の形式は時代によって変化する。問題はやはり、何をいかに詠むかという中味・内容である。中味・内容が良ければ、一行句であれ多行句であれ、文語体であれ口語体であれ、縦書きであれ横書きであれ、秀句は秀句である。問題は、中味の評価をどうするかが批評のもっとも難しい点である。

ポエジーのある句　VS　ポエジーのない句

良い句の条件にポエジーをあげる俳人がいる。ポエジーという言葉の他に、詩的な句、あるいは詩性のある句という表現が使われることもある。俳句もまた詩の一部であるから、秀句の条件に詩性（ポエジー）が求められる場合がある。俳句とは何かという俳句性に関しても、これまで見てきたように、人によって多様な考え方がある。俳句性にポエジーという要素が加われば、俳句論はさらに複雑になる。俳句とは何かという結論が出ない時に、さらに詩性とは何かを論じなければならないことになる。俳句にはポエジーが必要であるとはいうが、俳句のポエジーとは何かを明瞭に説明した俳人はいない。詩人たちも、詩とは何か、ポエジーとは何かを論じてきた。現代詩人の定義するポエジーと、俳人が口にするポエジーとは意味が異なっているようである。

エドガー・アラン・ポーの『詩の原理』は優れた詩論である。特に有名なのは、「長い詩は存在しない」という言葉であり、短歌・俳句にも適用できるということで、日本でも引用されてきた。「詩が詩の名に値するのは、魂を高揚させ、興奮させる限りにおいてである」「詩の価値はこの高揚をもたらす興奮に比例する。しかしあらゆる興奮は、生理的必然によって、うたかたなものである」「せいぜい半時間もたつと、興奮は弱まり――萎え――倦怠が忍び寄る――そうなると、詩は事実上もはや詩ではなくなる」といったポーの言葉が有名であるが、これらの言葉が俳句に適用されるかというと疑問である。世界でもっとも古い詩の批評としては古代中国の『詩品（しほん）』があり、「天地を動かし、鬼神（きしん）を感ぜしむるは、詩よりも近きは莫（な）し」という文が『古今和歌集』に引用されている。『詩品』によれば、万物生成の根源をなす「気」が万物に働き、万物の作用に応じて人の心を動かし詩となるという。世界文学史からポエジーの定義を求めても、俳人のいうポエジーには適用できないであろう。これも個々の俳句作品において、一体ポエジーとはどういう意味なのかを検討すべきである。

AI句 VS 人間の句

AI句が話題になってきている。北海道大学の川村秀憲教授がプログラムした「AI一茶くん」の作句五句と「愛媛の俳人チーム」が作った五句の対決が行われ、AIの句〈かなしみの片手ひらいて渡り鳥〉が最高点を取ったと「朝日新聞」で報じられた。俳人の俳句が悪いのか、選者の選が悪いのか、最高点というにふさわしい句ではなかったが、新聞で取り上げられていた「言葉の意外な組み合わせ」といった基準だけで今後俳句が評価される可能性がある。言葉の意外な組み合わせこそAIが得意とする仕事である。AI俳句といっても、プログラムを作成するのは人間であり、どういう季語や言葉のデータベースを作るのか、言葉の組み合わせのロジックをどう作るのかを決めるのはプログラムを作る人の頭である。いかに複雑で膨大なシステムも、作るのは人間である。

今後もAI俳句が話題になるだろう。選は創作であり、無数の俳句作品から秀句を選ぶのは選者の主観である。原理的・論理的には、順列組み合わせによって、すべての俳句はコンピューターの記憶装置の中にすでに存在していることになる。俳句が十七音であれば、かな文字五十音に限れば、五十の十七乗の数だけの俳句がすでに自動的にプログラムで作成可能である。ただ現実的に多数の俳句を出力するには膨大な時間がかかり、その中から意味のある句を選ぶことは難解である。俳句や短歌といった短詩はＡＩに作成可能である。言葉の配合が面白いという基準だけで俳句を評価する俳人・批評家がいるが、ＡＩが作る多くの俳句は意味のない言葉の組み合わせが多い。意味がなくとも配合の妙味などという単純な理由で評価すれば、ＡＩ句も評価される。同じく、切れがありさえすれば良い句であると誤解されて、ぶつぶつに切られた意味のない俳句は今も俳人によって作られている。意味のない言葉の配合俳句はＡＩにまかせよう。人間にとって意味がある俳句は人間が作る他はない。

俳人の数は多いが、作品を評価できる批評家が少ないのは、もともと批評が容易ではないからである。ＡＩの出現で、さらに批評の重要性が増す。ＡＩが作った句を誰がどのように批評するのかという問題がある。ＡＩ時代の俳句の評価は組み合わせの面白さに頼っていてはだめである。一句一句の作品の評価基準とその批評がさらに厳しく問われる時代となろうことは、ＡＩ句を評価する場合でなくとも同じである。評論をさらに批評できる批評家も必要である。

良い句（秀句・佳句）VS 悪い句（駄句）

選者・批評家の立場として、良い句か悪い句かという判断の必要性が生じる。評価の問題が絡むと、主観的な判断となる。絶対的・客観的・普遍的な判断基準はない。良い句の普遍的な条件はない。そういう条件が存在すれば全員が良い句を作れるはずだが、文学・芸術は簡単ではない。俳句は写生、といっても写生句が良い句とは限らない。良い句かどうかは句によって異なり、読んでみないとわからない。歴史的に多くの人に評価されてきた作品が人の記憶に残り、名句・秀句となる。いかなる賞の選考も、新聞投句欄も、句会も、すべて問題とされるのは良い句かどうかという評価の問題に尽きる。

研究者の論文は客観性を重んじるから、主観的な作品の評価を問題とせず、事実の集積による報告が多い。良い句かどうかの絶対的・客観的基準がないため、評価基準は選者の主観的判断になる。句を読んだ時の直感により評価が決まる。複数の選者がいる時は、多数決で決まる。作品の良し悪しは作者自身が決められるのではなく、他人である選者・批評家が決める。誰が選ばれたかということよりも、誰がどう選んだのかが選や賞選考の本質的な問題である。

具体的に何が優れているのか、作品の純粋批評が書かれることが俳句史でもっとも大切なことである。ジャーナリスティックな時評・評伝・人間関係にまつわる記述は多いが、山本健吉以後に評論家がいないとよくいわれてきたのは、その作品が良い理由を公平に客観的にわかりやすく述べる純粋批評家が少ないからである。多くの評論は過去の俳句史から恣意的に選択された情報の報告に終始している。党派的な批判・非難も多い。中味の評価をどうするかということが批評のもっとも難しい問題である。俳句だけでなく、人が異なれば評価が異なるのが世の常である。作品を概念や見かけの形式でなく、中味で批評することが出来るのが優れた選者・批評家である。

俳句はなぜ有季定型なのか——永遠の難問と謎

かつて俳句論史で論じられたテーマではなく、長い間解答が全く出ない問題を取り上げたい。なぜ俳句は有季定型なのかという問題である。なぜ有季なのか、なぜ五七五の定型なのかという疑問には過去に説得力のある答も仮説も出ていない。誰も解決できなかった問題だから、せめて仮説だけでも提出しておきたい。

俳句論史の大きい流れでは、有季定型を守るか、それに抵抗して無季自由律を採用するかが問題であったが、なぜ俳句は有季定型となったのかを本質的に突き詰めて考えた論はない。俳句が発句を継承し、発句は連歌・俳諧の流れから有季定型と決められたため、俳句は無季自由律とはならなかったということが歴史的結果としてわかっていることである。歴史は一度決まると変化することなく流れて行く。

俳句が五七五の定型であったのは、連歌が五七五と七七に分かれたからであり、ひとえになぜ短歌が五七五七七であったのかという疑問に直結する。俳句定型の五七五は、短歌定型の五七五七七の上句が独立したものである。短歌の五七五七七が、上句の五七五と下句の七七で別々の歌人によって歌われるようになり、後に連歌となり、五七五が発句として独立した。切字とは本来、上句五七五と下句七七をはっきり切るための文字であった。連歌・俳諧の時代において、五七五と七七が切られて詠み続けられてきたから、五七五以外の発句はありえなかった。連歌・俳諧なくして五七五は広まることはなかった。

短歌の五句五七五七七がなぜこういう形になったのかはほとんどわからないままであった。日本の詩歌の始まりは『万葉集』であり、短歌形式以外の形をとることが出来なかった。天皇制のように、日本人には一度体制・形式が決まると変更できない保守的な性向がある。近年出た『儀式でうたうやまと歌』（犬飼隆）では、中国文化の影響で儀式のための形式を定めたというが、なぜ五七五七七の定型なのかは説明されていない。定型が決定した後の歌を引用しても根拠にはならない。『万葉集』以前には五七五七七の定型以外の歌が多くあったのだから、飛鳥時代に誰かが短歌を五七五七七の定型に決めて統一したのである。日本人は、自然発生的に物事が統一されるということがあり得ない民族である。日本人は世界的に見ても統一性を欠く民族である。神道でも多くの神々があり、大乗仏教でも釈迦の唱えた仏教とは全く異なる多くの宗派ができる国である。

「季の詞」を俳句に詠むことは発句ですでに決定されていて、そのルーツは『古今和歌集』と『万葉集』の四季部立に遡ることができる。その四季部立が『源氏物語』『新古今集』の季感に影響し、連歌・俳諧の発句に流れている。定型も季感もその本質的なルーツは『万葉集』に遡らなければ分からない。つまり、定型と四季観が決定した後の短歌観・俳句観を調べてもわからない。なぜ『万葉集』の短歌が定型なのか、なぜ『万葉集』で四季部立が発生したのかを突き詰めなければ、有季定型の原因が全くわからないことになる。

ところが、定型も有季も日本文学に固有の問題ではなかった。縄文文化や弥生文化にも全く関係がなく、記紀の中でも二割以下を占めるに留まる文学形式が、突然『万葉集』で統一されたのである。それは渡来文化の影響としか考えられない。飛鳥時代に日本の文化に最も大きい影響を与えたのは渡来文化であったからである。

優れた近世俳諧研究者の潁原退蔵は「俳諧の季についての史的考察」の論文で、「自然の風物に対する特殊の感じ方」の「心の動きは支那人の詩文から学んで来た所が、極めて多かったであろう。随って我が国人の詩文集に於ても、かかる特殊の季題感が漸く固定して行く傾向は明かに認められるのである」と洞察している。季感を古代中国から学ばなければ、『万葉集』『古今和歌集』の四季部立は成立しなかったのである。しかし潁原はこれ以上中国の詩の具体例について語っていない。本章では定型のあとに有季について論じる。

短歌は自然と五七五七七になったのではなく、無理やり短歌を五七五七七にしようと統一的な精神の持ち主が決めたことにより、短歌形式が決まったとしか考えられない。短歌形式と天皇制が千三百年間続いていることは世界史の中でも不思議なことだが、両者は深く関係する。日本の大王の名前に、古代中国の道教神道における最高の神の名前である「天皇」が付けられたのも、短歌が五七五七七の定型に統一されたのも飛鳥時代であった。漢字が学ばれ、詩歌が誕生した時代である。

元号「令和」がとられた『万葉集』の中の漢文の、「令月」と「風和」は、中国の『文選』の張(ちょう)

衡作「帰田賦」の「令月」と「時和」に基づくとされる。二世紀に詠まれた「帰田賦」には『老子』『荘子』の文章が引用されている。張衡は古代日本の陰陽寮に似た役職についていた。「和」「大和」という漢字のルーツは陰陽の調和を意味し、「神は和を好む」と荘子はいう。飛鳥時代は古代中国の文化・文学をひたすら模倣した時代であった。学問の「まなぶ」ということは「まねび」であり、真似をすることによって人は文学であれ数学・科学であれ知識を学習してきた。

短歌が五音七音で出来ていることについては、日本語が五音七音に適しているからであるという論があるが、その論の多くが例として採り上げた日本語は『万葉集』以後の言葉であった。『万葉集』以前の日本語が五音七音で出来ていたことを証明しないと、五音七音が日本語に適しているという証拠にはならない。『万葉集』以後は定型が決まった後だから、詩歌の律として五音七音が使われてきたのであり、逆に日本語の詩歌が五音七音に変化したのである。『万葉集』の短歌形式が決められた後、千三百年もの間、日本人は五音七音に慣らされてきた。

『万葉集』の短歌が五七五七七になった根拠として、日本語が五音七音に適していたからだと証明するためには、『万葉集』以前の日本語がそうであったと証明しなければならないが、材料としては記紀歌謡しか残っていない。『古事記』と『日本書紀』に記載されている歌謡が、『万葉集』以前の日本語を知る資料である。

〈倭は　国のまほろば　たたなづく　青垣　山隠れる　倭し美し〉という倭健命の歌は、記紀の両方にある。倭健命の大和望郷の辞世である。倭健命は死後、白鳥となって天界に飛び去った。この歌は、四七五四六四四の形式であり、短歌の五句を超えている。

〈品陀（ほむだ）の　日の御子　大雀（おほさざき）　大雀　佩（は）かせる大刀　本剣（もとつるぎ）　末振（すゑふ）ゆ　雪のす　枯らが下樹（したき）の　さやさや〉は『古事記』の歌である。四四五五六五四四七四の音数である。短歌形式五七五七七以前の記紀歌謡には、四・六の偶数音が多く、日本語が五音七音に適していたというのは誤りであることがわかる。

日本語が五音七音に適しているという発想そのものが誤解であり、間違いである。自然な発生であれば、言語には奇数音も偶数音も存在するのである。たとえ五七五と俳句形式が決められた後であっても、字余りや字足らずといった偶数音の句が存在するから、ましてや、現代の日本人が全く知らない飛鳥時代の歌には奇数音と偶数音が混在していた。様々な歌謡形式があったところに、自然と一つの形式になることはありえない。誰かが一つの形式にしたのであり、そこには思想があったはずである。大須賀乙字も『乙字俳論集』で「記紀の古歌謡などは四六其他種々の語格が澤山にある」「『邦語の語格は五七、七五である』といふ定語は出来ない」という。

定型が決められた後に、歌人が五音七音に合わせてきた。指折り数えて五音七音に合わせてきた千三百年の歴史によって、逆に五音七音が日本人の歌謡に適するように変化したのである。古代日本の散文や口語が五音七音でなかったから、逆に五音七音による統一が韻文詩として採用されたことも考えられる。いずれにしても、古代の日本語が五音七音で構成されていたことは証明できない。『古事記』歌謡の一一三首のうち、五音七音だけによる五句は二割以下である。たった二割以下の形式が短歌形式になったということは、八割以上の日本語歌謡の音数と律が短歌形式に沿わず、無視されたからであり、突然何かの力が上から働いたのだと思う他はない。自由に歌いたいように歌えば、偶数音や偶数句の歌が多く残るのである。古代の日本語にはない律が採用されたのだ。日常会話の散文にない律が採用されたから韻文の律になった。また五句の形式においては、理由が全く不明である。五七五七七は、上代に自然に出来た形式ではなかったことは明瞭である。飛鳥時代に誰かがトップダウンで定型化した。

飛鳥時代に朝鮮を通じて広まった思想は古代中国の陰陽五行説と神仙教（道教）であったことは、日本人が明治時代以後に全く忘れてしまっている歴史である。陰陽寮が天武天皇により設置されて、陰陽五行説が天皇・皇室・貴族の重要な思想となった。天皇という名前も、道教に依拠して天武天皇が定めたとされる。韻律が五・七に統一されたことは陰陽五行説に依拠する。仏教や儒教や日本の神道に数字の思想はない。数字に関する思想があるのは陰陽五行説と道教神道だけである。

倭健命をはじめ日本神話の神の名前によくある「命」「尊」という言葉は、中国の道教神道の神の名前に多い。倭健命が白鳥となり天界に飛翔したことは、神仙界への飛翔であり、鳥が魂を天に運ぶという道教思想である。「品陀の」の歌の「大刀」は、朝鮮から日本に贈られた七支刀（石上神宮の国宝）だという説があり、七支刀の「七」は陰陽五行説で縁起の良い陽数の「七」に依拠した。道教の刀と鏡が神宝となり、七の数字は縁起が良いと信じられた時代に短歌定型が成立した。

暦は、推古天皇の時に天文暦が採用され、中国にならい節日が定められた。一月七日、三月三日、五月五日、七月七日、九月九日の五節句の起源である。五節句はすべて奇数である。奇数は陽数と呼ばれ、五穀豊穣・長寿・福をもたらす数字であった。七福神は「竹林の七賢人」に見立てられた福をもたらす七柱の神である。「七」は道教の聖なる数、七賢人は老荘思想に基づき清談をした。

「福」の神は道教の神、宝船は道教の蓬萊思想に基づく。ここには道教の「七」の思想が基層にある。

沖縄の琉歌は八音六音の偶数が基本であるから、飛鳥時代以前の日本語は偶数音であった可能性が考えられる。縄文文化はアイヌ文化と琉球文化に残っているとされる。琉歌が偶数音であることから、縄文時代の言葉は偶数音であったことが想像できるが、当時の言葉は誰にも分からない。当時の文献がない限り、五七五七七の起源を縄文文化に遡ることは不可能である。日本人は一度法律や制度が決まると保守的に続けて行く傾向にある。琉歌のように偶数の韻律が歌に決定されていれば、今も偶数に合わせられていたであろう。

小説家であり作詞家のなかにし礼は佐高信との対談で、歌を書き始める段階で「まず七五調は書かないと自分で誓った」といい、「七五調というのは吉兆の数でしょう。三、五、七という奇数は、めでたい数なんです。めでたい数によって神と人間が対話する。祝詞(のりと)などもみんな七五調でできていて、この数の言葉を使うことによって、森羅万象が幸せなものへ転化していくという、日本古来の考え方がある」と話す。なかにしは七五調が吉兆である理由を述べていないが、なかにしのように、五七調、七五調で詠わないと意識的に決めれば日本人はそういう歌が詠めるのである。日本人は形が決まればそれに従って歌うことが出来るのである。

『万葉集』以前の記紀歌謡には偶数音の歌や五句形式以外の歌があったが、それら八割を占めた音数・形式が無視されたのは、五節句の「五」や、端午の節句の五月五日や七夕の七月七日の数字の思想と同じ思想による。日本語は漢字・漢文の学習に始まる。日本文化は、儒教・仏教・道教神道・老荘思想の学習に始まった。仏教と儒教には数字の思想はない。数字の思想が見られるのは、道教神道と陰陽五行説だけである。有季定型もルーツは中国文化である。『万葉集』以前の時代に日本が学んでいたのは陰陽五行説である。

大岡信は谷川俊太郎との対話集『批評の生理』で、「日本語の詩の基本の音数が七と五とに整理されてくる過程で、中国の詩の影響が大きいに違いない。事実、万葉集時代というのは中国の漢詩の影響の強い時代」であり、柿本人麻呂、大伴旅人、山上憶良にも明らかに漢文学の素養と影響があったと説く。「七音とか五音が日本独特のものかどうかは議論のあり得るところなんだね」と谷川に語る。陰陽五行説と道教神道を現代人は知らないから、短歌形式が陰陽五行説に依拠しているという仮説すら思い浮かばないし、そういう仮説を聞いても全く理解しないだろう。日本が朝鮮と中国に侵略して以来、日本人は日本文化に朝鮮文化・中国文化の影響があることを意図的に理解しようとしてこなかった。

明治時代以前の学者はさすがに洞察力があった。富士谷御杖は『古今和歌集　仮名序』で、「五七の句の字数」は「陽の数」といい、「本句十七字は陽数末句十四字は陰数にして天は陽地は陰の象なり」という。林羅山は『神道伝授』(『日本哲学思想全書』)で、「一首の内を分けて、五七五七七の五句とす。五行、五常、五臓、五音、五味、五色等に象る。万事皆此の五にもるゝ事なし」という。契沖は『万葉代匠記』で、「三十一字は陽数にして、上下二句に、天、陰陽、君臣、父子、夫婦等のあらゆる義こもるべし」という。日本の国学や神道の学者たちは、短歌形式は陰陽五行説に依拠することを理解していた。筆者は短歌定型の起源に関する文献を長い間探しており、この三人の学者の書物に出会いやっと見つけたほどであるが、なぜ五七五七七なのかは誰も研究していないようである。

明治時代以前の学者は、国学者といえども中国の文化思想を詳しく研究していた。五七五七七の短歌形式や五七五の俳句形式は、縄文文化や弥生文化とは無関係である。短歌形式が決定される以前の古代の歌は非定型であり、混沌状態であった。五音と七音の言葉以外で作られた秀れた歌が古代にはある。五音と七音だけが日本語の詩歌に合致していることは立証できない。秀歌にも多く見られる二、四、六、八の偶数音が意図的に排除されたのである。「律令社会の成立ということと、七五調の歌の成立というのはつながっている」と梅原猛は洞察した。国学や神道や言霊論の研究者たちの意見からいえることは、短歌形式は、朝鮮から渡来した中央集権のエリート集団が律令的に決定し、その標準ルールが全国に広められたという説が歴史的に合理的である。道教神道の「霊符（お札）」や祝詞に「七星五雷」という呪文が多い。五と七を重んじる道教神道の思想が短歌形式に影響を及ぼしたとしか考えられない。

五七五七七の短歌形式が陰陽五行説に依拠して定められたのは、古代道教の天の神である北極星を絶対神とした天皇制のコンセプトが日本の政治に応用されたことと、思想的プロセスが同じである。五七五という十七音の三句形式はすべて奇数、五七五七七の三十一音の五句形式もすべて奇数からできており、短歌形式として統一されたのは短歌が詠まれ始めた飛鳥時代である。それ以前は様々な形式が存在していた。五七というのは中国の陰陽五行説の媒介がなければ成立しえない。何か人工的で特定の思想に基づかなければ五七五七七とはならない。自然発生的に五七五七七となったのではなく、陰陽五行説の思想に依拠して短歌形式が中央で決められて、トップダウン式に全国に広められたとしか考えられない。形式は、律令の法律と同じく、トップダウン式に上からの命令で決められなければ統一ができない。

日本人は、今でも世界の中では標準化が不得意な国民である。日本人には概念（コンセプト）が欠如しているから、思想に基づいて何かを考えることができない。大乗仏教・儒教・道教神道はすべて朝鮮を通じて日本に入った中国の思想であり、日本独自の思想・哲学・概念はない。移入した後はひたすら細分化させていくことが得意である。日本は、明治時代以前はひたすら中国文化から学び、以後は西洋文化から学んできたのである。日本特有の精神文化とは、無心・虚心に世界の優れた知識・情報を学び細かく応用することである。

定型という標準化は、古代中国の陰陽五行説に依拠して渡来人エリートが決めなければ成立し得なかったと思われる。記紀は天武天皇の指示だとされるが、天武天皇は道教神道に関心を持ち、陰陽寮や天文台を設け、暦・時刻や占いの仕事をさせていた。短歌形式が定められたのは道教・陰陽五行説に深い関心を持っていた飛鳥時代であろう。天皇の下に陰陽寮の官僚と記紀万葉の編纂に関係するスタッフが共にいたのであろう。

俳句の基本は有季定型であるが、有季と定型の結びつきは偶然ではなく必然であった。歴史的には、定型の前に四時（しいじ）（四季）の思想があった。東西南北の四方の思想は漢字の発生に遡ることができるという。四方からの風の神が四季を生んだという思想が定型観を生み出した。

日本語が定型に向いているとか、もともと日本人が四季に関心があったというのは誤解・錯覚である。それらのことは時代を紀元前に遡らないとわからない。少なくとも、『万葉集』で四季部立の巻が出来た時代以後のことだけを考えていてはいけない。日本人の四季観は、中国文学の学習に基づいていた。季題は中国の漢詩の詩題にルーツがあり、和歌の題詠に継がれた。老荘思想と神仙教の影響を受けた『淮南子』や『礼記』月令、『荊楚歳時記』等、中国における祭事に伴う行事の記述にルーツがあり、神々への祈りや厄払いの行事に基づく。

　神への祈りと四季とは深い関係にある。中国の皇帝は五穀豊穣のために、天の神（天皇）と陰陽の神である日神月神と四季の神に祈った。日本に天皇制が出来て、天皇はその影響を受けて神に祈った。皇帝や天皇が四季・四方の神々に祈る四方拝が、短歌・俳句に季が入ったことのルーツである。俳句の歳時記のルーツ『荊楚歳時記』では、五節句には星の神、七草や菖蒲や菊の精霊に祈っている。『易経』には「天の神道を観れば、四時の推移に狂いがない。聖人はこの神道に則って教えを定めるので、天下の万民がみな服従するのである」とあり、「神道」という言葉の使用の最古の例とされる。四季の規則正しい運行が神の働きであり、四季の神への祀りが皇帝の仕事であり、万民が従うところであった。

　『易経』に依拠した『日本書紀』では、孝徳天皇の詔に「天地陰陽、四時（よつのとき）をして相乱（あひみだ）れしめず」とある。天の神、地の神の陰陽の神は四季を乱れさせることがないと天皇は信じ、四方拝を通じ四方・四季の神に祈る。四季の神が重要であったことが、『万葉集』巻八、巻十の四季部立を生み出し、それを継いだ『古今集』で巻一から巻六までの四季部立となり、俳諧・俳句の季につながった。連歌師は柿本人麻呂の神像を掲げていた。人麻呂には風水の東西南北の神を詠んだ歌がある。発句部立の思想が連歌の発句に流れている。

に四季感が必須となったのは四方拝や四時随順と同じ思想に拠る。『万葉集』と『古今集』の四季

虚子編『新歳時記』で、虚子は「陰陽五行説による立春・立夏・立秋・立冬を各季の始めとする分け方もある」という。俳句では「陰陽五行説のものを採用し、月でいふ場合は其多数が所属してをる二・三・四月を春」とするといい、「この五行説は北支那を中心として極めたものであるさうだが我国にもよくあてはまり、感じを主とする俳句に最も適してをるのである」と洞察する。俳句の四季区分が陰陽五行説に依拠していることを虚子がつとに指摘できたのは、虚子が陰陽五行説に詳しかったからである。

有季と定型は深い関係にある。五七五七七の五句は五行説に基づく。その五行説は四季観に依拠している。五行説の発生は古代中国の殷・周の時代に遡ることができる。俳句の有季と定型のルーツを遡ると、歴史的には有季・四季が最初に存在して、次に定型が出来たことがわかる。五行説は四季・四方から成立した。飛鳥時代の古墳の四神図に見るように、春夏秋冬の四季は、東西南北の四方から吹く風の神が運んできた。四方拝は天皇が元日に四方の神に祈る儀式である。

五行というのは四方の「四」と、中央・中心の「一」の合計である。中央に存在するのは北極星の神である太一・天皇である。北極星を中心にしてすべての星が回るから、北極星は道教神道において最高の神であり、「天皇」「太一」と呼ばれた。日本の「天皇」は、人間である大王の名前に道教神道の最高の星神の名前を採用したものである。儒教と仏教が朝鮮を通じて日本に移入されてい

るから、古代中国の宗教思想である道教神道が日本に入ってこないわけはない。日本の宗教に道教がないのは、大王の名前に「天皇」という神の名前を拝借して道教神道の思想精神を採用したため、一般の日本人が道教を信じることができなかったからである。僧侶が星占いをすることや大衆が北極星を祀ることも禁じられていた。

道教の思想として、北極星の神（天皇）を中心に四季の時間と四方が回っている構造が、日本の政治体制として、大王である天皇が四季と時間の暦を統治するという構造になった。「五」という重要な数字は、四方の「四」と、中心の「一」の合計の五に依拠する。陰陽の陰と陽は二神を表す。陰陽の二神と五行説の五神の合計として「七」が重要な数字となった。「七」は七曜の「七」にも通う重要な数である。日月の陰陽二神と、火星・水星・木星・金星・土星の五星神の合計が七星の七曜である。ラッキーセブンの寿福をもたらす七星神である。また、天皇という名前の最高の神・北極星を守護する北斗七星も重要な星神であり、「七」という数字が重要視される理由である。中心に北斗星の「七」という数字がおかれ、その周りを四方が囲む講図が重要である。

四方の数字の組み合わせは、一日が二十四時間、一年が二十四節気であることに依拠している。太一・天皇という最高神を中心に、二十四時間の時、二十四節気が巡る構図である。北極星・北斗七星の「七」を中心に「二十四」の数字が回る構図である。「七」を中心に「二十四」が分割され、四方に配置された。偶数を嫌った陰陽思想では、陰数の「六」を四方に配置せず、陽数の五・七・五・七に分けたのである。五・七で「十二」、五・七で「十二」の合計「二十四」が定められた。中心の北極星・北斗七星の「七」を囲む四方の数字として、五七五七が決まった。五行説の五句に

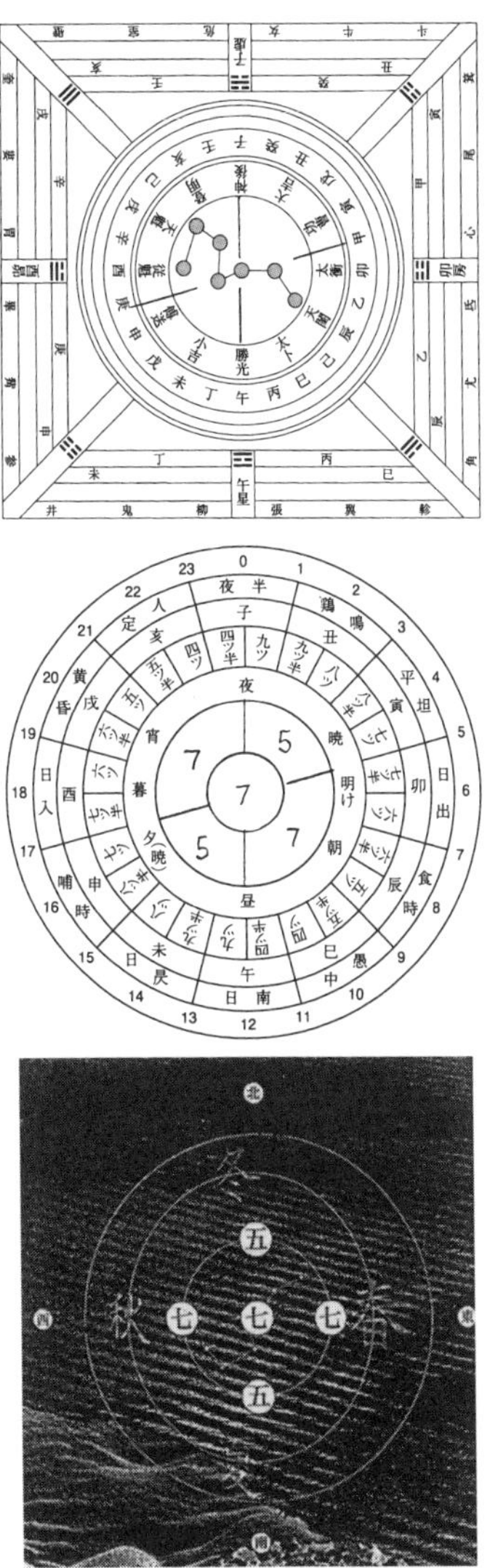

合うように、五七＋五七＋七の五七五七七が決められたのではないか。これは、『万葉集』の短歌・長歌が（五＋七）ｘｎ＋七の公式で出来ていることに関係する。陰陽寮の官僚が設けられたこと、記紀万葉の神道神話と短歌文学が作られたこと、地下の壁画に四神図のある古墳が作られたことは同じ時代の出来事であり、全てを貫くのは陰陽五行説で、五と七の数字の霊があった。

トップダウンで決められた天皇制の政治様式と有季定型の文学形式は、千三百年変化することなく続いて来た。『万葉集』には四季に依拠した二巻があり、『古今和歌集』は歳時記に近い分類がされている。陰陽五行説がもっと徹底されていれば、短歌もまた有季定型になっていたであろう。荘子が説いた四時従順と陰陽五行説に依拠する造化従順の形が、有季定型となった。有季定型は四方拝や蓬萊と同じく、五穀豊穣・長寿・福をもたらす形式として守られてきたのである。

俳句の季の中で五節句は重要である。五節句の五の数は陰陽五行説に依拠する。一月七日の人日・七草粥、三月三日の桃の節句・雛祭り・上巳・曲水宴、五月五日のこどもの日・端午の節句、七月七日の七夕・星祭、九月九日の重陽・菊の節句の以上五節句は、五六〇年頃の『荊楚歳時記』が述べるように道教系の祈りの行事である。『荊楚歳時記』は奈良朝初期までに日本に伝来した書物であるが、風習そのものはもっと以前に渡来人によって伝えられていた。歳時記のルーツである『荊楚歳時記』が説く五節句はすべて、神への祈りの日であった。五節句の日には不老長寿を祈り、厄・悪霊・病を祓う日であった。七夕の日には星神に寿福を祈り、重陽の日は不老不死を祈った。中国での共産主義化、日本での西洋化・近代化によって五節句の本来の使命が忘れられた。五節句には数字の霊が存在する。五節句の月日を構成する数字はすべて、一、三、五、七、九という奇数である。奇数は陽数といい、陰陽五行説では寿福をもたらす数である。短歌の五七五七七、俳句の五七五という定型を決定した思想は、寿福や五穀豊穣や不老長寿をもたらす陰陽五行説であった。

高松塚古墳・キトラ古墳の壁画の四神は星神の天皇を守る守護神であった。壁画の四神図には、陰陽五行説に基づき、東には春の神・青龍、南には夏の神・朱雀、西には秋の神・白虎、北には冬の神・玄武が描かれ、古墳に眠る皇族の守護神であった。古墳の天井には星の神が描かれた。その星座の中心には北極星・北斗七星が存在する。四神図とは別に、陰と陽の神として、東には日神、西には月神が描かれた。人麻呂には〈東（ひむかし）の野（の）に炎（かぎろひ）の立つ見えてかへり見すれば月かたぶきぬ〉という「軽皇子の安騎の野に宿りましし時」に詠まれた歌がある。人麻呂と皇子がなぜ徹夜で儀式をしたのかは解明されていないが、東の日神と西の月神、天上の北極星という天皇の神に祈ったと思わざるを得ない。同じ構造が古墳に見られる。四季の神に囲まれて眠る貴族の魂は天井の星神を見て仙界に昇った。四季・四方の「四」と、天の神（太一）の「一」の合計が五行説の「五」であった。

なぜ俳句は四季観を絶対としたのだろうか。

日本文学は記紀万葉から始まり、日本の政治は律令から始まった。記紀万葉の成立と律令の成立は同時代であり、共に中国の文学と律令の影響を大きく受けている。縄文時代・弥生時代の、文字が全くなかった時代から、突然、漢字が朝鮮経由で移入されて以来、古代中国の漢字・律令・文学・文化を学び、応用した。縄文人も弥生人も共に大陸からの渡来人であるが、日本文化は漢字の移入によって大きく変貌した。文化・宗教はその国の原始時代からあったものとは異なり、大国の文化・宗教の影響を大きく受ける。

大宝律令・養老律令は政治・社会を規制し、国民に重大な影響を及ぼした。明治の新政府も律令を重んじている。「令」の中の「神祇令」が日本の正式な宗教を定め、神祇信仰の公的祭祀の大綱となった。天神地祇は神祇官がすべて祀るとされた。仲春の祈年祭に始まり、季冬の道饗祭に終わる四季の祭が定められた。仲春・季春・孟夏・季夏・孟秋・季秋・仲冬・季冬の季節ごとの神事は、古代中国の朝廷儀式に倣っている。日本の神道は律令により正式に始まった。国が季節ごとに神を祀ったことが、『万葉集』の四季部立に影響していた。

『万葉集』の巻八と巻十には四季の分類があり、歴史的には『古今和歌集』がそれを引き継いでいる。連歌の発句は必ず季詞によって季節を詠まなければならないという唱和問答としての一義的な意義があり、「四季の外、雑の発句はござなき候」と無季の句は禁止された。人と人の挨拶の言葉として、共通話題として、季節の話がもっともふさわしい。芭蕉はなぜ雑の無季句が禁止されたかわからないと疑問をもっていたが、無季句は極めて少ない。俳句は森羅万象の生命を詠むものであり、四季は季節の循環思想であり、生命の循環である。四季観は生命循環の回転イメージに依存する。四季は四方の神がもたらす。四季の神に五穀豊穣と寿福を祈ったことが四季観のルーツである。

地球上の生物の体内には光の量と大気の温度を感知する細胞が存在する。生物のＤＮＡには体内時計があり、一日の行動を管理している。また、一年間の光によって季節変化を知る光周性を持ち、それが成長リズムを管理している。魚や鳥の行動には大気や海の水の温度が深く関係する。生命運動と四季が深く関係しているからこそ、俳句には季が必然的に存在する。四季観は自然科学に反していない。生物が体内時計を持つように、生物には四季の体内時間がある。人種の皮膚の色を左右する遺伝子が歴史的時間と緯度で決定されるように、生物の遺伝子には四季の時間を司る遺伝子が存在している。生物時計はいくつも知られているが、たとえば概日リズム、光周期性（光周性）などがある。周期は短いものから長いものまで様々あって、短い周期の例には心臓の拍動、脳波などがあり、長い周期のものでは、鳥の渡り・魚の回遊・植物の開花などに見られるような季節単位のものがある。だが、生物時計は周期性のものだけでなく、一定時間の経過だけを示す「タイマー型生物時計」（砂時計型生物時計）と呼ばれるものもあることが知られている。私たちは自分の意識で生きていると思っているが、実際は意識とは無関係に眠くなり、腹は空き、体をコントロールできないまま二十四時間というリズムの中で生きなければならない。人の意識は、脳の中に少し存在するのみである。

二〇一七年にノーベル賞を受賞した体内時計の発見によれば、生物には「時計遺伝子」が存在し、たんぱく質の増減の周期が体内時計のリズムを刻む。動物はそれによって、一年の周期と一日の周期が細胞の中で制御されているから、動物である人間も体内時計を持つ。鳥や魚が年周期によって四季への対応が異なるように、細胞が人間の精神と身体を無意識に制御する。俳句に季感があるのは、人間の文学的精神に年周期を制御する遺伝子が影響することに依拠している。歴史という時間と緯度経度という地球上の位置が、肉体的かつ精神的な遺伝子を決定する。地球は自転し、太陽をめぐり回転する。太陽もまた回転する。地球の回転の軸と太陽の回転の軸が平行でないことが四季を生む。日本の風土の多くは四季の循環の中にある。人間の生命を維持する稲作や、植物の成長は四季に従う。四季は春夏秋冬の循環思想である。四方拝や宮中での祝詞では、東西南北と春夏秋冬という、四方と四季の神への祈りが捧げられている。四季の神が農耕民族の命を維持する。「陰陽の本質は四季を通して上へ下へと互い違いに動いて出くわす」「何かが微かに動いて萌え出る。萌え出て生まれる。生まれて育つ。育って成熟して衰える。衰えて死ぬ。死んで見えなくなり次の生が起こる」と、『呂氏春秋』は陰陽理論と四季と生命の関係を説く。

古代中国の詩歌には四季観や恋の詩が少なくて、四季観と恋の歌は日本文化に固有のものという人がいるが、日本文化への中国文化の影響を認めたくない人々の政治的な意見である。縄文文化が有季定型に影響したかどうかを証明するのは、縄文時代の文学が文字として残っていないため不可能である。中国文学には三千年の文字の蓄積が残っているから、『万葉集』の精神がすでに中国文学に見られることは実証される。日本には日本独自の文学観があって、四季や恋を詠むことは中国文学にはないという文学者は、国粋主義者的な空想に囚われている。『國學院雑誌』創刊一二〇周年記念特集号に、辰巳正明の「万葉集と楽府系歌辞」という論文があり、そこには「日本人の季節感は、漢文学の理解から出発する」と明瞭に書かれている。

日本の古典文学の研究には中国の古代文学の研究が不可欠である。中国の南北朝時代（五～六世紀）の楽府と呼ばれる歌の中に、相聞四時歌があり、恋の歌が四季観をともなって歌われていることが日本文学に影響した。辰巳訳の例には、「恋人は春の月に戯れ、スカートのすそを引いている」という春歌の一節、「月の明かりの中で芙蓉を摘み、夜毎に恋人と一緒にいる」という夏歌の一節、「恋人は臥したままで帰らず、名月の中で遊ぶ」という秋歌の一節、「恋人は夜具を重ねて寝るので、しとねの中は夏のように暑い」という冬歌の一節がある。四季を詠むこと、恋を詠むことはすでに中国の相聞四時歌に見られ、『万葉集』の巻十の多くの四季相聞歌がその影響を受けたのである。中国の相聞四時歌が、『万葉集』四季相聞歌に深い影響を与えた。四季観や相聞歌は日本人独特の文化だと誤解されてきた。『万葉集』と『詩経』の共通性を研究したのは白川静である。

日本では中国文化と日本文化の共通性についての研究が遅れている。古代中国の書籍の日本語訳が少なく、充分研究されていない。道教神道の書籍の翻訳を読むことが出来れば、日本文化や日本の宗教に中国文化が深く広い影響を与えたことがよく理解できるであろう。戦前の旧帝大では道教の研究者は大学を追い出された。「天皇」という言葉が道教の神、北極星の星神であったことも日本文化史において隠されていた。『万葉集』で神と歌われた人間・天皇の名前が、北極星から取られたことを国民が知れば、天皇（北極星）の祖先がアマテラスオオミカミ（太陽）ということとなり、合理的でなくなるから、左道（道教）を信じることや北極星を祀ることは禁じられた。道教の内容が詳しく研究され始めたのは戦後である。

有季という四季観と、五七五七七の短歌と五七五の俳句の定型が成立したのは、飛鳥時代に古代中国の思想を漢字と共に学んだ結果である。五七五七七の五句形式とは異なった多くの歌謡が『万葉集』以前の記紀歌謡にあったが、突然、定型が決定し、『万葉集』の短歌に統一された。それ以後、日本人は五音七音を詠むように訓練されてきた。日本人が日本語を作ったのも、日本文化・日本文学を作ることができたのもすべて、漢字・漢文学を学んで、記紀万葉を作ったからである。その飛鳥時代に日本が学んだ思想が陰陽五行説であり、五と七を重んじる思想であった。その五行は、四季・四方・四気の「四」が中心の「一」を回る構図から生じた。四季と五行は深い関係にあった。『万葉集』『古今和歌集』『新古今和歌集』、連歌、俳諧、発句、俳句といった詩歌の歴史を貫道するものは、飛鳥時代に渡来した陰陽五行説である。

以上は誰も論じていない筆者の仮説である。なぜ有季定型が成立したかは、今まで誰も説明できなかった難問である。有季定型の成立にまつわるすべての難問を合理的に解決する代案・仮説があれば知りたい。

＊本章中の図（上中下）のうち上・中の図は、『現代に息づく陰陽五行』（稲田義行、日本実業出版社）より転載した。

切字の働きの一例——切れない切字・古里・古池にかえる蛙

俳句論の概念だけをもって秀句かどうかは決められない。スケッチ風写生、デッサン風写生は俳句の基本であり、写生論自体は大切であるが、写生の俳句だからといって秀句・佳句になりえる保証は何もない。また技巧的な面から、俳句には切字を必要とするという意見も大切であるが、切字を使った俳句が必ずしも秀句・佳句になりえるとは限らない。

総論的に切字の問題を論じても、切字を使った一句一句を吟味しないと切字の働きは理解できない。写生もそうである。子規が写生を、虚子が客観写生を説いたが、総論として何となく理解しても、写生の句は膨大に詠まれ続けていて、どの写生句が秀句なのか、どの写生句が駄句なのか、一句一句吟味して評価しなければならない。さらに評価は批評する人の主観による。文学や宗教に客観的評価は存在しえない。人々の主観的評価が異なると、最終的には多数決で評価が決まる。

俳句の評価は一句をいかに解釈するかにかかっている。作品の解釈が異なると評価が異なる例をあげたい。有名な芭蕉の句の切字について、極端に解釈が異なる鑑賞がある。日本人が一番好きな俳人は芭蕉であり、有名な句は〈古池や蛙飛こむ水のおと〉である。俳句を代表する句の一つである。蛙は古池に飛び込んだと多くの人は思ってきたが、長谷川櫂は『古池に蛙は飛びこんだか』で、丸一冊を費して「古池に蛙は飛びこまなかった」と断定した。ここでは長谷川の俳句や俳句観を批判するつもりはなく、有名な句の切字一字についてすら解釈が異なる例をあげたいだけである。切字に総論はない。

長谷川説は各務支考の『葛の松原』に基づく。「蛙飛こむ水のおと」という七・五を芭蕉が最初に詠み、宝井其角が「山吹や」という初五を提案したが、芭蕉は最後に「古池や」と決めたという聞き書きである。長谷川は蛙は古池に飛び込まなかったと断定したが、本当だろうか。正しい解釈だろうか。

「芭蕉は古池と蛙が飛びこんだ水は別々のものであると思っていたからこそ重複など気にせずに『古池や』とおくことができた」「蛙は古池に飛びこもうとしても飛びこめない」「支考の聞き書きをもとにするかぎり、古池の句を『古池に蛙が飛びこんで水の音がした』と解釈するのは難しい」といい、切字について、「古池に」という意味であれば、切字の「や」など使う必要はないという。「『や』が切字であるからには古池の句はここで切れる」「『古池』と蛙が飛びこむ『水』は別のものではないか、蛙は古池に飛びこんでいないのではないか」「この古池はこの世のどこにも存在しない。ただ芭蕉の心の中にある古池である」と述べ、句の印象を短詩にすると次のようになるという。

「古池がある／蛙が水に飛びこむ音が聞こえる」「『蛙飛こむ水のおと』は現実の音である。これに芭蕉が取り合わせた『古池』は心の中に浮かんだ景色だった」

俳句の解釈は読者の自由でいい。しかし、今までの常識的な解釈を認めない独断的な意見はやはり訂正する必要がある。長谷川の解釈はあまりにも不自然ではないだろうか。意味からすれば、蛙の飛び込んだ水の音は古池のそれ以外にはありえない。切字の「や」は、意味を分断する切字ではなく、読者の意識を古池に集中させるために使われていた。切字があるからといって必ずしも意味が分断されるとは限らない典型的な例である。切字が使われている俳句では、そこで意味が切れているのかいないのか、一句一句慎重に吟味しなければいけない。

古池以外の一体どこの水に蛙が飛び込んだのか、長谷川は何もいわない。三百年間の常識が間違いであるという長谷川説は、何か根本的に不自然である。三百年間変わらない常識で解釈できるような無為自然の句を芭蕉が詠んだからこそ芭蕉は俳聖・霊神となりえたのである。

南方熊楠が「ネイチャー」に掲載した文「蛙の知能」によると、「蛙は地理感覚に優れている」といい、蛙の名前の由来は、遠い場所にいても育った元の場所を慕って「帰る」から「かえる」であるという。蛙の名の発音は違っても本性は同じである。

「古池」の「ふる」は、芭蕉の句〈旧里(ふるさと)や臍(へそ)の緒(を)に泣(なく)としの暮〉の「旧里」の「ふる」に通い、〈旅がらす古巣はむめに成(なり)にけり〉の句で旅烏が「古巣(ふるす)」に帰るという「ふる」にも通う。「古池」は古い池であり、新しい池ではなく、蛙の古里・古巣としての池である。亡き親を偲び臍の緒を手に泣く姿や、旅烏が古巣に帰る姿は、古池に帰る蛙の姿と重なる。蛙は生まれた古い池に帰るのが自然である。芭蕉の開眼は荘子の無為自然・造化随順の思想による。

芭蕉は「俳諧を子どもの遊ぶごとくせよ」と教え、その心は「荘子のごとくせよ」「俳諧をせば荘子をよくよく見て、荘子のごとく有べし」と説いた。芭蕉の「軽み」は荘子の無為自然に依拠する。芭蕉は荘子の影響を受け、無為自然の俳句観を高く悟った。蛙が生まれた古池に帰るのは無為自然であった。蛙が古池に飛び込むことが自然であり、童子が無心の心で見たイメージであった。読者にとってこの句は写生・写実のように理解できる。芭蕉が実際に見たかどうかは読者にとって問題ではない。芭蕉が人生において、いつか蛙が池に飛び込んだのを見た記憶があることは確かであり、記憶に基づいて句を詠んだかもしれないが、読者が理解するのは発表された十七音という結果だけである。結果が事実らしい風景であると読者が理解すれば、詩歌として、写実として成立可能である。文学においては、文字になった言葉と読者の心があるだけである。作品が作者を離れたあとは、作品を解釈・批評するのは読者である。

さて〈古池や蛙飛こむ水のおと〉の句について、まず率直に、虚心に、芭蕉が最終的に残した言葉の順序にただ忠実に理解しよう。読者は句を上から順番に読みながら心にイメージを描く。最初の「古池や」の言葉に出会い、読者の意識は「古池」に集中する。「や」は「古池」を強調して、読者は心に古池のイメージを最初に浮かべる。心を古池のイメージが占める。そして蛙が飛び込むイメージが続き、疑いなく蛙は古池に飛び込む。最後は水の音が心に聞こえる。池の面の波紋の輪が心に浮かび、やがてその波が消えて静かな古池だけが心に残る。「水のおと」とは、読者の心の中では古池の水の波紋となる。純粋に、虚心に俳句だけを読めば、これ以外のイメージは出てこない。

読者は、普通は上から順に、「古池や」を読み、「蛙飛こむ」を読み、「水のおと」を読む。それ以外の読み方を読者はできない。芭蕉がまず「古池や」を置き、その後に「蛙飛こむ」を置いたのは、意味として古池に蛙が飛び込むのが無為自然だったからである。芭蕉は人為的な技巧を嫌い、童子のように自然を自然そのままに詠んだのだ。芭蕉の時代には、作為的・人為的な句が多かったから、無為自然の句が逆に新鮮に思えたのであろう。月並俳句を貶して子規が写生を唱えたことが新しく見えたように、作為的・人為的な俳諧の時代に芭蕉が無為自然の句を出したことが当時では新しく見えたのである。長谷川のように「古池や」を無視して読み飛ばし、「蛙飛こむ」から読み始める読者はいない。人間の脳と目の働きの自然である。十七音を上から普通に読む限り、古池のイメージのない全く別世界に蛙は飛び込めない。

芭蕉がどういう順序で創作したのかは問題でなく、芭蕉が最終的に読者に提示した言葉の順序が重要である。芭蕉がこの句を詠むまでの当時の俳壇では機智や言葉の遊びに近い技巧的な句が流行していたのであって、長谷川がただごと句とした無為自然の解釈そのままがまさに開眼であった。ただごと句が開眼であるはずがないとしたのがそもそも長谷川の誤解の始まりであり、切字の問題が複雑怪奇な問題となった。古池に蛙が飛び込んだという発想は、芭蕉の時代では新しい句の開眼であった。ひねった句が多い当時の俳壇に素朴な句を出したのが開眼であって、長谷川は素朴な句の解釈を誤解し、複雑怪奇な句に歪めてしまった。名句は複雑でなくシンプルで自然である。俳句の十七音の中での切れは、そこで意味が切れているか切れていないかのどちらかである。切字があるから切れるとは限らないことは芭蕉もいうところであり、この句は意味が切れないケースである。〈古池や蛙飛こむ水のおと〉の意味は、「古池に蛙飛こむ水のおと」とは異なると考えたのが長谷川のさらなる誤解である。俳句には「切れ」が必要だから、「に」ではなく「や」が使われたという意見も再考を要する。もし句が「古池に蛙飛こむ」であったなら、古池よりも蛙の飛ぶイメージが強調される。しかし、「古池や蛙飛こむ」では「古池」が強調される。「や」と「に」では強調されるイメージが異なる。「や」の効果によって、読者の心に「古池」のイメージが最初に強く思い浮かべられるようにと芭蕉が誘導したのである。読者の心の中の古池に、読者の心の中の蛙が飛び込んだというイメージ以外の解釈は、句の言葉の順序からは出来ない。「古池や」で切れるから「蛙は古池に飛びこまなかった」というのは、作品が読者に呼び起こすイメージの順序からいってありえない。

切字は発句から発生したようによく書かれているが、すでに『万葉集』や『古今和歌集』に見られることはあまり論じられていないようだ。発句の句末の切字「かな」は、すでに「恋もする哉」「めづらしき哉」等、『古今万葉集』の歌の結びに多く見られる。歌の一首の最後に「かな」を置いて、歌全体が独立して存在するような効果を持たせている。句を最後で切るのも歌を最後で切るのも同じである。文章を「〜である」で終わらせるのも同じ効果がある。「絶景かな」という表現にも見られるように、「かな」は句末を強調する言葉であり、『万葉集』に見る一首の中の切字「や」の働きに近い。『万葉集』には歌の結びが例えば「かも」で終わるものが多く見られる。これも歌の最後を切る言葉として使われていた。『万葉集』で一首を「かも」で終わらせ、『古今和歌集』で「かな」で終わらせたことが、発句の「かな」に引き継がれたと考えたほうが和歌から発句への言語の連続性がわかりやすい。切字の問題は総論的に切字だけを論じるべきではなく、一句一句、秀句か駄句か、細かく中身を検討すべきであろう。

切字「や」は発句に始まるというのが定説だが、語法のルーツは『万葉集』の「吾妹子や吾を忘らすな」「ますらをや片恋せむと」「石見のや高角山の」といった最初の五音への意識の集中を促すことにあった。関西弁でいう「あれや」「これや」に見られる強調の「や」が、『万葉集』の時代から使用された語法であった。

長谷川は、『葛の松原』を読むまで普通の理解だったというから、それでよかったのである。『葛の松原』の言い伝えを読み、勘違いした。作品とは、作品そのままの言葉がすべてである。芭蕉自身が最後に残した言葉だけを信じよう。読者は、作者の創作の裏話を克明にほじくり回す必要はない。長谷川の作品を理解するために、読者はいちいち長谷川がどういう順番で俳句を作ってきたかという裏話を知る必要はないし、分からない。長谷川の句は、長谷川が最終的に句集に残したその姿のままで読者は理解せざるをえない。俳句であれ他の文学形式であれ、作品が作られた過程を知っても、完成された作品を理解することの手助けにはならない。最終的に提示された作品が良いかどうかを論じることがもっとも大切な批評であり鑑賞である。

長谷川説の誤解は、ひとえに元禄五年に出た『葛の松原』の支考の言い伝えによる。其角は「山吹や」を芭蕉にすすめたが、「風流にしてはなやか」ではなく「質素にして実也」として「古池や」に決まった。支考の聞き書きが真実かどうか今は誰も証明できないが、作品創作の順序として「古池や」が後で決定したという裏話だけをもって、蛙は古池に飛び込んでいないとは断言出来ない。読者の心に「古池」のイメージを最初に強く植え付けることが芭蕉の真の意図であった。芭蕉が読者に理解させるイメージの順序と、伝説上の芭蕉の創作順序を長谷川は取り違えて混乱したようだ。

さらに長谷川は極めて重要な資料を無視した。「古池」の句は『蛙合』と『春の日』に入集して世に知られたが、それ以前に、『庵桜』で〈古池や蛙飛ンだる水のおと〉という作品が出ていた。ただし、この句はまだ談林風であり、開眼句ではなかった。芭蕉の実作は〈古池や蛙飛ンだる水のおと〉と〈古池や蛙飛こむ水のおと〉の二句である。古池に蛙が飛び込んだ音の発見と、「飛ンだる」から「飛こむ」への変更が開眼の一つであった。開眼句の価値とは、俳言による俳意や情緒の強調から離れて、自然に閑寂な境地を開いたところ、とした山本健吉説が優れている。俳論集『三冊子』には「水に住む蛙も、古池に飛び込む水の音といひはなして」とあり、支考は『発願文』に「先翁はじめて古池の蛙に水の音の終りを聞いて」というから、芭蕉の弟子達は蛙が「古池」に飛び込んだと正しく理解していた。長谷川は、『葛の松原』の支考の言葉に依存するなら、同じ支考の『発願文』をも信じるべきである。「水のおと」が古池の水ではないというのは不自然であり、長谷川は何の水音かも解明していない。「蛙が水に飛びこむ音を聞いて心の中に古池の幻が浮かんだ」というが、古池の幻を浮かべておいて、蛙が飛び込んだのが古池でないとするのは不自然である。古池の幻が浮かんだのは、まさに蛙が帰るべき古里・古巣の古池だったからである。

長谷川の解釈であれば、芭蕉句は三百年間名句とならなかった。蛙の姿も水の音も、現実という証拠はない。『おくのほそ道』に虚構があったように、芭蕉の句はリアリズムでなく、心の中の世界を詠んでいる。長谷川が「古池」の句の意義を「発句に初めて心の世界を開いたこと」としているのも誤解である。「古池」以前の〈野ざらしを心に風のしむ身哉〉等、芭蕉の秀句にはもともとリアリズムではなく心の世界を詠んだものが多い。三百年間の歴史が証明したことは、古池に蛙が飛び込み水の音がしたという自然な心のイメージが、読者に多様な鑑賞をさせてきたことである。「拝荘周尊像」という言葉が発句〈蝶よ〳〵唐土のはいかい問む〉の前書にある。芭蕉は荘子を神のように崇拝し、造化随順の思想を俳諧に応用した。荘子の思想と精神が芭蕉の血となり肉となった。芭蕉が「尊像」とまで尊敬した人は荘子以外にない。芭蕉は仏教の僧侶や文学者に対して「尊」とは呼ばない。荘子をもっとも尊敬したことは、今までの芭蕉論ではあまり語られていない。長谷川は芭蕉を禅の人と誤解した。芭蕉は達磨のように一生坐禅をした僧侶ではない。言葉で禅は解説できないとした不立文字という禅宗の教えを守っていれば俳人にはなれなかった。言葉の芸術は禅の教えに反する。禅は達磨のように一生坐禅をしても悟ることができるかわからない大乗仏教である。芭蕉が禅の悟りを求めたのであれば僧侶になっていたであろう。「古池」の句は、芭蕉が荘子の無為自然に開眼した句であり、禅問答的な詭弁ではない。蛙を無為自然のままに捉えて詠んだのである。

「本当は『蛙が水に飛びこむ音を聞いて心の中に古池の幻が浮かんだ』という句であったことがわかれば、この句はたちまち現実の世界（「蛙飛こむ水のおと」）と心の世界（「古池や」）が交錯する魅惑的な句に生まれ変わる。この現実のただ中に心の世界を開いたことこそ蕉風開眼と呼ばれるものであった」という長谷川の解釈はやはりどう考えても不自然である。俳句が作者の手を離れて、十七音の文字として読者が読んだ時、俳句の世界は読者の心の中だけの世界になる。読者の心の中にある古池のイメージの中に、心の中にある蛙のイメージが飛び込んだのであり、水の音もまた読者の心の中の音である。心の中のイメージが現実の世界での記憶と違っていなければ、写生・写実の句となりえる。

長谷川は、平成十五年三〜四月の「読売新聞」紙上の往復書簡で、森澄雄に「古池」の解釈を話していた。澄雄の発言は手厳しい。「この芭蕉の句についても、『切れ字』云々と形式的に考えたことはありません」「大きな寂寥を開いた句として芭蕉自身の開眼があったと言えるでしょう」「『切れ字』の俳句的思考より、『や』と置いて、続く『水の音』に至る言葉の奏でる音楽の空間の広やかさ大きさに耳を傾けることです。そうすれば『や』の大きな働きが分かると思います」「貴君も小さな理屈を捨てることが、俳句が大きな世界を得るための一番大事なことだ」「どこかに言葉の傲りがある」「悟ったような賢しらは嫌いです」と応えた。正岡子規は「古池の句の意義は一句の表面に現れたるだけの意義にして、復他に意義なる者無し」(「古池の句の弁」)といい、詠まれた言葉のままだという。高濱虚子は「『古池』の句に就いての所感」で、「芭蕉が深川の庵にあつて、聞くともなく聞いてをると、蛙が裏の古池に飛び込む音がぽつんぽつんと聞えて来る」という。

古里の古池に蛙が帰る姿に命の自然の姿を感じればいい。蛙の命は無為自然の中にある。切字があるからといって意味が切れるわけではない一例である。

読者は、「や」の切字に出会った時には、そこで意味が切れているのか切れていないのかに注意する必要がある。意味の切れがあるかないかで句全体の解釈が異なり、評価が異なってくる。切字の問題は具体的に一句一句において判断すべきであって、具体的な例句をあげない総論では切字について語ることはできないし、間違った判断をすることになる。また、俳句に切字さえあれば秀句になるとは限らない。

あとがき

本書は、月刊俳句総合誌の「俳壇」に、平成二十九年一月から三十回連載したものに加筆・修正をしたものである。

俳句に関する歴史を記述する俳句史は、大きくいって、俳句論史、作品史、俳壇史で構成される。本書では、作品史・俳壇史ではなく、本質的で普遍的な俳句論・俳句観を理解することに寄与する俳句論の歴史に限った。例外的に俳句作品も取り上げた。俳句論と作品の中味にギャップが見られる俳人の場合は、作品を取り上げた。優れた俳句作品を残した俳人は多いが、ここでは、純粋で普遍性のある俳句論を残した俳人に限った。俳人の人間関係にまつわる俳壇史や、作品の中味を論じた作品史も重要であるが、本質的な俳句論のエッセンスをまとめるだけとした。

当初は過去の論争史を取り上げるつもりであったが、本質的な論争に限った。解釈の違いは主として主観的感想の違いであるため、過去の解釈論争は省いた。例えば切字一つとっても解釈が異なり、切字とは何かという総論を述べることは不可能であるため、切字の働きがわかる顕著な例として、芭蕉の

「古池」の句について論じた。

純粋で普遍的な俳句論とは何であるか。ものごとの本質はどんな分野であれ難解である。本書は一般的に評論と呼ばれている過去の俳句論を紹介した文章ではない。個々の作品の一句一句の中味がいかに詠まれたかを鑑賞・解釈・解説する作品論でもない。特定の俳人を論じる俳人論でもない。俳人の一生を追う評伝・伝記・個人史でもない。句集や評論集の表層的紹介である時評や書評やジャーナリスティックな文章でもない。俳人と結社の関係、俳人同士の個人的関係、各種協会や俳句総合誌を含めた俳壇の歴史に触れた俳壇史でもない。研究者の論文のように、過去の資料の引用で埋めた研究・調査・報告論文でもない。季語の説明・配合・切字の説明といった俳句の作り方に関するハウツーものでもない。「俳句とは何か」といった読者としての感想でもない。

純粋で普遍的な俳句論とは、俳句作品はどうあるべきかを論じる本質論である。俳人自身の言葉で自らの俳句のあり様・信条・信念を語ったオリジナルな本質論である。自らの俳句創作だけでなく、多くの俳人の創作に精神的根拠を与えるような普遍的な俳句論である。過去に語られた俳句論の単なる紹介ではない。写生論や花鳥諷詠論は、肯定・否定にかかわらず、本質的な俳句論として長く俳人に影響を与えてきた。しかし、後世の俳人や研究者が写生論や花鳥諷詠論を紹介すること自体は、本質的な俳句論とはなりえない。

対象とする時代は基本的に明治以降とし、明治・大正・昭和・平成の時代における、正岡子規の登場から今日までの主要な俳句論を紹介した。例外として近世の松尾芭蕉の俳句論を取り上げた。やはり芭蕉の俳句論は現在でも通じる優れた俳句論であり、無視は出来ない。本質論においても技巧論においても、芭蕉を超える俳句論は少ない。芭蕉はすでに写生・写実の句を詠み、その俳句論として造化随順・四時随順の考えを荘子から学び、応用していた。知識や頭で人為的・作為的に作った句を詠むのではなく、地方を旅行して、造化・自然に出会って、四季（四時）の中で句を詠むという無為自然の態度は、写生の本質をカバーしている。子規の写生論は変革といえるほど新しくはなかった。文学史において突然新しい論が出て来ることは少ない。いまだに芭蕉の俳句論は深く分析されていない。芭蕉がすでに「竹のことは竹に習へ」「私意をはなれよ」と荘子の無為自然に基づき、物心一如を説き、〈よくみれば薺花さく垣ねかな〉といった写生句を詠んでいた。写生論も花鳥諷詠論も文学史的に見れば、本質的な無為自然・造化随順・万物斉同の考えの変形であり、芭蕉の俳句観がすでにカバーしていた。芭蕉は写生句も想像句も両方詠んでいたから俳聖になることができた。芭蕉は写実に依拠して写実を超えられたからこそ、俳句史上で一人だけ俳聖・霊神と呼ばれてきた。詳しくは芭蕉の章で説明した通りである。芭蕉は高濱虚子と同じく複雑な俳句観を持ち、客観写生だけでなく主観写生を作品に詠み、主客一致の俳句論を門人に教えていた。

俳句史において、作品が大切なことはいうまでもないが、その作品の良さを伝達するのは散文であり、俳句論の評論である。芭蕉が俳聖となったのは、作品が優秀だっただけでなく、俳文・散文や、門弟の『三冊子』等の俳句論によって優れた俳句論が伝えられてきたからである。俳句作品だけであれば芭蕉は俳聖とはなれなかった。

近代以降、俳句が広まったことには、正岡子規の写生論、高濱虚子の花鳥諷詠論に始まる多くのオリジナルな俳句論の寄与があった。子規や虚子が俳壇をリードすることが出来たのは、優れた作品を残しただけではなく、優れた俳句論を書いたからである。また有季定型の俳句観に満足できずに無季自由律の俳句を説く俳論が新しく出たことは、俳句論史上での大きい出来事であったが、有季定型を超える優れた作品が多く作られなかったのは残念なことである。無季句を説く俳人は有季句を非難するのではなく、有季派を感動させる作品を多く詠む必要がある。

優れた俳人は自らの俳句論を持っていた。俳句を詠むだけでなく、自らの俳句論を持って、優れた評論を書いてきた。最近は評論が低調であるといわれ、公平・公正で普遍的な評論を書く人が少ないとされる。相手を理解しない論争は人格攻撃になりがちで建設的でない。また、恣意的で我田引水的な批評も少なくない。現在は、本質的な俳句論を構築する俳人が少ない、論争が少ない、といわれるから、批評が沈滞しているかのように俳人自身がいう。新しい俳句論がほとんど見られないのはなぜか。論争がないのはなぜか。本書では過去の主たる俳句論を論じたが、本質的な俳句論は出尽くしているから新しい俳句論は出てこないということを深く理解できた。本質的な俳句論とは俳句の内容を超えた普遍的な論のことだから限られる。

俳句論は大きく二つに分かれる。形式論と内容論である。表面的な形式としては、五七五の定型か非定型としての自由律かであり、河東碧梧桐、大須賀乙字、荻原井泉水以来、新しい形式論はない。あとは内容論であり、有季か無季か、客観的写生か主観的想像か、極楽の文学か地獄の文学か、伝統か前衛か等々、すべて内容の多様性の問題であり、基本的な概念は論じ尽くされた。新興俳句も本質は新傾向俳句の継承である。新しく見えるのはテーマの違いゆえであり、例えば戦争といったテーマである。何をテーマとするかは主観の違いだから、時代を超えた普遍的な論として成立しない。個々の作品論で論じられるべきことである。今は過去に論じられた俳句論を繰り返す他はない状況である。ほとんどの評論は今もなお、正岡子規、高濱虚子、水原秋櫻子、山口誓子等の過去の優れた俳句論の引用・紹介にすぎず、今後の創作に寄与する新しい俳句論の構築ではなく、本質的でもなく普遍性があまりない。

過去の論争の結果を見て、論争の意義・意味がそれほどないことを俳人は悟ってきたのではないか。基本的で本質的な俳句論は今までにすでに出尽くしていた。論争がほとんどないのも、争うべきことはすでに争われていたからである。荘子や芭蕉の説く相補性・両行性によって、個人個人の主観と信条によって採るべき俳句観が異なって当然である。文学概念は政治や経済問題と異なり、二者択一の世界ではない。論争の目的は相手の意見を理解して自らの意見の欠点を知ることであるが、俳句論の論争のほとんどは、文学論・宗教論における論争の多くと同じように、一方的に相手を非難するか、あるいは一方的に自説を主張して、相手の意見を理解せずに批判することが多く、平行線を辿ることが多い。

論争は自らの主観に基づいて一方的に自説を繰り返す他はない。「論争がない」と傍観者的に繰り返す俳人は一度論争してみればよい。論争は大変な精神的エネルギーを浪費し、その結果、双方に精神的な禍根を残す。論争は、最後には人格の非難にまで及びがちだからである。論争をしないことは、皆仲良くしましょうといったことではない。論争とは考えの違いを主張することだから、合意することには至らない。意見の異なる人と論争しても、もともと俳句論が異なっているから、妥協点はない。自説と異なる人を説得できない。無季を認めない人と認める人の間では妥協点がなく、論争は成立しない。無季自由律派の俳人は有季定型派の俳人を非難しても無意味である。反対派の俳人を感動させる句を自ら多く作る以外にない。形式上の違い、俳句論の違いを超えて、中味が良いかどうかを論じる他はない。

文学においては、客観的で絶対的な論は存在しえず、それぞれ別々の意見でも社会的には支障がなく共存しえる。人は非難されると冷静になれず、感情的になる。非難された人は、自身の論が間違ってても、必ずその非難した人を非難する。自らと異なる俳句観を理解して、その存在を認める他はない。作品の解釈・鑑賞は主観的だから、違いはあり得るし、大いに論議しても良い。他人の作品の解釈の違いについては具体的に一句一句細かく説明すればいい。

すでに作品論を主とした俳人論を多く書いてきたが、俳句論史についてまとまった評論を書いたのは初めてである。なぜ俳句に感銘するのか、なぜ特定の俳句が優れているかという理由を考えることに関心があるから、作品論が多い。『句品の輝き』『ライバル俳句史』『平成俳句の好敵手』『文人たちの俳句』『ヴァーサス日本文化精神史』『毎日が辞世の句』の既刊六冊では優れた俳人の作品について書いてきた。いわゆる俳句論ではなく、時評的なものでなく、技巧論でなく、評伝でもなく、優れた俳人の作品にこもる本質的な文学精神・詩的精神を見つめてきた。俳人の作品を追いかけていると、必然的に俳句史に残る俳句論に注目せざるを得ない。自らの作品の根拠としての俳句論を残した俳人は少ない。すでに俳人論・作品論を多く書き、優れた俳句作品を取り上げてきたので、関心のある人は拙著を参照してほしい。本書では基本的に作品論は除いた。

俳人の使命は、いかに良い作品を詠むかであろう。俳句論と作品は両輪であるが、必ずしも一致しない。俳句論を書いていない俳人が良い句を詠むこともある。俳人は良い作品を作りつつ、自らの俳句論を確立できれば良い。

本書ではカバーしなかったが、俳句の内容とその深さについては、まだまだ開拓の余地はある。秀句・佳句だけを選び、選んだ秀句・佳句がなぜ良いのかを批評する作品論が大切である。具体的に一句一句の作品を冷静に評価することが必要である。「選は創作」と虚子は洞察したが、評論においてももっとも大切なことは選句である。評論以前に秀句・佳句だけを選び、その優れている理由を散文化できるかが批評のすべてである。本質的な俳句論が出尽くした現在、今後は、俳句に詠まれる中味・テーマを論じる以外にはない。例えば、東日本大震災以来、震災俳句について論じられたが、論が最初にあるのではなく、震災という事件が発生して、震災俳句が詠まれて、最後に俳句論が生まれる。将来の俳句も俳句論も、評論を通じて予測することはできない。俳句の作品があって批評が後付けで生じることは、いつの時代も同じである。

「論は、論としては甚だよいけれども、引例の句には、その論と合致せぬのが大分あると思う。要するに、句の解説を十分に試みなければ、その所論を確かめ得ないのである。それゆえに僕は一句一句の詮(せん)鑿(さく)からはじめよう」とは、乙字がすでに明治四十四年の碧梧桐論で述べた優れた言葉であるが、すべての俳句論・文学論・文化論について言い得る言葉である。

これからは、過去の有名な俳句論の引用・紹介ではなく、作品の例をあげない一般論や概念論ではなく、一句一句の俳句作品が秀句かどうかを具体的に述べる批評が必要である。作品論を通じて普遍的な俳句論が提示できれば良い。さらにいえば、評論を批評できる批評家が必要である。

限られた二年半の期間に、限られた枚数で、毎月異なった俳句論について論じることは厳しく難しい仕事であったが、俳人論・作品論を個別に論じている時には分からなかった俳句論の歴史が理解できた。俳句論史があまり書かれてこなかったのは、異なった俳句論をすべて理解して虚心に評価することが、一人の人間として難しいからであろう。俳句論史、俳句作品史、俳壇史の三位一体の俳句史が重要だと認識できたことは本書の一つの成果である。

最後に、『文人たちの俳句』に続いて、連載と書籍化の機会を与えていただいた本阿弥書店の本阿弥秀雄氏と安田まどか氏、連載中と書籍化の校正でお世話になった山崎春蘭氏に深く感謝申しあげる。

令和二年四月

坂口昌弘

主要参照文献

赤城さかえ『戦後俳句論争史』青磁社
赤塚忠『中国古代文化史』研文社
秋元不死男『秋元不死男俳文集』角川書店
芥川龍之介『芥川龍之介全集』岩波書店
飯田蛇笏『飯田蛇笏集成』角川書店
飯田龍太『飯田龍太全集』角川学芸出版
石田波郷『石田波郷全集』富士見書房
稲畑汀子『虚子百句』富士見書房／『俳句と生きる―稲畑汀子講演集』角川学芸出版
岩岡中正『虚子と現代』角川書店
岩田慶治『草木虫魚の人類学　アニミズムの世界』講談社
埴原和郎編『日本人の起源』朝日新聞社
臼田亞浪『近代文学研究叢書70』昭和女子大学近代文化研究所
梅原猛『梅原猛著作集』集英社／『人類哲学へ』ＮＴＴ出版／『人類哲学序説』岩波書店
潁原退蔵『潁原退蔵著作集』中央公論社
大岡信『大岡信著作集』青土社
大須賀乙字『大須賀乙字俳論集』講談社／『乙字俳論集』楓書房
小川軽舟『魅了する詩型―現代俳句私論』富士見書房

荻原井泉水『自然・自己・自由』勁草書房
尾崎放哉『尾崎放哉全集』弥生書房
小澤實『俳句のはじまる場所―実力俳人への道』角川学芸出版
折口信夫『折口信夫全集』中央公論社
加藤郁乎『日本は俳句の国か』角川書店
加藤楸邨『加藤楸邨全集』講談社
角川源義『角川源義全集』角川書店
金子兜太『金子兜太集』筑摩書房
河東碧梧桐『河東碧梧桐全集』文藝書房
神田秀夫『荘子の蘇生―今なぜ荘子か』明治書院
栗林浩編『俳句とは何か―俳論アンソロジー』角川学芸出版
黒田杏子他『証言・昭和の俳句　上下』角川書店
桑原武夫『桑原武夫全集』朝日新聞社
小林秀雄『小林秀雄全作品』新潮社
西東三鬼『西東三鬼の世界　保存版 俳句四季一月号増刊』東京四季出版
斎藤茂吉『齋藤茂吉全集』岩波書店
佐藤鬼房『佐藤鬼房全句集』邑書林
篠原鳳作『篠原鳳作全句文集』沖積舎
白川静『白川静著作集』平凡社

鷹羽狩行『俳句一念』角川学芸出版
高橋睦郎『私自身のための俳句入門』新潮社
高濱虚子『定本高濱虚子全集』毎日新聞社
高屋窓秋『高屋窓秋俳句集成』沖積舎
高柳重信『高柳重信全集』立風書房／『高柳重信読本』角川学芸出版
種田山頭火『定本山頭火全集』春陽堂書店
塚本邦雄『塚本邦雄全集』ゆまに書房
寺田寅彦『寺田寅彦全集』岩波書店
富澤赤黄男『定本・富澤赤黄男句集』富澤赤黄男句集刊行会
永田耕衣『永田耕衣全句集 非佛』冥草舎
中西進『中西進著作集』四季社
中村草田男『中村草田男全集』『俳句と人生　講演集』みすず書房
夏石番矢編『俳句 百年の問い』講談社
夏目漱石『漱石全集』岩波書店
西脇順三郎『芭蕉・シェイクスピア・エリオット』恒文社
能村登四郎『能村登四郎読本』富士見書房
長谷川櫂『古池に蛙は飛びこんだか』花神社
原朝子『大陸から来た季節の言葉』北溟社
日野草城『日野草城全句集』沖積社

平川祐弘『アニミズムを読む　日本文学における自然・生命・自己』新曜社
平畑静塔『俳人格—俳句への軌跡』角川書店
廣田二郎『蕉門と「荘子」』『芭蕉の芸術—その展開と背景』有精堂出版
福永光司『道教と日本文化』『中国の哲学・宗教・芸術』人文書院
正岡子規『子規全集』講談社
松井利彦『近代俳論史』桜楓社
松尾芭蕉『校本芭蕉全集』富士見書房
水原秋櫻子『水原秋櫻子全集』講談社
三橋敏雄『三橋敏雄全句集』立風書房
南方熊楠『南方熊楠全集』平凡社
宮坂静生『語りかける季語　ゆるやかな日本』／『季語の誕生』岩波書店
村山古郷『明治俳壇史』『大正俳壇史』『昭和俳壇史』角川書店
森澄雄『澄雄俳話百題』永田書房／『俳句燦々』角川学芸出版／『俳句と遊行』富士見書房／『俳句のいのち』角川書店
山尾三省『カミを詠んだ一茶の俳句　希望としてのアニミズム』地湧社
山口誓子『山口誓子全集』明治書院
山下一海『俳句の歴史—室町俳諧から戦後俳句』朝日新聞社
山本健吉『山本健吉全集』講談社／『山本健吉俳句読本』角川書店
『現代俳句集成』河出書房新社

『展望　現代の詩歌』明治書院
『荊楚歳時記』平凡社
『全釈漢文大系　礼記』集英社
アーネスト・B・タイラー『原始文化』誠信書房
アルバート・アインシュタイン『アインシュタイン選集』共立出版
ドナルド・キーン『ドナルド・キーン著作集』新潮社

初出―月刊「俳壇」二〇一七年一月号～二〇一九年六月号連載

※本書における引用文の漢字については、新字体に改めた。

※本文中の年齢は、年月日がわかっているものは満年齢で表した。

著者紹介

坂口昌弘（さかぐち・まさひろ）

著書
『句品の輝き―同時代俳人論』（平成 18 年）
『ライバル俳句史―俳句の精神史』（平成 21 年）
『平成俳句の好敵手―俳句精神の今』（平成 24 年）
『文人たちの俳句』（平成 26 年）
『ヴァーサス日本文化精神史―日本文学の背景』（平成 28 年）
『毎日が辞世の句』（平成 30 年）

受賞歴
平成 15 年　第 5 回俳句界評論賞（現・山本健吉評論賞）
平成 22 年　第 12 回加藤郁乎賞
平成 30 年　第 10 回文學の森大賞

選考委員歴
俳句界評論賞（第 15 回）
山本健吉評論賞（第 16 回～ 18 回）
加藤郁乎記念賞（第 1 回～）
日本詩歌句協会大賞評論・随筆の部（第 8 回～）

住所　〒 183-0015　府中市清水が丘 2-11-20

俳句論史（はいくろんし）のエッセンス

令和二年五月十七日　第一刷

著　者　坂口（さかぐち）　昌弘（まさひろ）
発行者　奥田　洋子
発行所　本阿弥（ほんあみ）書店
東京都千代田区神田猿楽町二―一―八　三恵ビル
〒一〇一―〇〇六四
電話　（〇三）三二九四―七〇六八（代）
振替　〇〇一〇〇―五―一六四四三〇
印刷・製本　日本ハイコム
定価はカバーに表示してあります。
＊本カバーのデザインは Freepik.com のリソースを使用しました。

ISBN978-4-7768-1449-8（3165）C0092　Printed in Japan